# खड़कमाफी
# की
# स्मृतियों से…

# खड़कमाफी की स्मृतियों से...

ललित मोहन रयाल

ज्ञान गंगा, दिल्ली

प्रकाशक : ज्ञान गंगा, 205–सी चावड़ी बाजार, दिल्ली–110006
सर्वाधिकार : सुरक्षित / संस्करण : प्रथम, 2018 / मूल्य : तीन सौ पचास रुपए
मुद्रक : आर–टेक ऑफसेट प्रिंटर्स, दिल्ली ISBN 978-93-86054-86-9

**KHADAKMAFI KI SMRITIYON SE...**

*by* Lalit Mohan Rayal ₹ 350.00
Published by Gyan Ganga, 205-C Chawri Bazar, Delhi-110006

**चि. सव्यसाची** व **चि. नचिकेता**

को

जिन्होंने ऊधम जब भी मचाया,

अगल–बगल के कमरों में मचाया;

जिससे मैं नित नए आयाम रचने में मशगूल रह सका।

# प्राक्कथन

बालपन और कैशोर्य के अनुभव निश्चिंत जीवन के अनुभव होते हैं। कुलाँचें भरते जीवन के स्वर्णिम दिन। कमोबेश यही अनुभव व्यक्तित्व परिष्कार कर भावी जीवन को आकार भी देते हैं।

जीवन में जब कभी रुक्षता अनुभव होती है, मानव मन इसी अतीत-राग में प्राणतत्त्व खोजता है। सीमित साधनों अथवा लगभग अभावग्रस्त उस जीवन की सोंधी खुशबू की महक पुनः लहलहा उठती है, जो उस लोकलय से, उस परिवेश से अंतर्मन को पुनः जोड़ देती है। इसीलिए स्मृतियाँ बार-बार उस ओर लौटती हैं।

# अनुक्रम

# 1

# चरित्र-निर्माता

उन दिनों पाठशाला में विद्यार्थी का प्रवेश उसकी वय के विषम वर्षों में कराने का चलन था। पाँचवें में चूक गए, तो सातवें में नंबर आ पाता था। दो वर्ष की बाध्य-प्रतीक्षा। प्रवेश का दिन पुरोहित से दिखलाकर ही तय होता था। दिन, मुहूर्त-विचार करके छाँटा जाता था। जातक को पीतवर्णी परिधान पहनना होता था। बच्चा अभिभावक की अंगुली पकड़े पदाति पाठशाला पहुँच जाता था, बड़े सहोदरों के अनुभव सुन-सुनकर डरा-डरा-सा। मास्टर साहब नव प्रवेशी छात्र को मिट्टी छानने को दे देते थे। धीमी गति से तख्ती को हिलाने से मिट्टी के बड़े-बड़े कण छँट कर किनारे हो जाते थे। महीन मिट्टी की परत को तख्ती के ऊपर करीने से सजाया जाता था। यह सब वह अभिभावक की मदद से ही कर पाता था।

आसन शुद्धि के बाद मास्टर साहब बच्चे की तर्जनी पकड़ लेते थे। मिट्टी पर तर्जनी से अक्षर उकेरे जाते थे—ऊँ न म सि ध म्। बच्चे की तर्जनी मास्टरजी के नियंत्रण में चलती थी, हालाँकि वह बार-बार इधर-से-उधर भागने की चेष्टा करती थी। मास्टरजी इन स्टेप्स के प्रति सजग व सचेत रहते थे, जिस प्रकार मोटर ड्राइविंग स्कूल के इंस्ट्रक्टर स्टेयरिंग पकड़कर ड्राइविंग सिखलाते हैं। प्रथम बार अक्षर लिखने पर हर्ष मनाया जाता था। इस उपलक्ष्य में मिष्टान्न वितरण तो बनता ही था। 'गुड़ की भेली' सभी बच्चों में वितरित की जाती थी। उस दौर में, उस क्षेत्र में मिष्टान्न का आशय गुड़ की भेली से ही रहता था।

कुछ दिनों तक यही अभ्यास दोहराया जाता था। कुछ बच्चे इसमें ना-

नुकुर भी करते थे। वे प्राय: घर के बुजुर्गों के लाड़-प्यार में थोड़े अवज्ञाकारी से हुए रहते थे। ऐसे बच्चों की तर्जनी रगड़कर अभ्यास कराया जाता था। अंगुली घर्षण से अंगुली ज्वलनशील हो जाया करती थी। इस भय से शिक्षार्थी आज्ञा मानकर स्वत: स्फूर्त ढंग से लिखने लगता था। इस प्रकार वह ऊँ न म सि ध म् लिखने में पारंगत हो जाता था।

वस्तुत: यह सूत्र व्याकरण के प्रथम सूत्र 'ओम नम: सिद्धम्' का सोद्देश्य-स्मरण था। यह सूत्र वैयाकरण शाकटायन द्वारा दिया गया था। विद्यारंभ संस्कार इसी सूत्र से करने का विधान था। तत्पश्चात् वर्णमाला के अक्षर सिखाए जाते थे। इस सूत्र का निहितार्थ था—'जिसने योग या तर्क के द्वारा अलौकिक सिद्धि प्राप्त कर ली है अथवा जो बात तर्क और प्रमाण के द्वारा सिद्ध हो चुकी हो, उसे नमस्कार।'

अंकों के ज्ञान के लिए सस्वर अभ्यास पर जोर रहता था। गिनती, पहाड़ा, पौवा, अद्धा, पौना, सवैया, ढैया, औंचा, ढौंचा, पौंचा का सस्वर वाचन करना होता था चीख-चीखकर, गला फाड़-फाड़कर। यह वाचन नित्य दो बार करना होता था—प्रार्थना व छुट्टी के अवसर पर बड़ी कक्षाओं के कुछ छात्र आगे खड़े होकर प्रथम वाचन करते थे शेष पूरी ताकत से दोहराते थे। वर्ष भर यह क्रम अविरल रूप से चलता था। वर्षांत तक अभ्यास के चलते पहली कक्षा के छात्रों तक को यह क्रम कंठाग्र-जिह्वाग्र हो जाया करता था। इस कलरव से अभिभावक भी निश्चिंत से रहते थे। इससे ही वे जान पाते थे कि उनके पाल्य की शिक्षा-दीक्षा उचित दिशा में जा रही है। साथ ही, बच्चों के शोर से उन्हें समय का ज्ञान भी हो जाया करता था।

अभिभावक खेती-बाड़ी करनेवाले साधारण किसान थे, सरल और निश्छल स्वभाव के। प्रवेश के अवसर पर वे अपने पाल्य के घर का, पुकारने का नाम ही लिखवा लेते थे, जो प्राय: सार्थक नाम नहीं होता था या विकृत ही रहता था। जन्म तिथि भी उन्हें स्मरण न रहती थी। अनुमान के आधार पर बच्चे की आयु नोट करवा लेते थे, जो प्राय: अधिक पड़ती थी। मास्टर साहब सजे-सँवरे नए नाम रखते थे। रजिस्टर में पुन: नामकरण संस्कार करते थे—गुड्डू को गुरदयाल सिंह, बग्थौंरु को बख्तावरसिंह इत्यादि।

नव्य-नामकरण से बच्चे का कायाकल्प या कायिक-परिवर्तन हो जाता था। जन्म-तिथि अंकन में भी मास्टर साहब सजग और कमिटेड किस्म के इनसान थे। इसके लिए भी उन्होंने एक अंगुष्ठ-सिद्धांत निर्धारित किया हुआ था। जन्म का दिन व महीना यथावत् रखते थे। वर्ष में आंशिक परिवर्तन की आवश्यकता महसूस की जाती थी। प्रवेश के दिनांक को कोई भी छात्र पाँच वर्ष की वय से अधिक का नहीं मिलता था।

कक्षा-दो में पहुँचने पर स्वतंत्रता-स्वच्छंदता को तिलांजलि देनी पड़ती थी। समस्त प्रकार की रियायतें छीन ली जाती थीं। यहाँ से अनुशासित हो जाने की परिपाटी रहती थी। अभ्यास पर प्रबल आग्रह रहता था। स्लेट पर खड़िया से दिनभर अभ्यास करना होता था। इस विद्यालय में अभ्यास हेतु अभी तक नोटबुक का चलन शुरू नहीं हुआ था। भाषा व सामाजिक विषयों का सस्वर वाचन कराया जाता था। उच्चारण दोष अक्षम्य माना जाता था। मास्टर साहब स्वयं मय उच्चारण डेमोंस्ट्रेट करते थे।

तालू, मूर्धा व दाँतों से उच्चारण एक-एक बच्चे से कराते थे। अनुस्वार व अनुनासिक का भेद स्वयं उच्चरित कर बच्चों से दोहराव कराते थे। उच्चारण-दोषवाले बच्चों को ठोक-पीटकर तब तक वाचन कराते थे, जब तक कि उच्चारण शुद्ध न हो जाए। कक्षा-तीन में मुझसे 'सुपरिंटेंडेंट' की वर्तनी में अनुस्वार की त्रुटि हुई थी। मास्टर साहब ने खाकसार को गिनकर दस बेंत लगाई थीं। उस दिन यह गाँठ बाँध ली गई थी कि इस जन्म में अन्य भूलें भले ही हो जाएँ, सुपरिंटेंडेंट की वर्तनी में भूल नहीं होगी। 'ष' को पेट फटा 'ष' उच्चरित करने पर मास्टर साहब कुपित हो जाते थे। अन्य विद्यालयों में शुद्धलेखन के लिए 'इमला' का चलन था। वह इस विद्यालय में नहीं था। 'इमला' के स्थान पर 'श्रुतलेखन' कराया जाता था। दोनों के कंटेंट में मात्र नाम अंतर पड़ता था।

कक्षा में वे सस्वर काव्य पाठ करते थे। हरिऔध कृत कविता 'एक बूँद' के सामान्य अर्थ तो बताते ही थे; अभिधा, लक्षणा में महात्म्य भी बताते थे। श्याम नारायण पांडे कृत 'चेतक की वीरता' कविता का भी सस्वर वाचन करते थे। बच्चे मुग्ध होकर साँस थामे नि:शब्द होकर सुनते थे। ओज और तेज में वे

हल्दीघाटी का साक्षात् बिंब खींच देते थे। भूषण की कविता शिवराज भूषण के अंश गाकर पढ़ाते थे—

इंद्र जिमि जंभ पर, वाडव सुअंभ पर।
रावण सदंभ पर, रघुकुल राज है॥
तेज तम अंस पर, कान्ह जिमी कंस पर।
त्यों म्लेच्छ बंस पर, शेर शिवराज है॥

पाठ्यक्रम में रोमन दास एंड्रोक्लीज की कथा भी थी। वह स्वामी के घर से भागा हुआ दास था। जंगल में उसका शेर से सामना और शेर के रक्तरंजित पंजे से काँटा निकालने का मास्टर साहब कारुणिक बिंब प्रस्तुत कर देते थे। एक अन्य कहानी भी थी—सिंड्रेला की कहानी, हालाँकि किताब में उस कथा का शीर्षक 'परी की कहानी' के रूप में दिया गया था। अन्य माध्यम के स्कूलों में वह 'स्टोरी ऑफ सिंड्रेला' के नाम से पढ़ाई जाती थी। यह कहानी सुनते हुए बच्चों की आँखों के सम्मुख सजीव दृश्य तैर रहा होता था।

पाठशाला के निकट एक मकान था। मकान पारंपरिक शैली में पत्थर और लकड़ी से बना था। गृहस्वामिनी एक नि:संतान विधवा स्त्री थी। उस घर में दो बिल्लियाँ भी थीं। वे हर समय अपनी मालकिन के आगे-पीछे चलती थीं मानो एस्कॉर्ट करती हों। घर की दीवारों पर कद्दू की बेल लटकी रहती थी जिस पर वृहदाकार कूष्मांड लटकते रहते थे। स्कूली बच्चों से वह स्नेह रखती थी। मक्खन बिलौने के काष्ठ के बरतन से ताजा मक्खन निकालकर वह बच्चों को देती थी। वे मक्खन को 'नौणि' कहती थी। लोकभाषा का यह शब्द संभवत: 'नवनीत' का अपभ्रंश रहा होगा। वह घर रहस्यमय-सा लगता था। गृहस्वामिनी का परंपरागत पहनावा सिंड्रेला की कथा-परी से साम्य रखता था।

मास्टर साहब को बच्चों के नाम तो मालूम ही रहते थे, उनके कुलवंश से लेकर वंशवृक्ष तक की भी पूर्ण जानकारी रहती थी। कुछ उद्दंड और शरारती बच्चों ने किसी गृहस्वामी के बंद पड़े मकान में अवांछित प्रवेश कर डाला था। बंद मकान में लकड़ी काटने के आरे और छीलने के रंदे पड़े हुए थे। इतने सारे औजार देखकर 'ट्रेसपासर्स' का पौरुष जाग्रत् हो उठा था। उत्साहातिरेक में उन्होंने इन औजारों का अनुप्रयोग घर के समस्त काष्ठ पर ही कर डाला था।

औजार चालू हालत में मिले थे। नादानी में इन बच्चों ने पर्याप्त क्षति पहुँचा दी थी। एक दिन क्रुद्ध गृहस्वामी शरारती बच्चों को दंडित करने के इरादे से स्कूल में उपस्थित था।

उसके नेक इरादे देखते हुए मास्टर साहब ने उस व्यक्ति को हस्तक्षेप करके रोका। साथ ही, चेतावनी भी दी—'इस प्रांगण में मेरे विद्यार्थियों को छूने की गलती मत कर बैठना। नि:संदेह ये तुम्हारे अपराधी हैं, किंतु इनके अपराध का विचारण स्कूल समय के पश्चात् ही कर सकते हो।' उसके जाने के पश्चात् मास्टर साहब ने उन लड़कों को अनुशासनहीनता का कठोर दंड दिया। साथ ही, परिजनों से उस व्यक्ति की क्षतिपूर्ति का सुझाव भी दिया जो सभी को मान्य भी हुआ।

विद्यालय भवन रियासतकालीन था। भवन के नाम पर छप्परनुमा मिट्टी की संरचना थी। नया भवन भी बन चुका था—पक्का भवन। ठेकेदार एवं पेट्टी ठेकेदार में भुगतान को लेकर विवाद था। इस विवाद को लेकर भवन पर ताला जड़ दिया गया था। अत: कक्षाएँ गाँव में अन्यत्र संचालित होती रहीं। विद्यार्थी तरुतल निवासी हो, प्रकृति की गोद में ही शिक्षाभ्यास करते थे। इन परिस्थितियों में भी मास्टर साहब गहन अभ्यास कराते थे, आर्ष सभ्यता व प्राचीन संस्कृति के अनुकूल वातावरण में। कुछ बच्चे शिक्षा के प्रति अनासक्त भाव भी रखते थे। मास्टर साहब उनका उपचारात्मक शिक्षण करते थे। रात्रिकालीन कक्षाएँ भी चलती थीं। पाठ याद कराए जाते थे। ब्रह्म-मुहूर्त में जगाकर पुन: अभ्यास कराते थे। चीड़ व भीमल के छिलकों की रौशनी में सस्वर पाठ-स्मरण कराते थे।

मास्टर साहब का अद्वैत परंपरा में अटूट विश्वास था। समस्त कार्य वे स्वयं ही संपन्न करते थे। उनका मूलपद हेडमास्टर का था। घंटी बजाने से लेकर, कमजोर बच्चों के उपचारात्मक शिक्षण तक का कार्य वे स्वयं ही करते थे। गाँव में एक प्रभावशाली व्यक्ति थे। शेष ग्रामीणों से उनका द्वेष रहता था। इनका अपने पुरोहितों से भी विवाद गहराया था। यह विवाद संबंध टूटने तक की सीमा तक पहुँच चुका था। कुछ समय पश्चात् उनके घर में एक बच्चे का जन्म हुआ था। इस अंचल में इक्कीस दिन में शुद्धि-यज्ञ का, स्थानीय भाषा में 'शुजिना' (शुद्धि-जना:) व नामकरण का विधान था। पुरोहितों से इनकी लगी हुई थी।

अत: बारंबार आमंत्रित किए जाने पर भी कोई भी पुरोहित आने को राजी न हुआ। यह अघोषित बहिष्कार प्राय: दो महीने तक चलता रहा।

एक दिन मास्टर साहब ने गाँव के एक वयोवृद्ध सज्जन को एक सुझाव दिया। उन्होंने शुद्धि यज्ञ संपन्न करने के लिए, स्वयं को प्रस्तुत करने का प्रस्ताव रखा था। वयोवृद्ध सज्जन सुलझे हुए आदमी थे। इससे मास्टर साहब को भावनात्मक बल मिला होगा। ग्रामीणों और पुरोहितों के सम्मिलित विरोध की प्रबल आशंका बनी हुई थी। इन सबकी परवाह किए बिना उन्होंने शुद्धि-यज्ञ, विधि-विधान से संपन्न किया था। इसके पश्चात् कतिपय लोगों द्वारा मास्टर साहब को 'टारगेट' किया गया था। मास्टर साहब ने उन्हें सपाट उत्तर दिया—'आपसी राग-द्वेष का दंड नवजात शिशु और उसकी माँ को नहीं दिया जा सकता। यह सभ्य समाज की निशानी नहीं हो सकती। आपके अनुसार उन्हें मुख्यधारा में सम्मिलित करना सामाजिक अपराध है। तो भी मैं इस अपराध को सहस्र बार करने को तत्पर मिलूँगा।'

मास्टर साहब सायंकालीन एकांत में मधुर स्वर में कविताएँ गाया करते थे। वे 'प्रिय प्रवास' की पंक्तियाँ अकसर गुनगुनाते थे—'ऊधो मेरा हृदय तल था, एक उद्यान न्यारा।'

□

# 2

# कुंभ व कुम्हार : एक

मिडिल स्कूल छात्रों के शारीरिक व मानसिक विकास की दृष्टि से महत्त्वपूर्ण सोपान माना जाता है। हम मिडिल कक्षाओं में कॉन्वेंट स्कूलों के उच्चारण की दृष्टि से 'सेंट टाट' विद्यालय के विद्यार्थी थे। मुराद उन परिषदीय विद्यालयों से है, जिनमें छात्र जूट के टाट में ऋजु मेरुदंड की अवस्था में, पद्मासन की मुद्रा में विराजते हैं। उस दौर में शारीरिक दंड को शिक्षा प्रणाली का अनिवार्य अंग माने जाने की प्रथा थी। विद्यार्थी की अस्थि चर्ममय देह गुरुजनों के सुपुर्द कर दी जाती थी। देह का कॉपीराइट भी सुपुर्दगी में दे दिया जाता था। ऐसे अवसरों पर बोल बच्चन का उद्घोष भी किया जाता था—'चर्म आपका, अस्थि हमारी' जिंगल के सगर्व उद्‌घोष के साथ।

अभिभावक इस पहलू पर महर्षि चार्वाक को फॉलो करते थे—कट्टर अनुयायी के रूप में। दंड नीति ही सच्ची नीति है। अन्य नीतियाँ भी इसी के अंतर्गत आती हैं—'दंडनीतिमेव विद्या अत्र वार्त्ता अंतर्भवति।'

शारीरिक दंड विधान को निहायत जरूरी बताया जाता था। इस दंड विधान में पाँच गुणों की प्रचुरता बताई जाती थी। गुणकारी विधान होने के कारण शिक्षकों एवं अभिभावकों (वर्तमान पी.टी.ए.) में इस अनिवार्य तत्त्व के पक्ष में एक राय रहती थी। दंड विधान के गुणधर्म थोक में गिनाए जाते थे जिनमें से कुछ इस प्रकार थे—एक : विद्यार्थी को अनुशासित बनाता है। दो : विद्यार्थी की अस्वीकार्य प्रकृति या व्यवहार को नियंत्रित करता है। तीन : आदेशों के त्वरित कार्यान्वयन में सहायक होता है। चार : इसको लागू करने में कोई लागत नहीं

आती है। जेब से एक धेला भी नहीं लगता है। पाँच : कुछ छात्रों में स्वाभिमान अहम के रूप में पनप सकता है। अत: दंड विधान उनके अहम् के विगलन में भी सहायक होता है।

जिस स्कूल में ठुकाई नहीं होती थी, अभिभावक मात्र इस तथ्य के आधार पर उस स्कूल के शिक्षण स्तर का मूल्यांकन 'हीन श्रेणी' में कर बैठते थे। तत्समय इस सिद्धांत का व्यापक रूप से बोलबाला था कि—'अनुशासन बड़ी चीज है। पढ़ाई-लिखाई तो बाद की बात है। अनुशासन बनता है—बेंत से।' तत्कालीन पी.टी.ए. द्वारा शारीरिक दंड को व्यापक रूप से अनुमोदन मिला हुआ था। इस विधान को सामाजिक वैधता पूर्व से ही प्राप्त थी। संक्षेप में, ठुकाई को बुरा नहीं माना जाता था। जो मास्टर जितनी कुटम्मस करता था, उतना ही काबिल माना जाता था। काबिलियत का एकमात्र पैमाना था—स्थूल पैमाना, स्थूल दंड के रूप में। शारीरिक दंड संहिता का प्रथम लिखित साक्ष्य दसवीं शताब्दी ईसा पूर्व में मिलता है। सम्राट् सोलोमन की संहिता में। बाद में पाश्चात्य आचार्य बेंथम ने भी इस संहिता का समर्थन किया था। अपनी शाकाहारी वाणी में उन्होंने वार्ता प्रसारित की थी कि 'शारीरिक दंड का उद्देश्य प्रतिशोधात्मक नहीं है, अपितु सुधारात्मक है।'

हमारे संस्कृत शिक्षक प्रात: स्मरणीय रामानंदजी थे। वे स्वभाव से विरक्त, वीतरागी, नि: संग प्रवृत्ति के शिक्षक थे—पुरातन काल के गुरुकुल के आचार्यों की भाँति। संस्कृत के पाठ्यक्रम में तीस अध्याय रहते थे। गुरुजी प्रतिदिन प्रतिपाठ का स्ट्राइक रेट रखते थे। इस गति से पंद्रह अगस्त तक कोर्स पूरा हो जाता था। सोलह अगस्त से रिविजन शुरू हो जाता था। प्रश्नों के उत्तर पूछे जाते थे। मुखाखर याद रखने का चलन था। सहपाठी कहते थे कि गुरुजी के ऊपर महर्षि दुर्वासा और परशुराम का भर भी आता है। वे दंडनीति का कठोरता से पालन करते थे। किसी भी प्रकार की छूट की छुट्टी किए रहते थे। अध्यापन में उनके परम सहायक थे—बेंत, छड़ी, संटी व नामालूम अस्त्र-शस्त्र। अर्धवार्षिक, वार्षिक परीक्षा अवधि में बच्चे परम प्रसन्न रहते थे, चूँकि उन दिनों कुटम्मस से बचत रहती थी। गुरुजी 'जेंडर बायस' से मुक्त रहते थे। सभी को प्राणी मात्र मानते थे। अत: शेष अवधि में समभाव से कुटाई-पिटाई करते रहते थे। मरम्मत जोर-शोर से होती थी।

उनकी कक्षा शुरू होने से पूर्व 'पिन ड्रॉप सायलेंस' छा जाती थी। सन्नाटा व्याप जाता था। टाट पट्टियाँ स्वत: समकोण पर सीधी हो जाती थीं। बच्चों का बंकिम मुख म्लान हो जाता था। आनन से मुस्कान विलीन हो जाया करती थी। अनुत्तरित प्रश्नों पर वे स्वयं काँपने लगते थे। तत्पश्चात् उनका स्वर काँपने लगता था। इस प्रकार वे आत्म नियंत्रण की वल्गा फेंककर आर्तनाद का सुरम्य वातावरण निर्मित कर लेते थे।

वे धातुरूप, विभक्ति, वचन, लिंग, पुरुष, समास, विग्रह, कारक, वाच्य के आकार-प्रकार पर खोद-खोदकर प्रश्न पूछते थे। कालांतर में संयोगवश हमसे भी एक धक्के में जे.आर.एफ. प्रवेशिका उत्तीर्ण हो गई थी। उसके बाद ही यह ज्ञात हो सका कि पाणिनि कृत अष्टाध्यायी के 'शब्दानुशासन' का काढ़ा गुरुजी हमें मिडिल क्लास में ही पिला चुके थे। वे ज्ञान को नल्ले से पिलाते थे। ठूँस-ठूँसकर पिलाते थे। गुरु कृपा के बिना यह संभव भी नहीं था।

मेरे दो चचेरे भाई थे। अवस्था में मुझसे बड़े थे। वे भी मेरे सहपाठी थे। पाठ याद करने में दोनों नियमित रूप से अनियमित थे। कक्षा में सवालात पूछे जाते थे। दमन चक्र साथ-साथ चलता रहता था। कुटुम्मस प्रथम पंक्ति से आरोही क्रम में चलती थी। मेरी शुद्धि शुरुआती दौर में ही संपन्न हो जाती थी। बंधुद्वय में व्यावहारिक चातुर्य प्रचुर मात्रा में विद्यमान था। उनमें चतुराई कूट-कूटकर भरी हुई थी। अत: वे सामरिक दृष्टि रखते थे और इस दृष्टि से नवीं-दसवीं पंक्ति में विराजते थे। वह बाज-सी पैनी निगाहें रखते थे। एक-एक क्षण पर पैनी दृष्टि रखते थे। जिस क्षण गुरुजी चौथी-पाँचवीं पंक्ति की शुद्धि कर रहे होते थे, वे गुरु की दृष्टि से बचकर 'चेक्ड एंड वेरीफाइड' पंक्ति में शरणार्थी बन जाते थे। कक्षा में समवेत रुदन चलता रहता था। वे दोनों सुरक्षित रणनीति अपना कर सुरक्षित ही रहते थे। रुदन करते बच्चों से फुसफुसाहट में कहते थे—"पैजामा कमर के निकट एकवचन और पाँयचों के निकट द्विवचन होता है।"

समय की गति अत्यंत सूक्ष्म होती है। समय की बलिहारी है। हाय रे दुर्दैव! एक दिन जब वे सीमा रेखा का अतिक्रमण कर 'ट्रेसपासिंग' की चेष्टा कर रहे थे, गुरुजी की निगाह उन पर पड़ चुकी थी। शेष कक्षा को छोड़कर गुरुजी ने निगाहें उन्हीं पर गड़ा दी थीं। पहले तो बच्चों को लगा कि गुरुजी उन्हें

'मैस्मेराइज' कर रहे हैं। तत्पश्चात् अंगारक नेत्रों को देखकर लगा कि आज गुरुजी उन्हें भस्म करके ही छोड़ेंगे। उस दिन शेष कक्षा कुटम्मस से सुरक्षित रही। कुटुम्मस की सारी मदें उन दोनों पर केंद्रित हो गई थीं। छुट्टी के बाद वे हमारे कंधों का सहारा लेकर घर पहुँचे थे। रास्ते भर बेबी स्टेप्स में धीमे-धीमे, सधे कदमों से चल रहे थे। तेज चलने पर हम को डाँट रहे थे। चलते-चलते गुरुजी को 'मरखन्ना' संज्ञा से सुशोभित कर रहे थे। सप्ताहभर वे पलंगशायी रहे व दुग्धहरिद्रापेय का सेवन करते रहे। चूने व दर्दमार के पत्ते से उनकी सिंकाई नियमित रूप से होती रही।

विद्यालय में पेयजल संयोजन नहीं था। वस्तुत: विद्यालय भवन भी नहीं था। आजादी के बाद लागू भू-सुधार कानून के अंतर्गत किन्हीं पूर्व जमींदार की अधिशेष भूमि में चाकरों के प्रयोजन के लिए एक विशाल पर्णकुटी बनाई गई थी। वही हमारा विद्यालय भवन था। उस भग्नावशेष संरचना से आधा कोस की दूरी पर एक प्राकृतिक सोता था। सोता भूमिगत जल से जनित स्प्रिंग होता है। इसी सोते से पेय जल की आपूर्ति होती थी।

चचेरे भाई तृतीय वादन के पश्चात् बाल्टी को बाँस के छह फुटे दंड के मध्य में लटका कर प्रस्थान कर जाते थे। मध्यावकाश होने पर ही भरी बाल्टी के साथ वापस लौटते थे। यह उनका नित्य का क्रम बन गया था। उन्होंने यह नवीन युक्ति खोज निकाली थी, जिसके मूल में चतुर्थ वादन संस्कृत से मुक्ति का भाव घनीभूत रहता था। अन्य पिटते-पिटते तंग आ चुके थे। इधर दीर्घ अंतराल तक बंधुद्वय सुख-वैभव का जीवन व्यतीत कर रहे थे। हम दीन-दुखियों ने भी उनसे एक बार मौका देने की अनुनय-विनय की थी। उन्होंने इस प्रार्थना को एक सिरे से अस्वीकार कर दिया था। उनका दावा था कि रचनात्मक कार्य वे ही करेंगे। पानी पिलाने से पुण्य मिलता है। इस पुण्य को किसी भी कीमत पर अपने हाथ से नहीं जाने देंगे और इस भलाई के काम के लिए वह समस्त प्रकार के कष्ट सहने को तैयार हैं। वे श्रेष्ठ है, तभी इस प्रकार की जिम्मेदारी वहन करने में समर्थ हैं। जॉन स्टुअर्ट मिल ने भी कहा था कि—"योग्य व्यक्तियों को श्रेष्ठ व दुष्कर कार्य करने की स्वतंत्रता मिलनी ही चाहिए।"

समय की बलिहारी है व धर्म की गति अत्यंत सूक्ष्म बताई गई है। एक

बार पुनः सुहाना समय आया था। उस सुहाने दिन गुरुजी ने बंधुओं को बाल्टी में बाँस समायोजित करते हुए देख लिया था। इस रूढ़ × क्रिया का विहंगम दृश्य देखकर गुरुजी काँपने लगे थे। काँपते हुए स्वर में गुरुजी ने उन दोनों का सांस्कृतिक आह्वान किया था—'बाल्टी वहीं पर रख दो और बाँस के साथ मेरे समीप आओ।' 'उपनिषद्' का शाब्दिक अर्थ भी समीप आने से ही है। संपूर्ण उपनिषद् काल में गुरु शिष्य से समीप आने का आह्वान करते आए हैं। सर्वप्रथम गुरुजी ने उन दोनों के संचित एरियर को चुकता किया। बाँस के सहयोग से शेष को निश्शेष किया। तत्पश्चात् हाथ-पैर नत्थी करके वायुमंडल के स्ट्रेटोस्फियर की निःशुल्क सैर भी संपन्न करवाई थी। गुरुजनों का कठोर व्यवहार कभी-कभी लाभदायक व गुणकारी रहता है, जो छात्र हित में ही पड़ता है। क्वचित् दोषो गुणायते।

□

# 3
# कुंभ व कुम्हार : दो

उन्हें गाने की आदत है और शौके-इबादत भी।
दुआएँ निकलती हैं उनके मुँह से ठुमरियाँ बनकर॥

यह महाकवि अकबर इलाहाबादी का शे'र है। इस शे'र को पढ़कर शेक्सपियर के 'कॉमेडी ऑफ एरर्स' का स्मरण हो आता है। कक्षा में आते ही गुरुजी पुनरावलोकन का कार्य निर्दिष्ट कर देते थे अर्थात् पाठ रटने को कह देते थे। पाठ को कंठस्थ करने के स्थान पर कंठाग्र रखने का प्रबल आग्रह रहता था। दोनों स्थितियों में सूक्ष्म-सा भेद है। कंठाग्र रखने में अभ्यास मात्र ही सर्वसिद्ध होता है। चिंतन-मनन गौण तत्त्व रहते हैं। कुछ लोग तो चिंतन-मनन को गैर जरूरी भी मान लेते थे। कंठाग्र अर्थात् ज्ञान को कंठ के अग्रभाग पर लिये-लिये फिरना। यह शिक्षण पद्धति सोद्देश्य रहती थी—पूछते ही बालक सटासट-सटासट जवाब देता चला जाए। बस, स्टार्ट भर करने की देर हो।

कुंजी-गाइडनुमा पुस्तकों से गुरुजी नैसर्गिक शत्रुता रखते थे। परीक्षोपयोगी पुस्तकों पर दृष्टिपात होते ही वे काँपने लगते थे—आपादमस्तक। फिर वही मुद्रा अख्तियार कर लेते थे, जो नेवला सर्प को देखकर अपनाता है। कुछ छात्रों की सूचना के अनुसार, गुरुजी 'भुर्ता' नामक रेसिपी बनाने में परम दक्ष थे। वे यह भी सूचित करते थे कि गुरुजी भुस भरकर 'टैक्सीडर्मी' का भी अच्छा शगल रखते हैं। 'टैक्सीडर्मी' चर्मवाले मृत प्राणियों को सुरक्षित रखने तथा उन्हें जीवित सदृश व्यवस्थित कर प्रदर्शित करने की एक विधि है। संक्षेप में, वे कचूमर निकालने में सिद्धहस्त थे। संस्कृत शिक्षक होने के नाते वे इस गूढ़ तत्त्व को भलीभाँति जानते

थे कि 'शरीर की टूट-फूट से आत्मा का किसी भी प्रकार का हनन नहीं होता है।'

उनकी कक्षा आरंभ होने से पूर्व ही बालकों का एक अग्रिम दस्ता उन पर निगाह रखता था। उनकी 'टाइमिंग व मूड' की टोह लेता फिरता था। सन्नद्ध रहकर लेटेस्ट जानकारी जुटाता था। दस्ते में धावक दल के छँटे-छँटाए सदस्य रहते थे। गुरुजी के कक्षा में आगमन से पूर्व धावक दल का एक सदस्य सनसनाते हुए तीर की गति से कक्षा में आ पहुँचता था। यवन प्रहरियों के स्वर में सहपाठियों को सचेत कर अपना स्थान ग्रहण कर लेता था, अर्थात् टाट-पट्टी में आलथी-पालथी मारकर पद्मासन में बैठ जाता था।

हमारा एक सहपाठी था, संजय। वह तीक्ष्ण-बुद्धि व सचित्र-स्मृति का स्वामी था। प्रथम वाचन में ही वह पाठ को कंठाग्र कर कर लेता था। पाठ याद होते ही वह खुशी से नाचने लगता था, कक्षा में स्वच्छंद विचरने लगता था। किसी भी जीवित प्राणी के हाव-भाव-भंगिमा, स्वर-ध्वनि को समरूप दोहरा लेने में भी वह विलक्षण था। पाठशाला की खिड़की से समकोण की दिशा में एक पशुशाला थी, जो खिड़की से कुछ क्यूबिट की दूरी पर थी। पशुशाला के खूँटे से यम के वाहन 'महिष महाराज' यथास्थान बँधे हुए थे। खिड़की से झाँकते हुए संजय ने महिषी के स्वर का विलंबित लय में आलाप लिया था। स्वर-साधकों में यह अद्भुत गुण बताया जाता है कि वे अपने प्रतिद्वंद्वी का स्वर सहजता से ही जाग्रत् कर लेते हैं। इस प्रकार इन्होंने एक-दो आलाप लेकर ही महिष का प्रतिस्वर जाग्रत् कर लिया था। महिष की राग-रागनियाँ सुनकर महिष स्वामी पशुशाला में पहुँच गए थे। महिषस्वामी ने इसे सानी-पानी की पुकार के अर्थ में ग्रहण किया था। अत: उन्होंने महिष देवता की चारा-पानी युक्त सेवा की। तदुपरांत वे पशुशाला से प्रस्थान कर अपने खेती-बाड़ी में लग गए थे।

इधर स्वर साधक ने पुन: महिषी-स्वर में आलाप छेड़ा था। इस बार आलाप विलंबित छोड़ द्रुत में लिया गया था। महिष देवता भी कहाँ पीछे रहनेवाले थे? उन्होंने भी प्रतिस्वर में प्रतिवाद किया। भरपूर जुगलबंदी की। बच्चे पाठशाला की खिड़कियों पर लटके हुए थे एवं पशुशाला को साँस थामे घूर रहे थे। कान लगाकर राग-रागिनियों के गूढ़ार्थ समझ रहे थे। इस प्रकार इस मेगा अंत्याक्षरी का लाइव आनंद उठा रहे थे। महिष स्वामी ने जैसे ही महिष की कातर पुकार सुनी,

वह अपना काम छोड़कर तत्काल पशुशाला की ओर रवाना हुआ। इस अवसर पर उसके हाथ में एक स्थूल दंड भी था। महिष के अकारण आह्वान का रहस्य उस बेचारे को मालूम न चल सका था। 'अभी-अभी सानी-पानी किया है। घड़ी-घड़ी पुकार मचाए हुए हैं। ज्यादा ही मुँह लगा हो गया है।' कहकर वह महिष की मरम्मत कर आया था।

कौवै से अंत्याक्षरी का भी इन्हें प्रगट अनुभव था। यह दीगर तथ्य है कि उस कौवे ने चार महीने तक लगातार इनको रिट्वीट किया था। ये शस्य-कर्म में रहे हो चाहे पशुचारण में, वह इनका इतना बड़ा फैन हो चुका था कि कुएँ से पानी भरते समय तक इनको फॉलो किया करता था। छुट्टियों में ये ननिहाल गए हुए थे। उस प्रदेश में आकाशगमन करते हुए काकभुशुंडी नें अपनी बोली के जानकार का त्वरित अभिज्ञान कर लिया था। यही नहीं, उसने इनके शीश को चोंच से स्पर्श करके आशीष भी दिया था। कौवे के इनके प्रेम में पड़ने का कारण कोई बड़ा कारण नहीं था। इन्होंने मात्र इतना किया था कि कौवे के घोंसले तक जाकर एक बार उसके नन्हे-मुन्नों से लाड़-प्यार जता आए थे।

एक दिन कक्षा में आते ही गुरुजी ने पाठ-स्मरण करने का निर्देश प्रसारित किया था। वैसे यह रोज का क्रम रहता था। तत्पश्चात् वे कुर्सी पर विराजमान हो जाते थे। कुर्सी मध्यकालीन थी। विद्यालय में आगमन से पूर्व यह कुर्सी किसी सरपंच के दीवाने-खास की शोभा बढ़ाती थी। कुर्सी बिना हत्थे की थी, व भारी लकड़ी की बनी थी। अत: कुर्सी में बैठने वाले तो गिर सकते थे, कुर्सी नहीं गिर सकती थी। इसलिए इसमें संयम से संतुलन साधकर ही बैठा जा सकता था। गुरुजी कुर्सी में आराम से बैठे हुए थे। बच्चे भ्रमर गुंजन स्वर में पाठ याद कर रहे थे। इस स्वर को सुनते ही गुरुजी ऊँघने लगे थे। क्रमश: वे ट्रेन की खिड़की वाली सीट पर बैठे यात्री की तरह निश्चिंत होकर सो गए थे। अपेक्षानुरूप संजय ने पाठ प्रथम वाचन में ही कंठाग्र कर लिया था। आज के पाठ में चाणक्य नीति के श्लोक याद करने को थे। उसे आपातकालीन स्थिति का भी भान था। अत: उसने सुरक्षा की दृष्टि से सरसरी तौर पर द्वितीय वाचन भी किया। कक्षा के शेष विद्यार्थी गुन-गुन, गुन-गुन के स्वर में श्लोकों का पारायण कर रहे थे।

वह अपना काम करके स्वच्छंद गति को प्राप्त हो चुका था। अत: उसने

कक्षा के मनोरंजन के लिए एक निर्णय लिया। वह चोरों की भाँति दबे पाँव गुरुजी के स्थान तक पहुँच गया था। प्रथम प्रस्तुति के रूप में उसने मूक अभिनय पद्धति से अपनी कला की प्रस्तुति दी। ऑडियंस कला की गूढ़ता व अर्थवेत्ता को समभाव से ग्रहण कर रही थी। लाचारी में नि:शब्द ही भाव-विभोर हो रही थी। कलाकार 'हिम्मत बहादुर' तो थे ही। अत: उन्होंने गुरुजी के पास खड़े होकर 'डीफ एंड डंब' शैली में उस स्थल के समाचार प्रसारित किए। समाचारों की अंतिम किश्त के रूप में मौसम का हाल भी श्रोताओं को सुनाया। बीच-बीच में वे सतर्कता भी बरत रहे थे। इस कड़ी में वे गुरुजी के मुख पर कनखियों से दृष्टिपात कर लेते थे।

वे दो श्रेष्ठ प्रस्तुतियाँ दे चुके थे। तदुपरांत वे सुषुप्त गुरुजी से रू-ब-रू हो गए थे। उसने ऐसी मुद्रा ग्रहण कर ली थी, जो क्रिकेट के खेल में लेग अंपायर रनआउट के नि:संदिग्ध परिणाम का आकलन करने के लिए अपनाते हैं। वे कमर थोड़ी सी झुकाकर उकड़ूँ हो गए थे। दोनों हाथ दोनों घुटनों पर स्थापित किए हुए थे। इस हृदयग्राही मुद्रा में वे निद्राधीन गुरु की मुख-शोभा निहार रहे थे। क्रमश: जानु पर कोहनी व हथेली पर ठुड्डी टिकाकर वे 'हाई रिजॉल्यूशन मोड' में आ चुके थे। अब वे गुरुजी की मुखाकृति पर कुछ पढ़ने की चेष्टा करने लगे। संक्षेप में, नाना प्रकार से वे ऑडियंस का नि:शब्द मनोरंजन कर रहे थे। अकस्मात् गुरु ने निद्रालसित नेत्रों से अपने पट्टशिष्य को सम्मुख पाया था या यूँ कहें कि शिष्य के नेत्रों को अपने नेत्रों से कुछ सेंटीमीटर की दूरी पर प्राप्त कर लिया था।

कलाकार को न तो पलायन का अवसर मिला था न ही बचाव का कोई उपाय सूझ रहा था। वे भौचक से मुँह बाए खड़े थे। दया याचिका योजित करने की वे सोच भी नहीं सकते थे। ऑडियंस भी सन्नाटे में थी। उनका वॉलंटियर आर्टिस्ट कुछ ही पलों में शहीद होनेवाला था। अत: वह भी परिस्थितियों से उत्पन्न भ्राँति के भ्राँतिमार्जन को अनिच्छुक सी दिख रही थी। गुरुजी ने दाहिना हाथ लंबा करके उनका समीप आने के लिए आह्वान किया था। गुरु ने संक्षिप्त-सी पृच्छा की थी। मात्र दो प्रश्न पूछे थे। प्रश्न संख्या एक : विशेष मुद्रा में कर्तव्यारूढ़ होने का रहस्य। प्रश्न संख्या दो : इस अभिसंधि में सम्मिलित शत्रुओं के नाम एवं

कुल-वंश का संक्षिप्त विवरण। उत्तरदाता कलाकार थे। शहीदाना मुद्रा उनकी प्रिय मुद्रा थी। हिम्मत बहादुर तो वे थे ही। अत: उन्होंने अपने कोमल व सवाक् कंठ से स्वीकरण कर लिया था—'मैंने स्वेच्छा से ही दैन्य और दु:ख का यह मार्ग अंगीकार किया है।'

फिल्म 'शर्मीली' के गीत गीतकार नीरज ने लिखे थे। उस फिल्म में एक लोकप्रिय गीत था। 'रोम-रोम बसे सुर धारा, अंग-अंग बजे शहनाई।' हालाँकि इस गीत के माध्यम से सिनेमा में संयोग शृंगार के पक्ष में भाव व्यक्त किया गया था। हमारी कक्षा में इसकी विपरीतार्थक व्यंजना प्रकट हुई थी। ऐसा भावप्रवण दृश्य बना था कि अन्य सिहर उठे थे। गुरुजी ने पट्टशिष्य को वायुमंडल के ट्रॉपोस्फीयर की नि:शुल्क सैर संपन्न कराई थी। उससे वहाँ के मौसम का हाल जानने को भी कहा गया था। गुरुजी की यह विशेष अदा थी। वे ट्रॉपोस्फीयर से समभूमि पर आने के लिए सवार को गुरुत्व बल की सुपुर्दगी में दे देते थे।

राष्ट्रीय पर्वों पर गुरुजी अत्यंत सक्रिय हो उठते थे। मंच का समस्त दायित्त्व वे ही सँभालते थे। हिंदी, संस्कृत के ऐतिहासिक नाटकों का मंचन अवश्य कराते थे। मंचन से पूर्व कई-कई बार रिहर्सल कराते थे। त्रुटिरहित प्रस्तुति तक रिहर्सल कराते रहते थे। मैं अल्पवय का था। तब तक स्वर भी कोमल ही था। इस दृष्टि से ऐतिहासिक नारी पात्रों के अभिनय के लिए उन्होंने मुझे चुना था। मेरा जन्म पुंजातीय परंपरा में ही हुआ था। अत: पुरुष होने का छोटा-मोटा स्वाभिमान भी रहा होगा। अंतर्मन से मैं चंद्रगुप्त, सिकंदर सिंहरण के पात्रों का अभिनय करने को तैयार मिलता था। मरी-गिरी हालत में अमीर तैमूर का सिपहसालार हिंदूबेग बनने को भी तैयार था। बनवीर जैसे खलचरित्र का पार्ट भी कर सकता था। बदतर हालत में ग्रामणी व शक-यवन सैनिक का रोल भी स्वीकार कर सकता था। नारी पात्रों के अभिनय पर संकोच-सा छाया रहता था। एक बार जिस छवि में फिट हो गए, सहपाठी उसी उपनाम से पुकार-पुकार कर चिढ़ाते फिरेंगे। अत: मैंने अत्यंत विनय के साथ अभिनय कला में असमर्थता प्रकट कर ली थी। अज्ञान के लिए गुरु से क्षमा भी माँगी थी। यह सब कैफियत देने के बाद भी वे न पसीजे थे। फलस्वरूप, ट्रॉपोस्फीयर की नि:शुल्क सैर व गुरुत्व बल के अधीन अवतरण करना पड़ा। द्रुत व विलंबित लय में रुदन भी करना पड़ा था, हालाँकि

उनके पुनः सैर के प्रस्ताव पर मैं मूक रुदन में आ गया था।

इस घटना से मन उचाट-सा हो गया था। सांस्कृतिक कार्यक्रमों से मन विरक्त रहने लगा था, हालाँकि गुरुत्व बल से जनित पीड़ा रह-रहकर याद आती थी। इसी भय से जयशंकर प्रसाद व डॉक्टर रामकुमार वर्मा के प्रमुख नारी पात्रों की स्क्रिप्ट मुझे ही याद करनी पड़ी थी। ध्रुवस्वामिनी, मालविका, अलका, मधुलिका, कल्याणी इत्यादि पात्रों की संवाद अदायगी व अभिनय कर्म बुझे मन से मुझे ही संपन्न करने पड़े थे। गुरुजी को गुरुत्व बल की सार्थकता पर न्यूटन से भी अधिक विश्वास था।

□

# 4

# कुंभ व कुम्हार : तीन

'गणित में विद्यार्थियों का हाथ तंग है।' ऐसा प्राय: सुनने को मिलता था। गणित-फोबिया से कई छात्र पीड़ित रहते थे। तत्कालीन कालखंड में हमारे अंचल में गणित विषय का हाहाकार मचा रहता था। प्रथम प्रयास में मैट्रिकुलेशन परीक्षा पास करना दुर्लभ समाचार होता था। प्रथम प्रयास में इस परीक्षा को उत्तीर्ण करना अभीष्ट भी नहीं माना जाता था। तीसरे से पाँचवें प्रयास तक को सहजता से लिया जाता था। प्रयासों की संख्या कितनी भी हो जाए, पास होना महत्त्व रखता था। पाँचवें प्रयास तक भी इस परिणाम के लिए उपयुक्त निगरानी व मार्गदर्शन की जरूरत महसूस की जाती थी।

'मैट्रिकुलेशन' शब्द की ऑक्सफोर्ड डिक्शनरी मीनिंग 'रजिस्टर' दी गई है। इसमें यह भी स्पष्ट किया गया है कि पाश्चात्य शिक्षा-व्यवस्था में इस परीक्षा के अंक रजिस्टर में इंद्राज किए जाते हैं। इसके अंक रजिस्टर में 'एंट्री' किए जाने से ही इसे 'मैट्रिकुलेशन' कहा जाता है।

प्राच्य विद्वान् पी.एन. ओक इस धारणा का खंडन करते हैं। उनका दृढ़ मत है कि रजिस्टर में तो अन्य परीक्षाओं के अंकों की भी प्रविष्टि की जाती है। 'गजट' भी तो रजिस्टर ही है। इस विधान से तो समस्त परीक्षाएँ ही मैट्रिकुलेशन कहलानी चाहिए।

उनका मत है कि 'मैट्रिकुलेशन' प्राचीन संस्कृत शब्द 'मातृकुलीनेषु' का पाश्चात्य संस्करण मात्र है। इस परीक्षा को उत्तीर्ण करने के बाद शिक्षार्थी को

उच्चतर शिक्षा प्राप्त करनी होती थी। इस उद्‌देश्य से उसे 'मातृकुल' से दूर जाना पड़ता था।

ज्योमिट्री की क्लास थी। वृत्त का आरेख खींचने को कहा गया था। मैं भी वृत्त का आरेख खींच रहा था। आरेखण की प्रक्रिया में कंपास बार-बार फिसलता जा रहा था। ज्योमिट्री पेपर स्निग्ध (चिकना) था। अत: मैंने कंपास पर बलाघात् किया व ज्योमिट्री पेपर के घूर्णन से आरेख खींच लिया था। यह जुगत प्रक्रिया को सुकर बनाने के उद्‌देश्य से की गई थी। आरेखण के इस दुर्लभ-प्रदर्शन को संभवत: गुरुजी ने भी देख लिया था।

उन्होंने पीछे से आकर धौल जमाकर मुझे धराशायी कर दिया था। बड़े कष्ट में मैं उठा तो उन्होंने दूषित तरीका अपनाने का कारण पूछा। हमने भी भोलेपन में कह डाला—'बन तो गया है, गुरुजी। आम खाने से मतलब होना चाहिए, पेड़ गिनने से क्या होगा?' प्रकारांतर से हमने साध्य पा लेने की धौंस दिखाई थी व साधन की पवित्रता-अपवित्रता के फेर में न पड़ने की दुहाई भी दी थी। गुरु तो गुरु ही होता है। उन्होंने हमें दीवार के सामने खड़ा कर दिया और हमें आदेश दिया—'इस दीवार पर सर्कल का आरेख खींचो। दीवार घुमाकर खींचो। याद रहे, कंपास नहीं घूमना चाहिए।' उसके बाद उन्होंने जो किया, वह वर्णनातीत है।

वे ज्यामितीय तरीके से साठ अंश, पैंतालीस अंश, साढ़े बाईस अंश के कोणों का अभ्यास कराते थे। छोटे डिनोंमिनेटर्स के कोणों का अधिकाधिक अभ्यास कराते थे। फोबियाग्रस्त विद्यार्थी बहुतायत में थे। मुंशी प्रेमचंदजी तक को गणित हिमालय-सी ऊँचाई का लगता था।

हमारे एक सहपाठी अग्रज थे। स्कूल और घर—दोनों स्थलों पर वे इस विषय के सताए हुए थे। एक दिन उनके फूफाजी आए हुए थे। फूफाजी ने उन्हें 'मल्टीप्लीकेशन' का सवाल हल करने को दिया। भाई ने सवाल पर निगाह डाले बिना ही हथियार डाल दिए थे। लानत-मलामत सुनकर वह हाँफते हुए बाहर आए। मित्रों को आपबीती सुना रहे थे—'यार! फूफाजी ने एक सवाल की 'मट्टी पलीद' करने को दी तो हमारी ही 'मट्टी पलीद' हो गई।'

हालाँकि लांग जंप में इनका प्रदर्शन उत्कृष्ट रहता था। एक बार लांग जंप

की प्रैक्टिस चल रही थी। ये कूदने के लिए खोदे गए अधिकतम स्ट्रेच मार्क से बाहर, अर्थात् साढ़े तेईस फीट कूदकर फ्रैक्चर करवा बैठे थे। उत्तर प्रदेश का स्टेट रिकॉर्ड तत्समय चौबीस फीट था।

गुरुजी कक्षा में वृक्ष का समूल तना लेकर आते थे। उसको वे शस्त्र के रूप में प्रयोग करते थे। उनके इस शस्त्र से दुर्ग-द्वार भी आसानी से ढहाया जा सकता था। उनके दर्शन होते ही त्रेता युग की याद आने लगती थी। किष्किंधा के दंड धरों के हाथों में भी यही शस्त्र रहा करता था। उसी से वे लंका के परकोटे तोड़ने में सफल होते थे। छात्र डरे-सहमे-से रहते थे। उनमें यह भय व्याप्त रहता था कि पाठ्यक्रम समाप्ति से पूर्व गुरुजी हमें ही समाप्त न कर दें।

साप्ताहिक टेस्ट लिए जाते थे। परिणाम में कमतर प्रदर्शन वालों को वे पूर्ण शक्ति से बाहर फेंक देते थे। एक 'असवाल सरनेम' वाले सहपाठी भी थे। उनका हाथ भी अकसर तंग ही रहता था। वह अकसर प्रक्षेपित किए जाते थे। फेंकते समय गुरुजी यह अवश्य दोहराते थे कि—'तुम्हारा तो सरनेम ही असवाल है। वह इसलिए है क्योंकि तुमको सवाल आते ही नहीं हैं।' वे प्रायः छात्र को बस्ता-बही सहित उठाकर पलायन वेग से प्रक्षेपित कर देते थे। प्रक्षेपण-यान व मानव-शरीर की सीमा-सामर्थ्य में व्यापक अंतर बताया जाता है। इस अंतर से गुरुजी की इच्छा अपूर्ण ही रह जाती थी। उनका प्रक्षेपित शिष्य केले के सघन वृक्षों की जद तक ही पहुँच पाता था। यह कदली वन वहाँ पर था, जहाँ पर स्कूल की सीमा समाप्त होती थी। वे स्थानच्युत शिष्य को भी यहीं से उच्च स्वर में आदेश देते थे। उन्हें निर्मेय की रचना व प्रमेय का अभ्यास करने की छूट अवश्य दे देते थे। कदली वन के अभ्यासी छात्रों में से कुछ गणित में मेधावी होकर निकले थे। कुछ गणित के योग्यतम शिक्षकों में लब्धप्रतिष्ठ हुए, तो कुछ लोक सेवाओं में भी चुन लिए गए थे।

अर्द्ध वार्षिक परीक्षाओं के उपरांत कक्षा में कापियाँ दिखाई जाती थीं अर्थात् छात्रों का प्रदर्शन दिखाए जाने की प्रथा थी। अधिक स्पष्ट शब्दों में कहा जाए तो 'आईना दिखाने' का चलन भी था। हमारे एक सहपाठी कक्षा में दुर्लभ आसन में विराजते थे। वे बिना हत्थे की कुर्सी पर, कुर्सी की पीठ से वक्ष सटाकर वह उसके ऊपर चिबुक टिकाकर बैठते थे। इस दुर्लभ आसनवाले सहपाठी का

प्राप्तांक सौ में से चार अंक था। इन अंकों को देखकर अकस्मात् उन्हें पितृ-स्नेह का स्मरण हो आया था। फिर किसी अज्ञात प्रेरणा ने उन्हें ढाढ़स बँधाया था। उन्होंने लाल रोशनाई से एक रचनात्मक कार्य करने की ठान ली थी। कॉपी के शीर्ष पर 'चार' अंक के सम्मुख 'एक और चार' टिका दिया था। वैसे तो यह साहसिक कृत्य था। पर इस रहस्य को उन्होंने रहस्य ही रहने दिया था।

इन अंकों की ब्रॉड-शीट में एंट्री की जाती है। इस अवसर पर गुरुजी ने अपनी स्मरण-शक्ति पर सारा जोर लगा डाला था। तो भी उनके स्मृति-कोष ने उन्हें सूचना दी कि—'उन्होंने उच्चतम स्कोर चालीस तक ही तो लुटाए हैं। फिर ये चवालीस का चमत्कार कैसे संभव हो सकता है?' इस झोल को वे कुछ-कुछ समझ चुके थे। उन्होंने कॉपी की पुनः संवीक्षा की। कूटरचना का अनावरण हो चुका था। इस उद्विग्नता में उन्हें रात भर नींद नहीं आई थी।

अगले दिन असेंबली हो चुकी थी। दुर्लभ आसनवाले शिष्य कक्षा की ओर जा रहे थे। सहसा उसने अपने हाथ में एक फंदा-सा महसूस किया था। वह रुका, मुड़ा, मुड़कर देखा तो गुरुजी उसका पाणिग्रहण चुके थे। वे खींचते हुए उसे प्राचार्य कक्ष की ओर ले जा रहे थे। जल्दी-जल्दी सीढ़ियाँ चढ़कर प्राचार्य कक्ष के दरवाजे से वे अलक्षित हो चुके थे। भीतर प्राचार्य उनकी प्रतीक्षा कर रहे थे। प्राचार्य ने इससे बड़े प्रेम से पूछा, "घबराने की कोई बात नहीं है। अपने मतलब के लिए तो क्या-क्या नहीं करना पड़ता है?" ये सटासट-सटासट अपनी कार्रवाई का सारांश बता चुके थे। गुरुजी की विजयी मुसकराहट प्राचार्य की सूझ-बूझ की प्रशंसा कर रही थी। संक्षिप्त अभियोग चला था, 'समरी ट्रायल' टाइप का। उसके पश्चात् ज्यूरी ने छापामार युद्ध संहिता का पैंतरा अपनाया था। संयुक्त आक्रमण कर शत्रु को धराशायी किया जा चुका था। वैद्य ने इन्हें सप्ताह भर का विश्राम सुझाया था। औषध-पथ्य का नियमित सेवन भी कराया था। अगले सप्ताह सहपाठी दुर्लभ आसन पर पुनः विराजे हुए थे।

किसी छोटी कक्षा में तो इससे भी बड़ा चमत्कार हुआ था। यह 'दुर्लभ में दुर्लभतम्' टाइप का नवाचार था। किसी छात्र का प्राप्तांक सौ में से एक अंक था। पितृ-स्नेह का स्मरण होने पर उसने दाईं ओर एक शून्य बढ़ा दिया। उसके हितैषी मित्र ने उसे समझाया, 'जुर्म करने पर भी ये मार्क्स, पासिंग मार्क्स नहीं

बने हैं।' इन वचनों को सुनकर वह अत्यंत हर्षित हुआ। इस वाणी ने उसे नितांत कलात्मक प्रयोग के लिए प्रेरित किया था। अत: उसने एक ही झटके में एक और शून्य बना लिया था। इस प्रकार एक नवीन प्रतिमान स्थापित तो हो गया था। 'बात निकलेगी तो दूर तलक जाएगी।' इनकी बात भी बहुत दूर तक गई थी। अत: अगले दिन इनका अभियोग फुल बेंच के द्वारा सुना गया था। सूत्रों के अनुसार, इन्हें बारी-बारी से धोया गया था। परिणाम सुनकर यह कक्षा में आए तो ऐसे प्रतीत हो रहे थे, मानो चौदहवीं शताब्दी के हों और अभी-अभी उत्खनन में प्राप्त हुए हों।

गणित को भाषा में भी उच्च स्थान प्राप्त है। सद्भावना में—एक और एक ग्यारह, दिन-दूनी रात-चौगुनी, चौदहवीं का चाँद का प्रयोग सुनने को मिलता है। विपरीतार्थक फेहरिस्त ज्यादा लंबी है। नौ दो ग्यारह होना, तीन में न तेरह में, तिया-पाँचा करना, छत्तीस का आँकड़ा, दो और दो पाँच करना, आठ-आठ आँसू रोना व निन्यानवे के फेर में बहुश्रुत उदाहरण हैं।

□

# 5

# उच्च शिक्षा

हमारे एक सहपाठी थे। वे अभिभावकों को अपने परीक्षा-परिणाम का ठीक विपरीत फल बताया करते थे। कभी-कभी वे उत्तीर्ण भी हो जाया करते थे। उन वर्षों में वे परिणाम बताने के प्रथम चरण में रोनी सूरत बनाते थे। अगले चरण में भाग्य का रोना रोते थे। इस तरह नाना प्रकार की लीलाएँ धरकर वे घर पर अनुत्तीर्ण-फल रिकॉर्ड कराया करते थे। मित्रों द्वारा असत्य कथन बाबत पूछे जाने पर कहते थे, "मात्र इस कथन से मैं वर्ष भर आंतरिक सुख से परिपूर्ण रहता हूँ। चैन रहता है। इस साल की कौन सी गारंटी है यार! एडवांस एडजस्टमेंट का भी तो सोचना पड़ता है। जीवन जीने की गुंजाइशें खोजनी पड़ती हैं, पार्टनर! जीने के अपने-अपने तरीके हैं, दोस्त!।"

फल के हिसाब से गार्जियन्स की हठधर्मिता व दमन नीति तो साल-भर चलती ही थी। उसमें किसी शिथिलता अथवा विराम की गुंजाइश नहीं रहती थी। ताने सुनकर, कोपभाजन बनकर भी वे अप्रभावित-से रहते थे। घर की उपेक्षा उन पर बाह्य-प्रभाव ही डाल पाती थी। आंतरिक प्रभाव पड़ना नामुमकिन-सा था। चूँकि वे वास्तविक फल-रहस्य जानते थे, अनुत्तीर्ण होनेवाले वर्षों में अभिभावक उन्हें उत्तीर्ण जानते थे। अत: कलुषित नहीं करते थे। उन वर्षों में वे अंतर्मन से दु:खी व बाह्य रूप से प्रसन्न रहते थे। एक तरह से यह एक नवीन प्रकार का जीवन-दर्शन था, जो उन्हें 'फिफ्टी परसेंट' दु:ख से निजात दिलाता था। इस 'फिलॉसॉफी' की वे शर्तिया गारंटी भी देते थे। परिणाम आने के दो माह तक अपने मित्रों को सत्य बोलने से थामे रखते थे। 'अभी नहीं आया' बोलने की

सामूहिक शपथ दिलाए रखते थे। इस व्यूह-संरचना से भी उन्हें अस्थायी-सी राहत मिलती थी।

उनके मोहल्ले से गुजरने पर दोस्त डरे-सहमे-से रहते थे। 'उनके पिताजी ने देख लिया तो क्या होगा?' इस भय से साँसत में रहते थे। अत: उस रेंज से चौकस-सतर्क होकर गुजरते थे। तेज-तेज कदमों से मोहल्ला पार करना पड़ता था। कभी-कभी धोखे से पकड़ में आ भी जाते थे। एक दिन उनकी नजर पड़ ही गई थी। उँगली से संकेत देकर बुलाया, जाना पड़ा। अभिवादन किया। उन्होंने भी उचित आसन पर बिठाया। वार्तारंभ किया। घर की कुशल-क्षेम जैसे औपचारिक प्रश्नों पर नहीं गए। सीधे मूल प्रश्न पर आए, 'रिजल्ट आया?' उस समय तक रिजल्ट सचमुच नहीं आया था।' चाचाजी! अभी नहीं आया।' कहकर जबाब दिया। चिंता सवार थी कि किस तरह रिहाई हो? देर तक रुकना उचित नहीं जान पड़ रहा था। वे हठात् रोक रहे थे, 'तुमने अभी तक बताया नहीं?'

'जी! अभी तक तो नहीं आया था। आया होता तो मैं जरूर आपसे कुछ बताता।'

'तो, अब बता दो।'

उस दिन माताजी ने बीच में पड़कर जान छुड़ाई थी। दोस्त इतना बड़ा उलट-फेर किए रहते थे। राजा-रंक, रंक-राजा का उनका यह खेल बरसों तक चलता रहा। संपूर्ण उच्च शिक्षा काल में उनका यह 'एडजस्टमेंट' चलता रहा।

खेती-बाड़ी सँभालनी होती थी। अतिरिक्त समय में शिक्षा भी ग्रहण कर लेते थे। जीवनचर्या अनियमित-सी हो चली थी। कृषि-पशुपालन के साथ विज्ञान की कक्षाओं का सामंजस्य नहीं बैठ पाता था। भौतिकी पढ़ने के लिए कक्षा में भौतिक रूप से उपस्थित रहने में अड़चन पड़ती थी इसलिए 'क्लास अटेंड' करना बच्चों का खेल मान लिया गया था। परीक्षाएँ और फसल-कटाई परस्पर 'क्लैश' किया करते थे, तो भी दोनों 'इवेंट्स' में अच्छी 'परफॉरमेंस' दिखाने का दबाब बना रहता था।

इन मिले-जुले कारणों से 'लेबोरेटरी' जाना भी नहीं हो पाता था। प्रायोगिक परीक्षा पास करनी ही होती थी। 'प्रैक्टिकल्स' में उपकरणों को तक नहीं पहचानते थे। पहचान तो तब होती, जब वहाँ कभी गए होते? साहचर्य से ही परिचय बढ़ता

है। अतः उपकरणों को उपेक्षा की दृष्टि से देखते थे। भौतिकी में तीन प्रयोग मिलते थे। उनमें से दो को चुनने की आजादी रहती थी। 'इलेक्ट्रिसिटी' सर्किट्स के दूर से ही दर्शन कर वे आशंकित हो जाते थे। चूँकि वे विद्युत-स्पर्शाघात से भयभीत रहते थे, उन्होंने एक 'थंब रूल' ईजाद किया हुआ था। जिस प्रयोग में सर्किट, वोल्टेज, करंट, एमीटर, ब्रिज, रजिस्टेंस आदि शब्द सुनाई दें, उसे न करना लाभकारी रहता है, क्योंकि एहतियात बरतने से जीवन अक्षुण्ण रहने की गारंटी रहती है। इन मिले-जुले कारणों से 'एकॉस्टिक्स' व 'ऑप्टिक्स' उनके प्रिय प्रायोगिक विषय बन चुके थे। इनका वे प्रसन्नता से चयन करते थे।

ऐसा न था कि इन विषयों में वे अगाध पांडित्य रखते हों। इसके मूल में 'डार्क रूम' की प्रेरणा रहती थी क्योंकि वहाँ नकल करने की अगाध स्वतंत्रता मिलती थी। 'सोडियम लाइट' के क्षीण-से प्रकाश में वे 'गैर-डार्क रूम प्रैक्टिकल्स' के निष्कर्ष भी लिपिबद्ध कर लेते थे। बाहर आकर डंके की चोट पर कहते थे, "मैं अज्ञात वस्तुओं के परिणाम, बिना प्रयोग किए ही चुटकियों में निकालने में समर्थ हूँ। रिफ्रैक्टिव इंडेक्स, बेवलैंथ, स्पेक्ट्रम, बैंडविड्थ, डिफ्रैक्शन, डिस्पर्सन, इंटरफेरेंस, फ्रिंजेज में से जिसका जो चाहे निकलवा सकते हो।" 'सैक्स्टैंट' का प्रयोग उनका पसंदीदा प्रयोग होता था। एक तो यह खुल्लम-खुल्ला होता था। दूसरा, प्रयोगशाला से बाहर का नीरव वातावरण अनुकूल पड़ता था। तीसरा, इंटर्नल व एग्जामिनर की बेधक दृष्टि से बचत रहती थी।

वे खुलकर स्वीकारते थे कि जहाँ-जहाँ 'इंटर्नल' व 'एग्जामिनर' की दृष्टि पड़ती हो, वहाँ-वहाँ उन्हें अपनी प्रतिभा के 'लाइम-लाइट' में आने का भय सताता है। वे समर्थ शत्रुओं का मुकाबला करने में असमर्थ थे। चूँकि वे मात्र गुरिल्ला युद्ध-कला में ही पारंगत थे, आमने-सामने के युद्ध में नहीं।

पहले वर्ष भाग्य ने उनका साथ न दिया था। 'सिलेंडर का मोमेंट ऑफ इनर्शिया' निकालना इनके हिस्से आ गया था। यह सब काकतालीय-न्याय से घटित हुआ था। पूछताछ करते-करते ये बमुश्किल अपनी टेबल तक पहुँच सके थे। 'फ्लाईव्हील' व 'सिलेंडर' से यह इनका प्रथम साक्षात्कार था। अंतरीक्षक व परीक्षक ने इनको बेधक दृष्टि से देखना आरंभ ही किया था कि इन्होंने अपनी संपूर्ण शक्ति को संचित किया। तत्पश्चात् फ्लाईव्हील को इतनी जोर से घुमाया,

जैसे इंजन को स्टार्ट कर रहे हों। सिलेंडर जोर की ध्वनि करते हुए भूमि पर गिरा था। तत्पश्चात् इन्होंने पहली रीडिंग ली। इनके आगाज और अंदाज को देखकर परीक्षक इनकी टेबल तक आने का साहस न जुटा सके। ध्वनि संबंधी प्रयोगों में भी ये परीक्षक से मुक्ति का उपाय जानते थे। परीक्षक के समीप आते ही ये कानों में हेड-फोन लगा लेते थे। कुछ अबूझ सी ध्वनियों को सुनने का उपक्रम-सा करने लगते थे। परीक्षक को घोर उपेक्षा की दृष्टि से देखते थे, जो उन्हें दूर-दूर रखने की शर्तिया गारंटी सिद्ध होता था।

रसायन शास्त्र के प्रयोगों में मेधावी छात्र लंबे संश्लेषण-विश्लेषण करके ही परिणाम तक पहुँच पाते थे। वे रसायन मिक्सचर के रंग-गंध-स्वाद, तापांतर, रासायनिक क्रियाओं इत्यादि के परिणामों से गुण-धर्म का मिलान करते हुए, परिश्रम से ही निष्कर्ष जान पाते थे। इनका यहाँ भी शार्ट-कट चलता था। प्रयोगशाला सहायक इनके अभिन्न मित्र रहते थे। वे इन्हें जबलपुर से आयातित बीड़ी का उचित और युक्तियुक्त प्रतिफल प्रदान करते थे। फलतः, पुड़िया हाथ में ग्रहण करने से पूर्व ही मिक्सचर एक्स का नाम, गुण-धर्म मय पूर्ण विवरण पूर्व से ही जान लेते थे।

कार्बनिक रसायन के परीक्षा परिणाम में इन्हें इक्यावन अंक मिले थे। कैंपस में लगभग भूचाल-सा आ गया था, चूँकि पूर्णांक पचास अंक का ही था। काफी देर तक इन्हें समझ नहीं आया कि इन्हें प्रसन्न होना चाहिए अथवा दुःखी? उसी दिन से ये प्रतिदिन परीक्षा-नियंत्रक के सिर पर सवार होने लगे। सवार होकर उसी शैली में सवाल करते थे, जैसे वैताल ने विक्रमार्क से पूछा था, "हे राजन! मैं पास हुआ अथवा फेल?" इस प्रश्न के जवाब के लिए सुदीर्घ पत्राचार चला था। लंबे समय के पश्चात् विश्वविद्यालय ने खेद जताया था। इन्हें सूचित किया गया था कि किसी टाइपराइटर की सुखद त्रुटि से आपको यह सुखद अनुभूतियुक्त अंक प्राप्त हुए हैं। अब त्रुटि सुधार कर उस त्रुटि का परिमार्जन कर लिया गया है। उसी टाइपराइटर से आपको शुद्ध पंद्रह अंक सूचित किए जा रहे हैं। सूचना जानें।

प्रयोगशालाओं का माया-मोह इनका प्रगति-रथ न रोक सका था। उस वर्ष प्रवेश के लिए 'एंट्रेंस' परीक्षा हुई थी। एक नंबर के सवाल हल करने के

ये मास्टर थे ही, उच्चतर कक्षा में रसायन शास्त्र में इन्हें सहजता से प्रवेश मिल चुका था। यह विषय वह माँगता था, जो ये दे नहीं सकते थे—उपस्थिति। इसके बावजूद ये अपनी पूर्ववत् दिनचर्या के अधीन रहे। विभाग ने इन्हें सुधारने की भरसक चेष्टा की, सम्यक् अवसर दिए। सुधार न होने की दशा में निष्कासन का भय भी दिखलाया। इतना हो गुजरने के बाद भी ये अप्रभावित ही रहे।

एक सुहानी सुबह ये सोकर उठे। विषय परिवर्तन का निश्चय मन में ठान चुके थे। तैयार होकर शहर गए। गणित विषय में दाखिला लेकर प्रयोगों के खटराग को हमेशा के लिए तिलांजलि दे आए थे। अध्यवसायी तो थे ही, कृषि-पशुपालन के साथ-साथ मन लगाकर स्वाध्याय भी करते रहे। यह विषय इनकी दिनचर्या से मेल खाता था। गाँव के किसानों की उपज मंडी में पहुँचती थी। ग्रामीणों के हितों की रक्षा के लिए ये हिसाब-किताब देखने हर पल मंडी में उपलब्ध मिलते थे। समय-चक्र चलता रहा। अंतिम परीक्षा परिणाम निकल चुका था। अंकतालिका लेकर ये घर पहुँचे थे। अंक तालिका आँगन में रखकर हाथ-मुँह धोया। तत्पश्चात् ये गाँव की एक वृद्ध महिला को दवा पहुँचाने चले गए। वापसी में आकर इन्होंने देखा कि गाय इनकी अंक तालिका को चबा रही है। लपककर बचा-खुचा हिस्सा इन्होंने गाय के मुँह से छुड़ाया। गाय ने ना-नुकुर भी की थी। शेष हिस्सा हाथ में आया था। यह वह हिस्सा था, जिसमें सहायक कुलसचिव के हस्ताक्षर थे। गाय अंकों की जुगाली बड़ी तन्मयता से कर रही थी। गाय को संभवत: अपने मालिक के अंकों ने चबाने को प्रेरित किया था। इस वर्ष इन्हें विश्वविद्यालय में पोजीशन जो मिली थी।

इनके एक मेधावी मित्र थे। वे दो वर्ष देश के किसी प्रमुख महानगर में रहकर प्रतिष्ठित परीक्षा में बैठना चाहते थे। उनके पिता ने अपने सामर्थ्य के हिसाब से बढ़-चढ़कर इमदाद भी दी थी। किसी जटिल माने जानेवाले विषय में उनको उस परीक्षा में शून्य अंक मिला था। यह शून्य अंक उनके पिता को आजीवन सालता रहा। आरंभ में तो पिता ने यही निष्कर्ष दिया था कि, "भला शून्य क्यों मिलेगा। इसने परीक्षा में कुछ लिखा ही नहीं होगा। इसने जान-बूझकर पन्ने कोरे छोड़ दिए होंगे। इसका मूल स्वभाव ही ऐसा है। इसने जान-बूझकर कुछ लिखा ही नहीं होगा, क्योंकि यह मेरी छाती पर मूँग दलने को जो पैदा हुआ है।"

पुत्र को देखते ही वे लाठी उठा लेते थे। किसी प्रकार पूरी शक्ति से दौड़कर वह सुरक्षित दूरी तक पहुँच पाता था, तब जाकर पिता के कोप से अपनी प्राण-रक्षा कर पाता था। पिता के परिवर्तित व्यवहार से वह भयभीत तो कम था, खिन्न अधिक रहता था। उसने अपने मित्रों से सहायता की याचना की। उन्हें दूत बनाकर पिता के पास भेजना चाहा था। इन्होंने कहा, "यार! उनसे कहूँगा क्या? उत्तर क्या दूँगा?" फिर भी, ये मित्र के घर गए। उसके पिता की अनुनय-विनय की। कुपित पिता की अभ्यर्थना की। मानविकी व अमानविकी विषयों के स्कोरिंग पैटर्न का रहस्य भी बताया गया। गावस्कर व कपिल देव के बल्लेबाजी पैटर्न का दृष्टांत भी दिया गया। अंत में, यह कहकर भी मनाया कि अमानविकी विषयों के अंक यदा-कदा अमानवीय स्थिति उत्पन्न कर ही देते हैं।' इस शास्त्रीय बहस के आयोजन से कुछ उम्मीद बँधी थी। हालाँकि बाद में ज्ञात हुआ कि पिता-पुत्र के आंतरिक संबंधों में कोई सुधार नहीं आया है। बाद के वर्षों में वह उच्च पद पर भी आसीन हो चुका था। तब भी उसके पिता शून्य अंक के परिणाम के प्रति आजीवन संदेहशील बने रहे।

□

# 6

# क्रीड़ा संसार

नदियाँ जीवनदायिनी कही जाती हैं। नदी घाटी सभ्यताओं ने मानव संस्कृति को अनेकानेक रूपों में उपकृत किया है। हमारे गाँव की उत्तर दिशा से पतित पावनी नदी प्रवहमान रहती है तो दक्षिणी सीमा पर उसकी सहायक नदी। ये जल राशियाँ युवकों को अनायास ही आकर्षित करती हैं। गाँव नदी किनारे हो, उस गाँव का निवासी तैराक न हो, संदेह उत्पन्न करता है, या तो नदी के अस्तित्व पर अथवा उसके गंगा किनारे वाला होने पर।

बाढ़ की रोकथाम के लिए तटबंध बने हुए थे। मानसून काल में ये बाढ़ से गाँव की रक्षा करते थे। अन्य ऋतुओं में डाइविंग बोर्ड के रूप में इस्तेमाल में आते थे। कुछ स्थानों पर तटबंध नहीं थे। उन किनारों पर महिषी की पीठ डाइविंग बोर्ड की पूरक बनती थी। गहरे पानी में छलाँग लगाने का अनुभव रोमांचक होता है। पानी जोर से उछलता, तैराक को अपने भीतर छुपा लेता थी। कुछ क्षण पश्चात् तैराक जल से उभरता था। इस क्रिया का दिनभर दोहराव किया जाता था। कुछ कुशल तैराक थे, कुछ नौसिखिए, जो कुछ दिनों में कुशल बन जाते थे। पुष्ट भुजाओं से पानी को चीरते हुए, कमान से निकले तीर की भाँति आगे बढ़ते जाते थे।

श्वेत रंग के पत्थर को पानी में फेंका जाता था। उसे खोजने का खेल बच्चों में अधिक प्रचलित था। नदी की सतह पर तैरते हुए पत्थर को खोज कर लाना होता था। डुबकी लगाकर श्वास रोके जल के भीतर रहने की स्पर्धा भी होती थी। भँवर वाले स्थल चुनौतीपूर्ण होते थे। वहाँ दम साधकर पूर्ण शक्ति से विशेष

कौशल से ही तैरा जा सकता था। कुशल तैराक ही इस जोखिम को उठाते थे।

छुट्टियों में नदी में अधिक समय बीतता था। धूप स्नान के पश्चात् जल क्रीड़ा होती थी, तत्पश्चात् रेत स्नान। पुनः जल क्रीड़ाओं का क्रम चलता रहता था। अधिक समय तक पानी में रहने से हथेली की त्वचा सिकुड़ जाती थी। वही घर वापसी का संकेत करती थी। नदी में साबुन लगाकर स्नान नहीं किया जाता था। साबुन लगानेवाले को 'पूँजीपति' अथवा 'शौकीन' समझकर उपेक्षा की दृष्टि से देखा जाता था। ग्रीष्मावकाश के पश्चात् स्कूल-कॉलेज खुलते थे। हमारे गाँव के युवक आसानी से चिह्नित हो जाते थे, भूरे बालों व झुलसी त्वचा के रंग से, जो नदी-साहचर्य से जनित रहता था।

'तैराक ही डूबता है।' एक सिद्धांत है। एक अल्पज्ञात सिद्धांत यह भी है कि प्रत्येक तैराक किसी-न-किसी अवसर पर निष्क्रिय व निस्पंद अवश्य होता है। लोक भाषा में कहें तो 'पानी अवश्य खाता है।' संगम व गर्तवाले स्थलों पर पानी खाने की अधिक सुविधा रहती थी। भँवर (एडी करेंट्स) अथवा शांत जल में भी डूबने का सुभीता रहता था। अनाड़ी किस्म के डूबते को बचाने में भी पानी खाया जाता था। जल-क्रीड़ाओं के अतिरेक से उत्पन्न क्लांति भी कभी-कभी पानी खिलाने में सहायक सिद्ध होती थी। इन स्थलों पर रोहू का लोभ भी एक उत्तरदायी कारक था।

जल जीव-जंतुओं में मत्स्य व सर्प के आधार पर ही विभेद का चलन था। उफनती नदी में अकुशल लोग गाय की पूँछ पकड़कर नदी तरते थे। यह दृश्य वैतरणी पार लगने के समतुल्य प्रभाव उत्पन्न करता था। कुछ लोग महिषी की पूँछ पकड़कर भी नदी पार करने का उपक्रम करते थे। लोक मान्यतानुसार, महिषी वैतरणी पार कराने में निरापद नहीं रहती है। कभी-कभी वह नदी के मध्य में ही जलमग्न हो जाती है। स्वयं तो आनंदित होती है, किंतु आश्रित को डुबो देती है। संभवतः उन आश्रितों ने 'गई भैंस पानी में' मुहावरे का अर्थ जानने की चेष्टा न की होगी।

एक तटबंध ऐसा था कि उसके सामने से नदी घुमावदार होकर बहती थीं। जलराशि अगाध थी। उसके वेग से उत्पन्न लहरें तैरने में बाधा उत्पन्न करती थी। डाइविंग के लिए वह आदर्श तटबंध था। उसी तटबंध में कई सर्प निवास करते

थे। एक दिन उस पार से इस पार आने के लिए तैर रहे थे। उछलती लहरों के अधीन एक युवक किनारे पहुँचा था। हाँफते हुए उसने सूचित किया कि उसकी तटबंध से सिर निकाले तटबंध निवासी से निगाहें मिली है, जब उससे पूछा गया कि उसे जीवन भय नहीं हुआ। तो उसने अवगत कराया कि 'कुछ क्षण आँखों में आँखें डालकर सर्प देवता ने मुझे देखा था, फिर अचानक नजरअंदाज कर दिया; क्योंकि लहरों से उछली हुई मछली उसने मुँह में दबाई हुई थी। एक साथ मल्टीटास्किंग करने का उसे शौक नहीं रहा होगा।'

गाँव की पुरानी बस्ती को शेष आबादी से जोड़नेवाला मार्ग एक स्थल पर ढालनुमा था। ढाल प्रायः तीक्ष्ण थी। साठ मीटर के स्पान का साठ डिग्री का ढाल। ढालयुक्त मार्ग पर गोल-चिकने पत्थरों की बहुतायत थी, मध्य में छोटे किनारों पर बड़े-बड़े। साहसिक खेलों के लिए यह एक नैसर्गिक ट्रैक था। साहसिक खेलों के शौकीन इस ट्रैक पर विभिन्न प्रस्तुतियाँ देते थे। 'अपहिल माउंटेन बाइकिंग' सर्वाधिक प्रचलित थी। एक दुग्ध व्यवसायी युवक तो दुग्ध के कंटेनर से लदी साइकिल से अजब-गजब प्रस्तुतियाँ देता था। एक अन्य युवक ने तो नए संस्करण में अपहिल माउंटेन बाइकिंग का चलन आरंभ किया था—स्लो पद्धति में बाइकिंग करके।

वह दर्शकों की माँग पर ट्रैक के मनचाहे बिंदु पर साइकिल स्थिर कर सवार रहता था। हर्षध्वनि होने पर ही आगे बढ़ता था। कालांतर में उन्होंने साइकिल सवारी की नवीन पद्धति का आविष्कार भी किया था। वह साइकिल के अगले पहिए से चढ़ते थे। हैंडल को पार करते हुए सीट पर बैठते थे। हैंडल की विपरीत दिशा में मुख करके साइकिल चलाते थे। उनकी यह नवीन पद्धति मध्य एशिया के हूणों के घुड़सवारी कौशल का स्मरण कराती थी। पीछा करती घुड़सवार शत्रु सेना पर मंगोल योद्धा इसी पोज में वार करते थे। पलटकर पीठ की दिशा में मुख करके अकस्मात् बाणों की वर्षा आरंभ कर देते थे।

ऑडियंस की माँग पर डाउन हिल माउंटेन बाइकिंग के प्रचलन का श्रेय भी इन्हीं को मिला था। यह दीगर बात है कि लैंडिंग के एक अवसर पर इनका ध्यान भंग हो गया था। फलस्वरूप, इनके एक हाथ में प्लास्टर चढ़ा था। इस घटना से भी इनका उत्साह क्षीण न हुआ था। अगले दिन ये प्लास्टर चढ़ाए उसी मुद्रा में

डाउन हिल माउंटेन बाइकिंग कर रहे थे। पूछे जाने पर उन्होंने उपेक्षित-सा जवाब दिया था कि 'इससे मेरी क्षमता कहाँ प्रभावित होती है ? क्या साइकिल चलाते हुए कभी मेरी हाथ पर निर्भरता देखी गई है ?'

पहिए के अंदर बैठकर ढाल पर लुढ़कने का खेल चरम रोमांच की श्रेणी में शुमार था। पहिए का उद्गम स्थल ट्रैक्टर के खराब पहियों का गोदाम था। यह गोदाम पूर्व जमींदार के वर्कशॉप में स्थित था। साठ मीटर-साठ डिग्री का ट्रैक एक पगडंडी में मिलता था। पगडंडी की सीध में थी—कृषि योग्य भूमि अर्थात् चौरस खेत।

दो खिलाड़ी ट्रैक के आरंभ में रहते थे। वे पहिए को छोड़ने के लिए नियुक्त किए जाते थे। ट्रैक की समाप्ति के तीस हाथ आगे भी दो खिलाड़ी नियुक्त रहते थे। वे धीमी गति से आते हुए पहिए को थामने का कार्य करते थे। स्पर्धा आरंभ होने से पूर्व खिलाड़ी को कई गुणों की परीक्षा उत्तीर्ण करनी अनिवार्य थी, जिसमें सवार के साहस, पीड़ा सहने की क्षमता व शिकायत न करने गुणों की परीक्षा ली जाती थी। संक्षेप में, सहिष्णुता की परीक्षा ली जाती थी।

सवार की सुरक्षा के लिए बचाव की पद्धति विकसित की गई थी। इसके लिए कोई बाह्य साधन नहीं अपनाया गया था। सवार को हाथ-पैर समेटकर शून्य अथवा अंग्रेजी के आठ अंक की मुद्रा में निपुण होना पड़ता था। इसी मुद्रा में वह पहिए के अंदर स्वयं को समायोजित करता था। सवार मंडूकाकार मुद्रा ग्रहण करने के पश्चात् ही पहिए के अंदर विराजता था। तत्पश्चात् खिलाड़ी सवार से यह पुष्टि अवश्य करते थे कि वह सहज है या नहीं। पुष्टि होते ही पहिए को धकेल कर रवाना कर देते थे।

विज्ञान में भार, वेग, त्वरण की सामूहिक क्रिया से उत्पन्न तीव्रता पढ़ते थे। रुक्ष व तिर्यक धरातल के घर्षण का प्रभाव भी कोर्स में शामिल था। इनके सम्मिलित प्रभाव से उछलता हुआ पहिया रोमांच की शोभा बढ़ा देता था। पहिए के अंदर सवार गर्भस्थ शिशु की मुद्रा में सिकुड़ा हुआ रहता था। वह बंदूक से निकली हुई गोली के वेग से यात्रा-पथ तय करता था। सवार को स्पर्धा के आरंभ में ही अभय वचन दे दिया जाता था। कभी-कभी वचन भंग भी लक्षित किया गया था। इन विशेष घटनाओं में लांचिंग स्टाफ ने वृहद पाषाणयुक्त मार्ग पर

पहिए की रवानगी संपन्न कर दी थी। कभी-कभी लैंडिंग स्टाफ ने विहित स्थल पर अवरोध उत्पन्न नहीं किया था। पहिया अपने भरोसे ही जलमग्न भूमि तक लुढ़कता चला जा रहा था।

शीतकाल आरंभ होते ही वन गुर्जर गाँव से सटे जंगल में डेरा डालते थे। चरागाहों की दृष्टि से उनका प्रवास प्रतिवर्ष होता था। पशुधन के रूप में दुधारू पशुओं के साथ-साथ उनके पास घोड़े-खच्चर भी रहते थे। फलस्वरूप, हमारे खेलों में घुड़सवारी के साधन भी उपलब्ध थे। दौड़ते हुए घोड़े पर दौड़कर सवार होने का अलग ही रोमांच होता था। बिना जीन व बिना लगाम के मात्र 'स्क्वीजिंग' से दुलकी चाल, सरपट चाल इत्यादि सभी फॉर्मेट्स में घुड़सवारी की जाती थी।

घोड़ा भी शांत व सहयोगात्मक रहता था। घोड़ा जब दौड़ता है या सरपट भागता है तो उसका सिर उसके शरीर के साथ-साथ आगे-पीछे होता रहता है। घोड़े के अयालों को उसी लय में सहलाने से वह सवार के संकेतों को समझ लेता है। यह करतब घोड़े के मालिक व स्वयं के परिजनों से दृष्टि बचाकर ही संपन्न किए जाते थे।

हमारे एक चचेरे भाई थे। वह सिने-संवाद बोलते हुए घुड़सवारी कर रहे थे। अकस्मात् अपने पिता का संवाद सुनकर वह हड़बड़ा गए थे। इसी उपलक्ष्य में वे धराशायी हो गए थे। उनके एक हाथ में प्लास्टर चढ़ा था। एक हाथ बाँधे हुए कॉलेज जा रहे थे। मार्ग में एक हितैषी वृद्धा ने उनके हाथ की कुशल पूछी थी, तो वे दूसरा हाथ उठा कर वृद्धा को आश्वस्त कर रहे थे कि आपके स्नेह व आशीर्वाद से सब ठीक हो गया है।

कभी-कभी घोड़े ग्रामीणों की फसल को क्षति पहुँचा देते थे। प्रतिपूर्ति में लड़के घोड़े पकड़ लेते थे। उन घोड़ों से कंपोस्ट का ढुलान खेतों तक किया करते थे।

पेड़ों पर चढ़कर छूने के खेल भी प्रचलन में थे। 'काली डंडी' का खेल बहुत सी शाखाओं वाले पेड़ों पर खेले जा सकने योग्य था। शहतूत का प्राचीन वृक्ष, कुसुम व बरगद का संयुक्त वृक्ष व वटवृक्ष इस खेल के लिए नियत थे। कुसुम व बरगद का संयुक्त वृक्ष विशाल था। वह वानस्पतिक क्रियाओं के संयोग

से जुड़वाँ वृक्ष था। उसका मूल तना काफी विशाल था, लगभग छह फीट ऊँचा। इस ऊँचाई से अलग-अलग दिशाओं में कुसुम व वट की वृहदाकार शाखाएँ थीं। पहुँच से बचने के लिए और दूर तक चढ़ने में कुसुम की दृढ शाखाओं का आश्रय लिया जाता था। शाखाओं से झूलकर कूदने में वट की शाखाओं का सहयोग लिया जाता था। छोटे भाई-बहनों को छह फुट की ऊँचाई तक चढ़ाया जाता था। वहाँ पर पर्याप्त चौड़ाई का एक संधिस्थल था। उस पर छोटे बच्चों को सुरक्षित छोड़कर बड़े ऊँची-ऊँची शाखाओं, चोटियों पर चढ़कर खेल में निमग्न रहते थे।

कुछ खिलाड़ियों ने तो अच्छा कौशल भी विकसित किया हुआ था। वे बिना हाथ से स्पर्श किए वृक्ष की समस्त शाखाओं पर स्वच्छंद विचरण करते फिरते थे। कालांतर में 'गिलहरी' और 'लोमड़ी' उपनाम इन्हीं गुणों से लोकमत में प्रचलित हुए थे।

कंचे का खेल काँच की रंग-बिरंगी गोलियों के आकर्षण का खेल था। एड़ी पर स्थिर होकर एक लय में तीन सौ साठ डिग्री घूमना होता था, तब जाकर एड़ी के दबाव से आदर्श 'पिल्ला' बनता था। खेल चकरी, खड़ी टिच, बैठकी प्रकारों में विभाजित था। खेल में भ्रष्ट आचरण के लिए 'रोचड़ी' अथवा 'रोमंटी' कहा जाता था। आदर्श संहिता के अनुसार, मध्यमा अंगुली से यह खेल खेला जाता था। मध्यमा को दूसरे हाथ की उँगलियों से खींचकर निशाना साधा जाता था। कुछ खिलाड़ी तर्जनी को बेढब तरीके से पकड़कर भी अचूक निशाना लगाते थे।

पिठ्ठू, खो-खो, गिट्टी, कबड्डी, गिल्ली-डंडा अन्य खेल थे। फौज की खुकरी से निर्मित गिल्ली अधिक नुकीली होती थी। कबड्डी में हकलानेवाले खिलाड़ी का खेल दर्शकों के आकर्षण का केंद्र रहता था। कम वय के कुशल खिलाड़ी द्वारा वयस्क खिलाड़ी को चकित कर आउट कर देना कई दिनों तक चर्चा में रहता था। कुछ खिलाड़ी साँस रोककर खेल को कला के उच्च स्तर तक पहुँचाने का सामर्थ्य भी रखते थे।

गाँव में नया-नया विद्युतीकरण हो रहा था। पोल्स पर अधिकतम ऊँचाई तक चढ़ना भी खेलों का हिस्सा था। पोल पर पत्थर से निशाना साधना भी

रोजमर्रा का नियम रहता था। सायंकाल नदी किनारे जाते थे। चपटे पत्थर को पूरे वेग से तिर्यक कौशल से फेंकते थे। पत्थर जल को स्पर्श कर डूबते-उबरते हुए पार हो जाता था। पत्थर के डूबने-उबरने की आवृत्ति गिनकर स्कोर निर्धारण किया जाता था।

जामुन बैंगनी रंग का फल है। बड़े आकार के फल को 'फरेंडा' कहते हैं। अम्लीय प्रकृति का फल होने के कारण इसे नमक के साथ खाने का चलन है। जामुन के ऊँचे-ऊँचे वृक्षों पर चढ़कर जामुन तोड़कर बनियान भर लेते थे। जामुन की शाखाएँ कमजोर होती हैं। गिरने की घटनाएँ भी हो जाती थीं। अधिक फल खाने की स्पर्धा का परिणाम जीभ दिखाकर तय होता था। बनियान व जीभ दोनों—ही रंग में रँग जाती थीं।

झरबेरी काँटेदार झाड़ियों का फल है। रसीली झरबेरी तोड़ने में काँटे चुभने का भय रहता था। उँगली में रक्त कण छलक आते थे। इस पीड़ा को अभीष्ट झरबेरी को तोड़कर शमित किया जाता था। काँटा टूटकर अंदर ही रह जाए तो नागफनी के काँटे से निकालने का चलन था।

इस बीच दूरदर्शन के प्रसारण में सुधार हुआ था। दिल्ली एशियाड के समय दूरदर्शकों की संख्या में भी विस्तार हुआ था। अतः ग्रामीण युवाओं को क्रिकेट, हॉकी व अन्य अंतरराष्ट्रीय खेलों की बारीकियाँ समझ में आने लगी थीं।

□

# 7

# नदी किनारे गाँव रे

"अहा! ग्राम्य जीवन भी क्या है
क्यों न इसे सबका जी चाहे
थोड़े में निर्वाह यहाँ है
ऐसी सुविधा और कहाँ है"

ग्रामीण जीवन का वर्णन राष्ट्रकवि ने ग्रामीण यथार्थ के अनुरूप ही चित्रित किया है, तज्जनित श्रृंखला में नदी के तट पर बसा ग्रामीण अंचल हमारा 'अतीत का चलचित्र' हुआ। वर्षाकाल में युवकों का प्रमुख कार्य उफनती नदी में बहते वृक्षों को जलावनी व इमारती लकड़ी के उद्देश्य से एकत्र करना व गौण कार्य पशुचारण, तैराकी, जलक्रीड़ा इत्यादि श्रेणी में वर्गीकृत था। अन्य मौसम में महिषी, राजमहिषी का स्नान संपन्न करवाने तक संशोधन हो जाया करता था।

पावन नदियों के किनारे 'तीर्थ' की परंपरा रही है, 'तीरस्थ-नदी के तीर-तीर्थ' शब्द की व्युत्पत्ति हुई है। श्रावण में दर्जनों सरिताओं का प्रवाह मुख्य नदी में होने से अगाध जलराशि प्रवाहमान रहती है। 'क्षुद्र नदी भरि चलि उतराई' का परिणाम उफनती नदी में परिणत होना ही है। 'बाबरनामा' के रचनाकार बादशाह बाबर के प्रमुख गुणों में उफनती नदी को तैरकर पार करना भी सूचीबद्ध था। उन्हीं के पदचिह्नों पर चलकर प्राय: ग्रामीण नौजवान बादशाह बाबर के गतानुगामी थे।

वर्षाकाल में 'भाद्रपदस्य एकस्य दिवसे' पतित पावनी उफनती नदी की

मध्य धारा में हम लोग काष्ठ हेतु वृक्ष संकलन व जलक्रीड़ा संयुक्त रूप से संपन्न कर रहे थे कि तत्समय नदी की मध्य-धारा में ही उत्तर दिशा से तीव्र संचार से सुविधा संपन्न एक सर्पकुलभूषण फण फैला, दक्षिण दिशा की ओर गमन को उत्सुक जलक्रीड़ा में निमग्न युवाओं से कुछ पासंग की दूरी पर दृष्टिगत हुए।

फ्रायड ने उपयोगी विचार व्यक्त किया है कि 'भय प्रत्यक्ष-अप्रत्यक्ष रूप से हमारी जीवन-चर्या पर अपना प्रभाव छोड़ता है।' इस सिद्धांत के अधीन नागदेवता के समीप-दर्शन ने हमारी जीवन-चर्या पर प्रत्यक्ष व विपुल प्रभाव छोड़ने का निश्चय किया। प्रख्यात कवि लीलाधर जगूड़ी के 'भय भी शक्ति देता है' सिद्धांत ने हमें नदी के तट पर क्षिप्र गति से क्षणांश में पहुँचाने भर की शक्ति तत्काल प्रदान की। आसन्न संकट के प्रभाव के वशीभूत 'एड्रेनेलीन' नामक हार्मोन ने सहयोग किया। सीमित प्रतिभा को समेट कर प्रतिभा-पलायन में मनीषियों के सुभाषितों, एड्रेनेलीन ग्रंथि, सर्पकुलभूषण के दर्शन से जनित उद्दीपन के संयुक्त प्रभाव ने कृतार्थ किया (समालोचक गण पारिभाषिक शब्दावली में इसे ग्रंथ-ग्रंथियों का संयुक्त अंतर्ग्रथन भी कह सकते हैं)। नदी तट पर भीगे हुए नष्ट होने के अवसर से वंचित किए गए। सुरक्षित शरीर को वस्त्राभरणों से सुसज्जित करने की क्रिया के दौरान उसी अंचल के नौ वर्षीय विलक्षण बालक 'मैत्री' के दर्शन हुए। जनश्रुतियों में निर्भीक, निष्ठावान व निष्पक्ष 'मैत्री' ने सर्पदर्शन कर उद्दीपन अवस्था में नदी-तीर पर दौड़ते हुए गतिशील अवस्था में ही अपने उपरिवस्त्र को तट पर प्रक्षेपित किया। उफनती नदी में प्रक्षिप्त होते हुए उनके दक्षिण हस्त में 'बेहया' का मजबूत वृंत भी दृष्टिगोचर हुआ।

'बेहया' का पौधा तालाब, पोखर, नदी इत्यादि जलस्रोतों के किनारे कठिनतम परिस्थितियों में पुष्पित-पल्लवित होने के गुण-धर्म के कारण ही इस 'परम नाम' को प्राप्त हुआ। गुलाबी रंग के पुष्पों से युक्त इस पौधे का तना-तत्कालीन कालखंड में उपयुक्त शस्त्र (बेंत) अप्राप्य रहने की दशा में 'स्थानापन्न' शस्त्र के रूप में उपयोगी माने जाने की प्रथा थी, जिसे गुरुजन, पुरजन, परिजन व पशुचारकों द्वारा समभाव से प्रयुक्त किया जाता था।

नदी के तीर पर हम भयमिश्रित रोमांच के वशीभूत बहुश्रुत-अनुश्रुत-जनश्रुत 'मैत्री' की एक हाथ में बेहया-वृंत के साथ क्राउल (फ्रीस्टाइल), बैकस्ट्रोक, ब्रेस्टस्ट्रोक-विधाओं का अनुपम प्रदर्शन देखते रहे।

बात की बात में वे फन काढ़े देवता की उत्तर दिशा में समुपस्थित थे। मध्य-धारा में ही दंडयुक्त हस्त से लक्ष्य पर हस्ताक्षर करने को उद्यत हुए। सर्पकुलभूषण ने प्रतिद्वंद्वी की प्रतिबद्धता का क्षणांश में आकलन किया ही था कि उनका एड्रेनेलीन भी उत्कृष्ट अवस्था को प्राप्त हुआ। नागदेवता ने भी उसी गति का अनुसरण किया, जिस गति को हम मनीषियों व ग्रंथियों के सौख्य से प्राप्त कर सके थे (समालोचक गण व्यंजना में सर्पकुलभूषण को इस क्रिया के परिप्रेक्ष्य में हमारा गतानुगामी कह सकते हैं)। सर्पकुलभूषण फन उठा, पूर्व स्थितियों पर दृष्टिपात् करते त्वरित गति से दक्षिण दिशा में पलायनोन्मुख थे। होनहार बालक की तत्पर व आक्रामक प्रतिबद्धता तथा प्रतिद्वंद्वी की त्वरा मनोरम छटा प्रस्तुत कर रही थी।

नदी-तट पर मेरे समवयस्क भ्रातृज ने सर्पकुलभूषण का परिचय कार्डेटा, वर्टिब्रेटा, कोबरा, रसेल वाइपर, करैत, धामन, रैटस्नेक, टिफलोपीडी, एलापीडी, हाइड्रोपीडी इत्यादि विस्तृत कुलवंश में 'कोबरा' के रूप में दिया। यह भी सूचना दी कि प्रतिद्वंद्वी तैरते समय अपना 'नासिका-रंध्र' पानी के ऊपर रखता है। मैं अनभिज्ञ था। मुझे विष्णु शर्मा कृत 'पंचतंत्र' में उल्लिखित आकारिकी का स्मरण-मात्र था, उसी से एकात्म-भाव स्थापित कर द्वंद्वावलोकन में तल्लीन हो गया। सर्पकुलभूषण ने प्रतिद्वंद्वी को भारी पड़ता देख रक्षात्मक मुद्रा अख्तियार कर ली। तैरते हुए डुबकी लगाना—उबरकर पृष्ठभूमि पर दृष्टिपात् करना—पुनः डुबकी लगाने की क्रिया को 'अर्थमैटिक' प्रोग्रेसन के क्रम में अलक्षित होने से पूर्व अनवरत संपन्न करते रहे। संभवतः क्लांत होकर सर्पकुलभूषण ने इस क्रिया को तिलांजलि दी, तदनंतर जलमग्न होकर अंतर्धान हो गए।

हरावल योद्धा का अदम्य साहस संचित था। दौरान-ए-जंग वे शत्रु के मार्ग का अनुसरण करते हुए 'नदी के उस पार' लक्षित किए गए। 'बेहया का वृंत' उनके दक्षिण हस्त में शोभायमान था। बच्चनजी के 'इस पार प्रिय मधु है, तुम हो, उस पार न जाने क्या होगा' रहस्य को उद्घाटित करने के

उद्देश्य से शत्रु की तलाश में नदी तट के सहलग्न–ढाल पर एक हाथ में दंड समुत्थित किए, दूसरे हाथ से पाषाण को अतिक्रमित करना आरंभ किया। उनका 'सर्च एंड स्ट्राइक' अभियान घड़ी भर चलता रहा। समवयस्क भतीजे ने मुझसे विद्यमान परिस्थितियों में सर्पकुलभूषण के मन की बात कही, "अगर जान की अमान पाऊँ, तो जो कुछ मेरी किस्मत में लिखनेवाले ने लिखा है, उसको मिटानेवाला कोई नहीं। होनी होकर रहेगी, किसी भी तरह नहीं टलने की।"

□

# 8

# पुरुष बली नहीं होत है, समय होत बलवान

ये वाहन चलाकर जीविकोपार्जन करते थे। अमेरिका में भी मालिक-कम चालक पाए जाते हैं, लेकिन वे 'ओनर-ऑपरेटर' या डबलस्टफ्स्' के नाम से जाने जाते हैं। ऑटोमोबाइल के आरंभिक युग में ऐसे चालक भी होते थे, जो कुशल मैकेनिक भी रहते थे। वे 'शोफर' कहलाते थे।

ये इन समस्त गुणों के धारक होते हुए भी 'ऑटो ड्राइवर' कहलाते थे, चूँकि विकासशील देश में अपनी सेवाएँ अर्पित कर रहे थे। वैसे किसी दौर में विकसित देशों में सेवाएँ देने का इनका मन भी बहुत हुआ करता था। खैर, जमाने की मजबूरी। इन्हें मन मसोस कर यहीं रुकना पड़ा था। एक तीर्थ नगरी से दूसरी तीर्थ नगरी तक की सेवाएँ देते थे अर्थात् सवारी ढोया करते थे। एक ओर विलियम ग्रोवर, जूलियस शेरेक व रुजवेल्ट जेंडर्स जैसे इतिहास प्रसिद्ध शोफर्स हुए हैं।

कथानायक इनसे कमतर न थे। साहस में तो बढ़-चढ़कर रहे होंगे, हालाँ कि जन्मजात कुब्ज थे। तो भी इसका उनके कौशल और साहस पर किंचित् भी प्रभाव न दीखता था। साहसिक कार्यों में स्वयं को विशिष्ट नहीं मानते थे, अपितु असाधारण अवश्य मानते थे। निडर इतने थे कि संकट को उन तक आने की आवश्कता नहीं पड़ती थी। ये स्वयं कूदते-फाँदते दो कदम आगे बढ़कर, संकट तक पहुँचकर, स्वयं संकट के गले पड़ जाते थे। संक्षेप में, संकटों का समग्र अनुभव लेने की शौकीन थे।

एक दिन की बात है। शहर कोतवाल इलाके का राउंड लेकर लौट रहे

थे। मुख्य मार्ग पर एक ऑटो दौड़ रहा था, सड़क के बीचोंबीच। आगे का मार्ग ढलानयुक्त था। ऑटो अब ढलान पर दौड़ रहा था। कोतवाल साहब एकाएक चौकन्ने हो गए थे। झाँकने पर भी ड्राइविंग सीट पर उन्हें ड्राइवर नहीं दिखाई दिया। किसी अनहोनी की आशंका ने उन्हें चौकन्ना कर दिया था। स्वत: लुढ़कते ऑटो से विपरीत दिशा से आ रहे वाहनों की टक्कर हो सकती थी। किसी प्रकार की अनहोनी घटित हो सकती थी। सतर्कता बरतते हुए उन्होंने मोटरसाइकिल की गति बढ़ा दी। ऑटो को ओवरटेक किया। ओवरटेक करते हुए ड्राइविंग सीट पर संक्षिप्त-सी दृष्टि डाली थी। उन्हें आश्चर्य हुआ और उनका मुँह खुला-का-खुला रह गया, जब आसन पर विराट् आभा के साथ, ड्राइवर सहज मुद्रा में विराजमान दिख पड़े थे।

अब उनकी साँस में साँस आ चुकी थी। आगे साइड लेकर उन्होंने मोटरसाइकिल खड़ी की। ऑटो को रुकने का संकेत दिया। ऑटो घरघराता हुआ रुक गया था। कोतवाल साहब ने अपनी दुश्चिंताएँ ड्राइवर को बतानी चाही थी। नसीहत देना शुरू ही किया था कि अवरोध उत्पन्न हो गया था। ड्राइवर ने छूटते ही सटासट-सटासट एम.वी. एक्ट के सेक्शंस गिना डाले थे। वे अभी तक ड्राइवर की प्रतिभा से अनभिज्ञ थे। ड्राइवर तनकर खड़े हुए और बोले, "साहब! पीछा करते हुए तो क्या, आगे से भी ड्राइवर को दिखना जरूरी नहीं है आपके इस एक्ट में। 'ट्रांसपेरेंट विंड स्क्रीन' की जरूरत बताई गई है, वो मेरे ऑटो में लगी हुई दिख रही है।"

अत: कोतवाल साहब को मुलायमियत दिखानी पड़ी थी। "मेरी ऐसी मंशा नहीं थी" कहकर बात टालने की कोशिश की। ड्राइवर साहब तो थे ही शूरवीर। फैल मचाने के पुराने आदी। ऐसे मौकों पर यूँ ही नहीं चूकनेवाले थे। वैसे भी, ऐसे मौके मिलते ही कितनी बार हैं? बोले, "देखो साहब! मेरी हड्डियों के जोड़ पक्के हैं। पूरी-की-पूरी टंच। कलर ब्लाइंड हूँ नहीं। पूरे की पूरे रंग पहचानता हूँ। आप की वर्दी का रंग अच्छे से पहचानकर बता सकता हूँ। ड्राइवर बनने के लिए इससे ज्यादा नहीं बताया गया है आपके एम.वी. एक्ट में।" कोतवाल साहब को इनसे तर्क-वितर्क करना व्यर्थ जान पड़ा था। अघट घटने का-सा भाव उनके चेहरे पर दिख रहा था। अत: उन्होंने अपना पिंड छुड़ाना उचित समझा। उन्होंने

अपनी ढलती उम्र का तकाजा दिया। अंत में 'आसन ऊँचा करवाने' की नसीहत देकर चले गए।

उस दौर में गाँव क्या था, गाँव के नाम पर वज्र देहात था। अँधेरा घिरते ही सन्नाटा व्याप्त हो जाता था। जो भी चहल-पहल रहती थी, चौर्य-कर्म करनेवालों के कारण रहती थी। शाम होते ही चोरों और साहसिक लोगों की टोलियाँ सक्रिय हो जाया करती थीं। निर्जन राह पर राहजनी आम बात थी। आबादी विरल थी। आबादी के आसपास घनी झाड़ियाँ थीं। चौतरफा गन्ने के खेत। चहुँओर प्राकृतिक सुषमा छाई हुई थी। ये सब दृश्य चोरों के लिए आदर्श वातावरण उपलब्ध कराते थे। उन्हें यह वातावरण मनोरम लगता था, अपितु मनोहारी प्रतीत होता था। धुँधलके में चलनेवाले राहगीर प्राय: लुट-पिट जाया करते थे, फिर भी जान बची रहने पर ईश्वर को धन्यवाद देते थे। भूमिया देवता को सवा रुपए का प्रसाद चढ़ाना न भूलते थे।

गाँव में एक मेहमान आ रहे थे। वे पदयात्रा करते हुए राह भटक गए। इसी ऊहापोह में अँधेरा घिर आया था। इसी मध्य उनके साथ राहजनी भी संपन्न हो चुकी थी। आतिथेय के घर अतिथि गिरते-पड़ते ही पहुँच सके थे। संक्षिप्त वेशभूषा में थे। बड़े जीवटवाले आदमी थे। इसलिए दृढ इच्छाशक्ति के सहारे ही पहुँच पाए थे। इसी गाँव के निवासी एक सज्जन थे। रोज की तरह ड्यूटी से घर आ रहे थे। उस दिन लौटते-लौटते राह में ही अँधेरा घिर आया था। परिणामस्वरूप, वे वटवृक्ष के नीचे समाधिरत् मुद्रा में प्राप्त हुए थे। उनके मुख पर गमछे का चीर बँधा हुआ था। शरीर कृशकाय तो नहीं हुआ था, टूटा-फूटा और जीर्ण-शीर्ण लग रहा था। काषाय चीवर भी नहीं पहने हुए थे। यूनिफॉर्म ही थी, किंतु झालरनुमा और चीथड़े हो चुकी थी।

लोक-कथाओं में सियारों की अभिरुचियाँ बताई जाती हैं। गन्ने के खेत उन्हें अतिशय प्रिय रहे हैं। घनी झाड़ियाँ, चौतरफा गन्ने के खेत सियारों और जंगली सूअरों के नैसर्गिक वास हुआ करते थे। गाँव में जंगली जानवरों व मनुष्यों का शांतिपूर्ण सह-अस्तित्व बना हुआ था। वारदात के पश्चात् गन्ने का खेतों का आश्रय लेना आम था। सामरिक दृष्टि से भी उपयुक्त पड़ता होगा। एकदम पंचतंत्रनुमा माहौल सजीव हो उठा था। नदी किनारे के अथवा आबादी के छोर

पर बने एकाकी घर चोरों को अधिक आकर्षित करते थे। साहसिक टोलियाँ, स्वकर्म के लिए नाना प्रकार की युक्तियाँ आजमाया करती थीं। दरवाजे के कल-कब्जे उखाड़ने, सेंध लगाने से लेकर मुख्य द्वार को ध्वस्त करने तक की विधियाँ अपनाई जाती थीं।

वैसे तो दस्यु दल अपने कर्म में शांति से लीन रहते थे। उनके कर्म में अवरोध उत्पन्न न करनेवाले परिवारों के प्रति वे सहिष्णु ही बने रहते थे। डकैती योजनाबद्ध ढंग से संपन्न की जाती थी। गृह प्रवेश करते ही कुछ सदस्य चारपाइयों के सिरहाने नियुक्त हो जाते थे। अन्य माल-असबाब समेटते थे। सिरहाने पर नियुक्त साहसिक पर्याप्त सतर्क रहते थे। इसीलिए सोए हुए व्यक्ति के सिर का लक्ष्य लिए रहते व शस्त्र के साथ सन्नद्ध मिलते थे। सोए हुए के सोए रहने तक शांति-व्यवस्था बनी रहती थी। उसके अलसाते हुए आँखें खोलने पर वे रूठ जाया करते थे अन्यथा अनाक्रमण के सिद्धांत का कठोरता से पालन करते थे। कभी-कभी चौर्य-कर्म की खटपट की आवाजें सुनकर कुछ बच्चे, कभी-कभी बड़े भी जाग जाया करते थे। जागते ही रोना-चीखना शुरू कर देते थे। रोकर उनके काम में विघ्न डालनेवालों की वे पक्की खबर लेते थे।

अँधेरा घिरने से पूर्व ही ग्रामीण चाक-चौबंद होने लगते थे। अपनी-अपनी प्रतिरक्षा-योजना को मूर्त रूप देने लगते थे। खटिया खड़ी करके दरवाजे से सटा लेते थे। दरवाजे से सटाते हुए बरतनों का पिरामिड खड़ा कर देते थे। कुछ विरले ही थे, जो लाल मिर्चा पीसकर रखते थे। सूरज ढलते ही सियारों का 'हुआँ-हुआँ' का स्वर गूँजने लगता था। इस प्रकार की श्रव्य-दृश्य सुविधा घर-आँगन के आस-पास ही उपलब्ध मिलती थी।

उस दिन साँय हो चली थी। रात होते ही 'हुआँ-हुआँ' के स्वर को 'चोर-चोर' के शोर ने आच्छादित कर लिया था। कुछ उत्साही नौजवानों ने हाल ही में पहरा देना शुरू किया था। उन्होंने पहरा समितियों का गठन किया हुआ था। नि:शब्द रात्रि थी। हुआँ-हुआँ व चोर-चोर का अनुनाद आपस में गड्डमड्ड हुआ जा रहा था। बारी-बारी से टोलियाँ पगडंडियों से गन्ने के खेतों में विलीन होती जा रही थीं। 'चोर-चोर' का स्वर 'पीछा करो! भागने न पाए!' की लय पर टूटता जा रहा था। 'जागते रहो! पीछा करो!' के स्वर के साथ कई टोलियाँ

गन्ने की खेतों में अंतर्धान हो चुकी थीं। कथानायक भी हाँका करनेवाले दल में शामिल थे। ऐसे मौकों पर वे सर्वदा प्रस्तुत मिलते थे। छलाँग लगाते हुए सदैव तत्पर। सम्मान और यश का कोई भी अवसर वे चूकना नहीं चाहते थे। तूती उनकी यूँ ही नहीं बोलती थी। बहादुरी में वे अपनी शोहरत भी मानते आ रहे थे। आज उनके मन में उन्नचास पवन एक साथ बह रहे थे। बिना किसी पूर्व भूमिका के ही वे कुलाँचें भरते हुए दौड़ने लगे। अन्य हँकवारे भी दौड़ रहे थे। दौड़ते-हाँफते सर्दी में भी पसीने से तर-बतर हो चुके थे। ये पेशेवर ड्राइवर थे। सो, इन्होंने अचानक ही अपने पैरों की स्पीड बढ़ा ली थी।

अब ये प्रभंजन वेग से दौड़ रहे थे। प्रतिबद्ध किस्म के तो थे ही। अतः पैर फेंकते, लपकते हुए दौड़े जा रहे थे। भागते-भागते कब तक दस्यु दल के साथ भागते रहे, इसका उन्हें भान न हो सका था। गाँव की सरहद काफी पीछे छूट चुकी थी। अनायास ही वीरता दिखाने को ये हमेशा से व्यग्र रहा करते थे। आज अवसर मिला हुआ था। अभी तक वे दस्यु दल को हाँका-दल की मान्यता देते आ रहे थे। चूक तब हुई, जब इन्होंने दस्यु दल को भी ओवरटेक कर लिया। उसी क्षण एक साहसिक ने लपककर इनकी ग्रीवा पकड़ ली थी। संभवतः दस्यु दल ने इन्हें आरंभ में ही पहचान लिया था, जब इन्होंने उनके मध्य ट्रैक पर दौड़ना शुरू किया था। गिरोह में छह सदस्य थे। सातवें विजातीय को उसकी विचित्र देहयष्टि के कारण पहचानने में उन्हें क्षणिक विलंब न हुआ होगा। वे सुरक्षित दूरी तक पहुँचना चाहते थे, तब इस नई समस्या से निपटना चाहते थे। वे इनकी धावन-गति से प्रभावित तो नहीं हुए। ओवरटेक करने को लेकर क्षुब्ध अवश्य हुए होंगे। आत्मसम्मान को ठेस लगी होगी। अभिमान भी आहत हुआ होगा। अतः गिरोह अपने मन के ईर्ष्या भाव का दमन न कर सका था। जैसे ही उन्होंने संयम खोया, वैसे ही इनकी ग्रीवा को भूमि पर टिका लिया गया था।

इनकी ग्रीवा पर नग्न खड्ग रखी गई थी। तत्पश्चात् इन्हें रुंड-मुंड का सीन याद दिलाया गया। उन्होंने अपने हिसाब से कुछ वाजिब सवाल भी पूछे थे। वैसे धावक का चोर-वाहिनी को अपनी धावन-प्रतिभा से दग्ध करने का कोई इरादा नहीं था, न ही अपमानित अथवा पीड़ित करने का ही कोई भाव था। उन्हें दिव्य अनुभव प्राप्त हो चुका था। इस परम अनुभूति के क्षण में इन्होंने स्वयं को

कुछ भी कहने में असमर्थ पाया। शायद ये 'म्यूट मोड' में चले गए थे। इन्हें या तो उपयुक्त शब्द नहीं मिल रहे थे अथवा प्राणभय इनको बोलने से रोक रहा था। प्राणों के ग्राहक इनको घेरे खड़े थे। 'देहधारी की मृत्यु शत्रु के हाथों नहीं होती। वह ईश्वरीय विधान से नियत होती है।' शास्त्र ऐसा कहते आए हैं। अत: मानमर्दन करके इन्हें मुक्त कर दिया गया था। वीरों की गति यह लंबे समय से दिखाते आए थे। उसी क्रम में आज वीरगति प्राप्त होने से रह गए थे। मध्यरात्रि में ये वापस लौटे। मुँह फेरे आ रहे थे। कमल-मुख फूलकर कुप्पा हो गया था। खुशी से नहीं फूले हुए थे। मरम्मत करवाकर लौटे थे। चेहरे पर विस्मय-सा फैला हुआ था। मायूस और हताश से लग रहे थे। इसके बावजूद रो नहीं रहे थे। अन्य को घटना का रोम हर्षक विवरण सुना रहे थे।

□

# 9

# ब्रह्म मुहूर्त

छात्रावास में 'दो प्रशिक्षु एक कक्ष' का विधान था। दो-दो की संख्या में प्रशिक्षु एक-एक कमरे में रिहाइश करते थे। दैवयोग से एक कक्ष विपरीत दिनचर्या के दो प्रशिक्षुओं को आवंटित हो गया था। दोनों परस्पर विपरीत स्वभाव के थे। पौराणिक कथानायक गोकर्ण-धुंधकारी जैसी दिनचर्या।

एक ब्रह्म मुहूर्त में जागरण करते थे तो दूसरे शयनारंभ। एक कक्षा में नियमित रूप से उपस्थित रहते थे, दूसरे नियमित रूप से उतने ही अनियमित। एक कक्षा में नोट्स गंभीरता से लेते थे, दूसरे प्रायोगिक विषयों के कंपलसरी असाइनमेंट को भी गैर जरूरी समझते थे। एकदम कंट्रास्ट का समाँ बँधा हुआ था।

कक्षाओं में शिक्षण हेतु जाना होता था। संबंधित पाठ की पाठ-योजना भी तैयार करनी होती थी। शिक्षण को रोचक बनाने के लिए चित्र, मॉडल, डिजाइन, चार्ट, स्केच इत्यादि सहायक सामग्री उपयोगी मानी जाती थी। दूसरा साथी इन्हें मामूली श्रेणी का व्यवसाय समझता था। वह सहायक सामग्री को हेय दृष्टि से देखता था। इस प्रकार के सरंजाम के लिए पहले साथी की खिल्ली उड़ाया करता था।

ब्रह्म मुहूर्त को अगले दिन बाबर पाठ पढ़ाना था। सहायक सामग्री उन्होंने स्वयं तैयार की थी। रोलिंग ब्लैकबोर्ड पर 'बाबर' का रेखाचित्र बनाया हुआ था। रेखाचित्र के नीचे बाबर (1526-1530) लिखा हुआ था। इनसेट बॉक्स भी बना हुआ था। उसमें फरगना, समरकंद, काबुल, पानीपत, खानवा, चंदेरी, घाघरा का नक्शा बना था। शिक्षण में कुछ धारणाएँ होती हैं। कंटेंट को कनेक्ट करने के

लिए दृश्य सामग्री उपयोगी मानी जाती है। इससे 'ट्रांसफर ऑफ लर्निंग' सहज हो जाती है। वर्णित पात्र, घटना संबंधी चित्र अत्यधिक उपयोगी माने जाते हैं। यह सामग्री पाठ्य वस्तु का अर्थ ग्रहण करने में बच्चों के लिए उपयोगी सिद्ध होती है।

रात्रि जागरणवाले साथी का एक गिरोह भी था। उसने व उसके गिरोह ने इस चित्र में रात्रि में ही तीन मौलिक सुधार किए थे।

एक—चॉक से बाबर के दोनों कंधों पर तीन-तीन सितारे टाँक दिए थे। बाबर के नाम से पूर्व कैप्टन का ओहदा भी लिख डाला। इस विधि से बाबर 'कैप्टन बाबर' बन चुके थे।

दो—1526 से पूर्व कोष्ठक में 'कार्यालय' लिखा व 1530 से पूर्व निवास।

तीन—इनसेट में लिखे स्थलों से पूर्व मँझला कोष्ठक लगा दिया था। उसके पूर्व सुस्पष्ट अक्षरों में शाखाएँ (ब्राँच ऑफिस) लिख डाला था।

अगले दिन ब्रह्म मुहूर्त शिक्षण से लौटे थे। वे घनघोर रूप से कुपित थे। उनके बाल बिखरे हुए थे। शर्ट की बाहें अस्त-व्यस्त थीं। भले आदमी के कुपित होने का आदर्श तरीका यही रहता है। वह आत्मदमन करता है। स्वयं को कष्ट देता है। पीड़ित रहकर भीतर-ही-भीतर घुटता है। वह यह सब करता है क्योंकि वह कर्ता को इस दशा में लाने में असमर्थ रहता है। लाचार रहता है। गिरोह इतने से भी संतुष्ट न था। पीड़ित को लक्षित कर कह रहा था, 'बादशाह का जनरल का ओहदा घटा है न। आप क्यों टेंशन ले रहे हैं? जनरल का रैंक डाउनग्रेड होने से आपको तो कष्ट नहीं होना चाहिए। ओहदाधारक को कष्ट हो सकता है। वे तो इस विषय में कुछ नहीं कर रहे हैं।'

हर घटना से व्यक्ति सीख लेता है। कुछ दिनों तक ये सतर्क से रहे। अपनी सहायक सामग्री की दुश्मनों से रक्षा करते रहे। सामग्री चेक करने के उपरांत ही कक्षा में पढ़ाने जाने लगे। कुछ दिनों बाद दिनचर्या सामान्य हो चली थी। इन्हें ऑस्ट्रेलिया में भेड़ पालन पाठ पढ़ाना था। अत: इन्होंने रोलिंग बोर्ड पर भेड़ का चित्र रेखांकित किया हुआ था। चित्र का उद्देश्य बच्चों में वर्ण्य विषय-वस्तु की दृश्य कल्पना करना था। शिक्षण को रोचक बनाना था।

सुधारकों ने इस चित्र में भी मौलिक सुधार कर डाले थे। भेड़ के अगले

व पिछले पैरों को गतिशील अवस्था दी हुई थी, हवा में। सींग बड़े व घुमावदार किए हुए थे। नथुनों से अग्नि प्रज्वलित थी। अगले दिन शिक्षण के उपरांत वे इसी पोज में कुपित हो उठे थे।

ब्रह्म मुहूर्त प्रशिक्षण से पूर्व डी.फिल. में ऐनरॉल्ड थे। उनका प्रोजेक्ट अभी भी गतिमान था। अवशेष कार्य को वे छात्रावास में रहकर भी गति दिए हुए थे। उनके कक्ष में शहतूत की पत्तियाँ रहती थीं। उन पत्तियों पर रेशम कीट पल-बढ़ रहे थे। रेशम कीट की लाइफ साइकिल इत्यादि के नोट्स वे लेते रहते थे। दस बजे वह सो जाते थे।

तब तक गिरोह सक्रिय हो जाता था। मध्य रात्रि में इनका दरवाजा पीटकर इन्हें जगाया जाता था। इनका साथी गिरोहबाज दरवाजा नहीं खोलता था। अतः ये नींद से जागकर दरवाजा खोल देते थे। तब ये दरवाजे के बीचोबीच खड़े होकर जगाने का कारण पूछते थे। बाहरवाले कहते थे, "अंदर आकर बताते हैं" 'प्रविसी नगर कीजे सब काजा, हृदय राखि कोसलपुर राजा' कहकर कक्ष में प्रवेश करते थे। अंदर पहुँच कर मौन साध जाते थे। इनके बारंबार जोर देने पर वे रहस्य खोल देते थे, "हम तो रेशम कीट की प्रोग्रेस देखने आए हैं, जरा दिखाना तो।" ना-नुकुर के बाद ही ये उनको उस कोने तक जाने की अनुमति देते थे। गिरोह शहतूत के पत्ते हाथ में लेता था। कीटों पर दृष्टिपात करता था। स्वगत में कहते थे, "आप सहृदय व्यक्ति हैं। हमें अपने से बाहर मत मानिए। हम आपके हितैषी ही हैं। केवल यह देखने आते हैं कि कीड़े आपकी मेहनत का प्रतिफल आपको दे भी रहे हैं कि नहीं। कामचोरी तो नहीं कर रहे हैं। आप तो इन पर सख्ती दिखाने से रहे।"

कमेंट्री शैली में वे कीटों की आलोचना करने लगते थे। एक-आध की सराहना भी करते थे। अन्य को उससे प्रेरणा लेने की नसीहत भी देते थे। तब तक भोर हो जाती थी। कक्ष स्वामी को यह कहकर विदा देते थे, "अब तो आपके जागने का समय हुआ ही जाता है।" जाते-जाते उन्हें आश्वासन देना न भूलते थे, "कामचोर कीटों पर निगरानी रखने हम समय-समय पर आते रहेंगे। आप निश्चिंत रहना। आखिर मैत्री-धर्म भी तो कोई धर्म होता है।"

ब्रह्म मुहूर्त की दिनचर्या को गिरोहबाज भी अपनाना चाहता था। इस हेतु

वह यदा-कदा उनकी कुर्सी पर विराज जाता था। उसकी धारणा थी कि कुर्सी पर विराजने से सहनशीलता, उदारता, समयनिष्ठा इत्यादि गुण उसमें भी इंस्टॉल हो सकते हैं। इस प्रकार वह इन गुणों को ग्रहण करने की चोरी छिपे चेष्टा करने लगा था। कुर्सी पर बैठता था। सुने जा सकने योग्य स्वर में भरत वाक्य कहता, "विक्रमादित्य की न्याय-पीठ पर हम भी बैठ गए हैं। अगर चरवाहे बच्चों में न्याय- विधान की समझ विकसित हो सकती है तो पीठ पर बैठकर हम क्यों न लुत्फ उठाएँ? मुझमें भी तो सद्गुण आ सकते हैं।"

कुर्सी पर इनका बैठना ब्रह्म मुहूर्त को तनिक भी नहीं सुहाता था। उधर, ब्रह्म मूहूर्त के सीढ़ियाँ चढ़ने की सूचना इन्हें मिल जाती थी। यह तत्काल उनकी कुर्सी पर कूद जाते थे। फिर आसन बाँधकर बैठ जाते थे। दरवाजे से प्रवेश करते ही न्याय पीठ पर इन्हें देखते थे। कुढ़ते-कुढ़ते भुनभुनाते थे। इस दुर्लभ दृश्य का रसास्वादन समस्त गिरोह मिलकर करता था।

छात्रावास का स्नानागार छतविहीन था। मूल भवन की छत तो थी। उसके नीचे स्नानगार की चेंबरनुमा संरचना थी। गिरोह के समानधर्मा अन्य के स्नान के अवसर पर स्नानागार की दीवारों पर पैर लटकाकर बैठे रहते थे। इसकी जानकारी स्नानकर्ता को नहीं रहती थी। वह अर्द्धस्नान कर ही चुका होता था कि ऊपर बैठे गिरोह के सदस्य स्नानरत व्यक्ति को बीच-बीच में निर्देश देते थे, "मुँह पर फिर से पानी डालो। पीठ पर पुनः साबुन मलो। रगड़-रगड़कर मलो।" जिन साथियों से बातचीत बंद हो, उनको निर्देश नहीं दे दिए जाते थे। इसके स्थान पर उनकी स्नान क्रिया की कमेंट्री प्रसारित की जाती थी। कमेंट्रेटर का मुख छात्रावास के कॉरीडोर की तरफ रहता था।

प्रायोगिक कक्षाएँ भी चलती थीं। उद्यान, ड्रॉइंग जैसे विषय भी शामिल थे। उद्यान के प्रेक्टिकल के लिए क्यारियाँ आवंटित थीं। उनमें वाटिका व फुलवारी विकसित करनी होती थी। वार्षिक परीक्षा में वाटिका निरीक्षण कर ही परीक्षक मूल्यांकन करते थे। वर्ष भर गिरोहबाज इस कार्य को श्रमिकनुमा कार्य मानते रहे थे। आवंटित क्यारियाँ परती ही पड़ी रहती थीं। परीक्षण पूर्व की रात्रि में वे चमत्कार कर डालते थे। अपनी-अपनी क्यारियाँ खोद डालते थे। अन्य की सुसज्जित फुलवारियों से चुन-चुनकर सुंदरतम पुष्पित पौधों का रोपण करते थे।

इतना ही नहीं, फव्वारे से अपनी फुलवारी का विधिवत् सिंचन भी किया करते थे। परीक्षा के दिन गजब का नजारा रहता था। कल तक जो क्यारियाँ परती पड़ी थीं, आज वे साक्षात् नंदनवन की शोभा दे रही थीं। परीक्षक की निगाह में गिरोहबंदों के लिए प्रशंसा की भाव थे।

ड्रॉइंग की परीक्षा के लिए भी यही नीति अपनाई जाती थी। चालीस अंतेवासियों से एक-एक ड्रॉइंग शीट का भिक्षाटन किया जाता था। अंतेवासी उनके कृत्यों से भयभीत रहते थे अथवा प्रभावित रहते थे। अत: उन्हें सहर्ष भिक्षा दे देते थे। इस प्रकार वे अपनी आंतरिक स्थिति सुदृढ़ कर लेते थे। तब ही पूर्ण आत्म-विश्वास के साथ परीक्षक के सम्मुख उपस्थित होते थे।

एक गिरोहबाज और थे। उनकी शिक्षा-दीक्षा मानविकी पृष्ठभूमि में हुई थी। गणित का वॉयवा-वॉइस चल रहा था। इनका वॉयवा विलक्षण ढंग से संपन्न हुआ था। परीक्षक ने उन्हें कुछ गणितीय आकृतियाँ दिखाई थीं। प्रिज्म की आकृति दिखाकर पूछा, "यह क्या है ?"

उत्तर मिला, 'त्रिकोण।'

इनके पीछे एक और गिरोहबाज खड़ा था। उसने अंगुली चुभोकर इन्हें सतर्क किया था। यह थे ही उत्साह से लबरेज। अंगुली झटक दी गई थी। दूसरे सवाल में क्यूब दिखलाकर पूछा, 'यह क्या है ?'

उत्तर मिला, 'वर्गाकार।'

अंगुली पुन: हटा दी गई थी। अंतिम आकृति दिखाई गई थी—गोला।

उत्तर मिला, 'वृत्त।'

बाहर आकर ये जोश में फड़क रहे थे। उनके मुँह से ओज और तेज टपक रहा था। यह भी कह रहे थे कि उन्होंने समस्त आकृतियों की सही-सही पहचान बताई है। अंगुली छुआनेवाले भी साथ में थे। उनका भिन्न मत था। उनका कहना था, 'पहचान तो सही रही। बस, एक कमी रह गई। आप थ्री डाइमेंशन को टू डाइमेंशन में ही देख रहे थे। बाकी तो आप का प्रदर्शन अव्वल-ही-अव्वल रहा।'

एक अन्य गिरोहबंद भी थे। वे अपनी वैवाहिक प्रास्थिति को गोपनीय रखते थे। साथ ही, अपनी पूर्व शासकीय सेवा का रहस्य रहस्य ही रखना चाहते थे। सौंदर्य प्रसाधनों का जमकर उपयोग करते थे। वेश-विन्यास व केश-विन्यास से

मनोहर बने घूमते थे। इस प्रकार अपना मनोरथ साध लेते थे। कुछ गिरोहबंदों की धारणा थी कि वे गृहस्थ है, हालाँकि इस धारणा की पुष्टि के लिए उनके पास कोई स्पष्ट प्रमाण नहीं था।

एक दिन एक भद्र महिला छात्रावास में आई थी। उनके साथ एक सुदर्शन युवक भी था। वे इनके कक्ष का पता पूछ रही थी। पता बतानेवाले ने कक्ष की सही स्थिति तो अवगत कराई ही, पूरे छात्रावास में निःशब्द डुगडुगी भी पिटवा दी थी, जिसका अभिप्राय था कि 'हर आमोखास को सूचित किया जाता है कि अमुक की धर्मपत्नी व श्यालक साहब पधारे हैं। शीघ्र दर्शन लाभ लें। मौका कुछ ही पलों तक उपलब्ध।' छात्रावासों में पुरातन परंपरा चलती है। इस परंपरा के अनुसार भद्र वेश में समस्त गिरोहबंदों की भीड़ उनके कक्ष के बाहर मजमा लगाए खड़ी थी।

प्रमाण प्रत्यक्ष मिल चुका था। इसका गृहस्थ पर गहरा असर पड़ना चाहिए था। वह साथियों के अयाचित प्रेम-प्रदर्शन से त्रस्त आ चुका था। उसने आगंतुकों का परिचय परस्पर भाई-बहन के रूप में जनसमूह को अवगत कराया था। स्वयं वह खेल खेल चुका था। अपने विषय में वे मौन साध गए थे। शिष्टाचार का मौका था। तो भी किसी ने रिश्ते के प्रश्न को अनसुलझा पाकर मौके पर ही कह डाला, "संभवतः ये देवीजी और साले साहब तो नहीं हैं। हमें तो यही लग रहा है।'

इनकी पूर्व सेवा के विषय में भिन्न-भिन्न मत थे। एक साथी का मत था कि यात्रा काल में उन्होंने इनसे परिवहन निगम की बस का टिकट कटवाया था। अतः ये निश्चित रूप से रोडवेज के कंडक्टर रह चुके थे। खोजी दल सक्रिय थे। वे चुप बैठनेवालों में से नहीं थे। इनके सेवा अभिलेख, भविष्य निधि अभिलेखों से इन तथ्यों की पुष्टि की जा चुकी थी।

□

# 10

# मूँछ-मर्दन

किसी दौर में मूँछें आन-बान-शान की प्रतीक समझी जाती थीं। कुछ लोग इन्हें पौरुष का प्रतीक मानते थे, तो कुछ साहस और शौर्य का। ईश्वरीय शक्ति संतुलन में भी बिग थीं, ब्रह्मा-विष्णु-महेश में से दो मूँछों के पक्ष में रहे हैं। यह दीगर बात है की प्रतापी राजा बलि के बंदीगृह में भगवान् विष्णु को भी 'मिस्टर क्लीन' कि छवि का परित्याग करना पड़ा था। संभवत: केशकर्तक उपकरणों की अनुपलब्धता रही हो। देवी लक्ष्मी को प्रभु का 'न्यू लुक' तनिक भी नहीं भाया होगा। सो, देवी ने ही सबके उद्धारक का कारागार से उद्धार कर डाला था।

किसी दौर में तो मूँछ के बाल गिरवी रखने का भी चलन रहा है, जिसके एवज में 'लोन' आसानी से उपलब्ध हो जाता था। फिल्म 'जंजीर' में शेर खान के किरदार का स्मरण तो होगा ही। अभिनेता प्राण सूदखोर से अपनी मूँछ का बाल गिरवी रखने की हसरत व्यक्त करते हैं। ऐसे समाजों में बैंक लोन सहजता से उपलब्ध रहता होगा। किसी प्रकार की 'बाई लेटरल गारंटी' अथवा 'मॉर्टगेज' की आवश्यकता महसूस नहीं की जाती होगी। इससे अधिक वरीयता तो मूँछ के बाल को दी जाती रही होगी।

मूँछें धारक के आभामंडल की आभा को द्विगुणित तो करती ही हैं, धारक को अन्य से पृथक् स्वभाव का भी दर्शाती हैं। ये परिपक्वता को तत्काल 'मैग्निफाई' करती हैं तो गांभीर्यता वृद्धि में भी अतिरिक्त योगदान देती हैं। 'रॉयल पर्सनल्टी' के प्रकटीकरण के लिए तो मूँछ अनिवार्य शर्त हुआ करती है। ये मूँछें 'रौबदार मूँछों' की श्रेणी में वर्गीकृत हैं।

मूँछ मुँडाना, मूँछें नीची होना, मूँछों की लड़ाई, मूँछ का बाल होना, मूँछों पर ताव देना इत्यादि अगणित मुहावरे हैं। ये सभी मुहावरे मूँछ व प्रतिष्ठा के ऋजुरेखीय संबंध को प्रकट करते हैं। सुरक्षा बलों और सैन्य बलों में तो मूँछों की अलग ही महिमा पाई जाती है। वहाँ मूँछों के पोषण-अनुरक्षण हेतु 'भत्ते' का विधान भी रहता है। गलमुच्छे और कड़कदार मूँछें इस श्रेणी के अंतर्गत आती हैं।

भारतीय उपमहाद्वीप में पुरुष वर्ग का मूँछों से गहन अनुराग रहा है। मसूरियादीन नाम्ना महापुरुष हुए हैं। दीर्घ समय तक वे 'गिनीज बुक ऑफ वर्ल्ड रिकॉर्ड्स' में विश्व के सबसे बड़े मुच्छस्वामी रहे। वर्तमान में राम सिंह चौहानजी हैं, जो मात्र चौदह फीट के स्कोर के साथ इस कीर्ति को सँजोए हुए हैं। अमेरिकी समाज में मूँछ रखना व मोटर बाइक चलाना लंबे समय तक गिरोहबाज होने की अनिवार्य शर्त के रूप में चलन में रहा है, विशेषतया न्यूयॉर्क में।

मूँछों पर नींबू रखकर संतुलन साधने की प्रतियोगिता होती है। यह वैश्विक स्तर की प्रतियोगिता है, जिसका नियमित समयांतराल पर आयोजन होता है। हैदराबाद के ब्रिटिश रेजिडेंट की इंग्लैंड वापसी मात्र मूँछें धारण करने के कारण ही संभव हो सकी थी। ब्रिटिश राज को उनके धर्म-परिवर्तन की आशंका सताने लगी थी, विशेषतया उनके मूँछों के प्रति प्रेम को देखकर। लॉर्ड कर्जन जब भारत आए तो उनके व्यक्तित्व को लेकर गजब हो गया था। हिंदुस्तान के समाचार-पत्रों ने उनके मूँछविहीन व्यक्तित्व को लेकर संपादकीय तक लिख डाले थे।

उस दौर में मूँछविहीन रहना सरल नहीं था। इसके लिए कुल प्रमुखों से अनुज्ञा लेनी पड़ती थी। प्रख्यात निबंध लेखक प्रताप नारायण मिश्र को मूँछ मुँडाने हेतु अपने पिता से चिरौरी-विनती करनी पड़ी थी, तब जाकर उनको अनुमति मिली। यह कर्म उन्हें अभिनय कर्म करने के लिए करना पड़ा था। संभवतः इस घटना का उन पर गहरा प्रभाव पड़ा था। सो, उन्होंने मूँछ पर एक रोचक निबंध लिख डाला था। कुछ विद्वान् मूँछों का संबंध मनोबल से भी ठहराते हैं। वे मूँछविहीन को निःशक्त और बलहीन कहते हैं। पूर्वी उत्तर प्रदेश और बिहार प्रांत के लोकगीतों में इस तरह के उद्धरण सुनने को मिलते हैं। वहाँ मूँछ विहीन सुदर्शन युवकों को 'छिल्टुआ' की पदवी से सम्मानित किया जाता है।

चर्चित कथानक शिक्षकों के प्रशिक्षण-संस्थान का है। छात्रावास में

अंतेवासी थे—कुल जमा चालीस। सायंकालीन निरर्थक बहस का दौर चल रहा था। शीर्षक था—'मूँछों की सारगर्भित प्रासंगिकता'। तर्क-वितर्क स्टीरियोटाइप गति से चल रहा था। पौरुष, मनोबल, शौर्य, स्वाभिमान आदि शब्दों की बौछारें पड़ रही थीं। सहसा बहस उग्र हो चली थी। सर्वेक्षण कराया गया। प्रगणक के सर्वे में तेईस अंतेवासी मूँछ पंथ के उपासक निकले थे। शेष सत्रह थे, मूँछविहीन पंथ के उपासक।

वाग्विलास जारी रहा। शास्त्रार्थ मात्र वाग्वैदग्ध्य के सहारे चल रहा था। बहस के चरम क्षणों में बहुसंख्यक समुदाय ने दूसरे पक्ष को हीन सिद्ध कर ही दिया होता। तभी 'विहीन' समुदाय का एक नुमाइंदा उत्तेजित होकर उठ खड़ा हुआ था। उसने तत्काल समतामूलक समाज की स्थापना का संकल्प दोहराया था। समानता की संवैधानिक गारंटी की दुहाई भी दी थी। तभी दूसरे पक्ष नें इसे उकसावे की कार्रवाई मान लिया था। युद्ध की रणभेरी बज चुकी थी। कार्यनीति सुस्पष्ट थी। एजेंडे में एक ही बिंदु का दोहराव था—मूँछ मर्दन, मूँछों का आखेट।

प्रथम वर्ष का अंतिम कार्य दिवस था। रात्रि कालीन भोज चल रहा था। तभी एक मूँछ धारक भटककर 'स्वच्छ समुदाय' की पकड़ में आ चुका था। दो सदस्यों ने युद्धबंदी को 'बाहु मूलकंटक' दाँव में जकड़ा हुआ था। एक नुमाइंदा कैंची हाथ में लिए हुए था। वह बंदी को अपने पंथ में दीक्षित करने की सांस्कृतिक अपील किए जा रहा था—'ये मूँछें हमें दे दे ठाकुर।' बंदी अपने विश्वास का हार्डकोर सदस्य निकला। उसने अपील को 'नहीं' के उच्च स्वर में ठुकरा दिया था। इस प्रकार शांति समझौता अपास्त किया जा चुका था। बलात् दीक्षा का परामर्श त्याज्य समझा गया था। इसमें वियना कन्वेंशन आड़े आ चुका था। बंदी का तना हुआ शरीर शिथिल हो चुका था। इस विधि से पहला वार खाली गया था।

अंतिम वर्ष के आरंभिक दिन थे। एक नुमाइंदा टेबल लैंप की रौशनी में किताबें झाँक रहा था। उसने गालों के ऊपरी हिस्से पर 'हेयर रिमूवर' लगाया हुआ था। किताबों के नाम पर वह किसी पंफलेट को घूर रहा था, तभी एक आगंतुक प्रकट हुआ। उसने जिज्ञासा प्रकट की, 'यह क्या है?' सदस्य ने आगंतुक की जिज्ञासा का शमन किया, 'वत्स! अवांछित रोमों का उन्मूलन इस

रसायन के लेपन से सहज ही संभव है। कभी तुम भी आजमा लो। कब तक अज्ञानी बनते फिरोगे?'

आगंतुक उन्हें मुग्ध भाव से निहारता रह गया था, तभी उसे कुछ स्मरण हो आया था। उसने मुक्त हुए युद्धबंदी का संक्षिप्त-सा विवरण सुनाया। विवरण में मुक्त युद्धबंदी की शयन-मुद्रा व स्वप्नलोक-विचरण का आँखों देखा हाल शामिल था। आपातकालीन संकेताक्षर प्रसारित किए जा चुके थे। 'जीरो ऑवर' में आक्रमण का समय तय पाया गया था। थकावट व शिथिलता एकदम लुप्त हो चुकी थी। मध्य रात्रि में अभियान दल पंक्तिबद्ध होकर सन्नद्ध था। पलक झपकते ही वे स्पाइडर-मैन के वेश-विन्यास में भावी घटनास्थल पर उपस्थित थे।

द्वार पर हल्की-सी दस्तक दी गई थी। आखेट क्रम संख्या एक का रूममेट दरवाजे तक आ पहुँचा था। तंद्रालीन अवस्था में ही उसने द्वार खोल दिए थे। तत्पश्चात् वह पुन: पर्यंक पर निद्रालोक को प्रस्थान कर चुका था। अति दुर्लभ क्षण था। एक सदस्य स्विच बोर्ड पर नियुक्त था। वह बत्ती के स्विच की रक्षा कर रहा था। नुमाइंदा शिकार के पर्यंक के सिरहाने तैनात था। वह आवश्यक साधन-सामग्री अर्थात् 'हेयर रिमूवर' लिए तैयार था। वह सुषेण वैद्य की मुद्रा में भूमि पर विराजमान था। उचित अवसर की प्रतीक्षा में वह सुषुप्त शिकार के मुख की शोभा को एकटक निहार रहा था।

सुषुप्त शिकार बारी-बारी से करवट बदल रहा था मानो छटपटा रहा हो। तत्काल बत्ती बुझाई जा रही थी। वैद्यश्रेष्ठ बार-बार पर्यंक के नीचे भूमिगत होते जा रहे थे। अन्य दर्शकगण भी तत्काल अंतर्धान होते जा रहे थे। इन क्रिया-कलापों में अद्भुत तारतम्यता थी, जो मात्र कठोर अभ्यास के द्वारा ही संभव हो सकती थी। वातावरण एकाग्रता, आत्मीयता व परस्पर कर्तव्य-परायणता के माधुर्य से परिपूर्ण था।

वैद्य के दीर्घसूत्री कर्तृत्व को टारगेट किया जा रहा था। उन्हें नेत्रों की भाषा में ही बरजा जा रहा था। आँखें उचका-उचकाकर प्रोत्साहित किया जा रहा था। अकस्मात् उन्हें अवसर मिल चुका था। वे मौके पर चौका जड़ चुके थे। मुच्छ-क्षेत्र के अर्धभाग में रसायन लेपन कर चुके थे। घटना स्थल से उन्होंने बहिर्गमन भी कर लिया था।

गलियारे से सुरक्षित दूरी तय की जा चुकी थी। इसके उपरांत ही प्रश्नकाल का प्रश्न उठना था। वैद्य को आड़े हाथों लिया गया था। 'अर्ध आक्रमण क्यों किया' के प्रश्न पर वैद्यराज का संक्षिप्त-सा उत्तर था, 'रसायन लेपन की प्रक्रिया मैं भलीभाँति जानता हूँ। इसका विधान किसी भी शास्त्र में विहित नहीं किया गया है। अत: मैं मुख-क्षेत्र के किसी भी हिस्से में रसायन लेपन के लिए स्वतंत्र था।'

पुन: एक शंका प्रकट हुई थी, 'अर्ध आक्रमण के अर्ध परिणाम ही निकलेंगे।' इसके लिए वैद्यराज को उत्तरदायी ठहराया गया। वैद्यराज ने आत्मविश्वास के साथ मातृ संगठन को आश्वस्त किया, 'परिणाम पूर्ण ही आएगा। आधा कौशल हमने दिखा दिया है, अर्थात् मूँछें जख्मी हो ही चुकी हैं। आधा कौशल दिखाने का अवसर शिकार को भी तो देना चाहिए। समतामूलक समाज का उत्स क्या है? यही है न कि सबको बराबर अवसर मिले? अत: शास्त्रीय दृष्टि से हम अन्य के अधिकार की उपेक्षा कैसे कर सकते हैं? क्या कार्रवाई दूषित नहीं हो जाएगी?' यह उत्तर सुनकर प्रश्नकर्ता अत्यंत ही हर्षित हुए। तदुपरांत उन्होंने शयन हेतु अपने-अपने लोक को प्रस्थान कर लिया था।

वैद्यराज का विलंबित जागरण होता था। यह उनका नित्य का नियम था। समस्त अंतेवासी कक्षाओं में जा चुके थे। वे अब स्नानागार को जा रहे थे। स्नानागार का मार्ग उस मार्ग से होकर गुजरता था, जहाँ कल रात कांड संपन्न हुआ था। वे कल रात के कांड को विस्मृत भी कर चुके थे। देर से उठनेवाले प्राय: कल रात के किए-कराए को भूल ही जाते हैं। वे आखेट के द्वार पर स्थिर हुए। नित्य की भाँति उन्होंने उन्हें अभिवादन किया। क्लासेज बंक करने का रहस्य पूछा। कक्ष के भीतर से भर्राई-सी आवाज निकली थी, जिसमें आत्मीय संबंध सूचक भारी-भरकम विशेषण एक के ऊपर एक फेंके जा रहे थे।

ऐसी वाणी सुनकर उन्हें कांड का तत्काल स्मरण हो आया था। उन्होंने झिर्री से झाँककर भी देखा तो भीतर क्रुद्ध मंत्रोच्चार चल रहा था। उच्चारणकर्ता का मुख-विन्यास दस्युओं की भाँति ढका-छुपा था, रंगीन वस्त्र से। सायंकाल अवकाश हो चुका था। अन्य अंतेवासियों ने इनके सुबह के घटनाक्रम का आँखों देखा, कानों सुना हाल हू-ब-हू सुनाया था, जिसमें ब्रह्म मुहूर्त के प्रथम चीत्कार से क्षौर-कर्म तक का धारावाहिक विवरण शामिल था। अब वे एकदम सूने

उजाड़ हो चुके थे। मूँछविहीन समुदाय की भर्त्सना करते जा रहे थे। इस आघात के तीन-चार दिन बाद वे प्रकृतिस्थ हो सके थे।

मूँछ समुदाय के एक उपासक इस कार्रवाई से अत्यंत भयाक्रांत हो उठे थे। उन्होंने आराम करना या चैन से बैठना त्याग दिया था। उन्होंने अंतेवासी का बाना भी त्याग दिया था वे अब डेलीगेसी में निवास करने लगे थे। समय-चक्र चलता रहा। सतर्कता की आँच धीमी पड़ती गई। कुछ दिन टाइट रहने के बाद आँच वैसे भी धीमी पड़ जाती है। रात्रिभोज हो चुका था। अंतेवासी राजा नल व राजा युधिष्ठिर के प्रिय खेल में निमग्न थे अर्थात् पत्ते खेल रहे थे। इस कार्रवाई में आखेट संख्या दो अर्थात् डेलीगेसी सदस्य भी कर्मरत् थे। कुछ खिलाड़ी तकियों पर लुढ़के पड़े थे। कुछ बैठक कक्ष में लेटकी मुद्रा में कर्तव्यारूढ़ थे।

रात्रि की अंतिम घड़ी थी। एक भेदिए ने सूचना दी कि 'आखेट क्रम दो वैद्यराज के पर्यंक पर निद्रालीन है।' किस्मत बुलंद हो तो मनचाहे काम में कोई बाधा नहीं पड़ती है। इस सूचना से वैद्यराज अत्यंत ही हर्षित हुए। उन्होंने मंगलाचरण में आप्त वाक्य कहे। अपने साथियों को संक्षिप्त, किंतु सारगर्भित प्रतिक्रिया भी दी थी, 'शेर की माँद में शिकार!'

वे आनन-फानन में अपने कक्ष के लिए कूच कर चुके थे। वे भी पर्यंक पर लेट चुके थे। एक हाथ से वे पूर्ववत् रसायन लेपन करते रहे। उनके दूसरे हाथ में कोई दुर्लभ ग्रंथ था। उसे थामकर वे अध्ययनरत् भी रहे। बीच-बीच में वे मुच्छक्षेत्र को एकटक निहार रहे थे। सीधी व निर्णायक कार्रवाई हो चुकी थी। आखेट झपट्टे में आ चुका था। वे निर्लिप्त और निष्पक्ष तो थे ही। अत: इस अवसर पर भी अर्ध-कर्म ही संपादित किया गया था।

तदनंतर उन्होंने शयन हेतु दूरस्थ कक्ष में हिजरत कर ली थी। आखेट के प्रगल्भ-प्रलाप से बचने के लिए यह कार्रवाई की गई थी। प्रात: बेला तक हृदय विदारक चीत्कार चलता रहा। अंतेवासी कक्षा में पहुँच चुके थे। आश्चर्यजनक रूप से क्रम संख्या दो भी कक्षा में उपस्थित थे। शोधकर्ता शोधरत रहे कि यह कैसे संभव है। उन्होंने विभिन्न पद्धतियों को आजमाया था। अंत में निष्कर्ष निकाला कि क्रम संख्या दो ने आक्रांत स्थल पर अर्थात् जख्म पर मार्कर के सौजन्य से संतुलन साधा हुआ है।

सूत्रों के अनुसार, ये काफी देर में ब्रह्म मुहूर्त के आर्तनाद से उबरे थे। उसके पश्चात् इन्होंने एक भीष्म प्रतिज्ञा की थी। वह यह थी कि वे अवशेष हिस्से की प्राणपण से रक्षा करेंगे। कक्षा में वे बची हुई प्रतिष्ठा की रक्षा ही कर रहे थे। उस हिस्से पर उन्होंने मार्कर लगाया हुआ था। कृत्रिमता अल्पकालिक सिद्ध हुई थी। नैसर्गिकता तो नैसर्गिकता ही होती है। मार्कर रचित स्थल का कृष्ण रंग कुछ ही क्षणों में धूसरित हो चुका था। इस समय वह धूसर रंग में परिवर्तित हो गया था। एक सह प्रशिक्षु शिक्षिका ने इस विसंगति को लक्षित कर लिया था। उसके पश्चात् भी ये कक्षा में ही विराजते रहे, हालाँकि इन्होंने अब बैठने में एक भावपूर्ण मुद्रा अख्तियार कर ली थी। व्यक्तित्व परिष्कार की शब्दावली में वे नेहरूवियन पोज के संवर्धित संस्करण में बैठे हुए थे। पंडित नेहरू स्पेशल पोज में बैठते थे। वे दाहिना कपोल, हथेली की तर्जनी व मध्यमा के अवलंब पर आश्रित रखते थे। संवर्धित, परिवर्धित संस्करण में कुछ एडिशन किया गया था। इन्होंने नासिका व ओष्ठ के मध्य का दायाँ भाग, दाएँ हाथ की सभी अंगुलियों से परिवेष्ठित किया हुआ था।

संयोग से आज फीस-डे था। शुल्क राशि जमा की जा रही थी। शेष राशि लौटाने के लिए नाम पुकारे जा रहे थे। राशि क्लास टीचर के सम्मुख प्रस्तुत होकर प्राप्त की जा सकती थी। इनका भी नाम पुकारा गया था। इनकी रिफंडेबल राशि मात्र एक रुपए की पुकार सभी ने सुनी थी। यह सुनकर भी भावपूर्ण पोज में विराजे रहे। बैठे-बैठे इन्होंने क्लास टीचर को उस राशि का मालिकाना हक देने का प्रस्ताव दे दिया था। क्लास टीचर संस्कारी थे। उनका संस्कार इस अमूल्य प्रस्ताव के आड़े आ चुका था। उन्होंने क्रम संख्या दो को ललकारा। अवशेष राशि के संकलन हेतु जोरदार आह्वान किया गया। कला की दृष्टि से नेहरूवियन पोज बैठकी मुद्रा में ही बनाया जा सकता है। इन्होंने एक रुपए प्राप्ति के महान् उद्देश्य के लिए एक अद्भुत प्रयोग किया था। गमन मुद्रा में भी उस पोज को बनाए रखा। अत्यंत ही रमणीक दृश्य बन पड़ा था।

वे क्लास टीचर के सम्मुख प्रस्तुत हो चुके थे। उन्होंने वही पोज बनाए रखा। अपना बायाँ हाथ राशि प्राप्ति के लिए टीचर की तरफ बढ़ाया था। क्लास टीचर का कोई संस्कार पुनः आड़े आ चुका था। उन्होंने शास्त्रोक्त वाणी में कहा,

"देवी लक्ष्मी के आदान-प्रदान के लिए मैं दाहिने हाथ को ही उपयोगी मानता हूँ।" दीर्घकालिक शास्त्रार्थ चला था। क्रम संख्या दो को दाएँ हाथ से ही वह राशि ग्रहण करनी पड़ी थी। इस मध्य कक्षा की अपार दृष्टि, अपार राशि ग्रहण करते हुए क्रम संख्या दो के उस भू-भाग पर एकटक स्थिर हो चुकी थी।

दो सफलताओं से स्वच्छ समुदाय भाव-विभोर हो उठा था। हर्षोल्लास पर वैद्यराज ने असंतोष प्रकट किया था। उन्होंने कहा, "सांस्कृतिक साम्य व समतामूलक समाज की स्थापना तक प्रमाद बरतना ठीक नहीं है। मुहिम यूँ ही अटकी नहीं रखी जा सकती है। उच्च मनोबल बनाए रखना तो उचित है। लक्ष्य के अपूर्ण रहते हुए मोहि विश्राम कहाँ?"

तदुपरांत स्वच्छ समुदाय के सदस्य सक्रिय हो उठे थे। गुप्त मंत्रणाएँ होने लगी थीं। अचूक जानकारियाँ हासिल की जा रही थीं। गुप्तचर दल निरंतर सक्रिय थे। वे प्रत्येक सघन, छपरीले अथवा तिर्यक् मुच्छस्वामी को प्रेम व करुणा की दृष्टि से देखने लगे थे। कुछ सदस्यों का नैतिक आग्रह अधिक प्रबल हो उठा था। वे वॉर्डन की राजसी श्रेणी की मूँछों को भी दया और करुणा की दृष्टि से देख-देख कर निहाल हो रहे थे।

उधर मुच्छ समुदाय के सदस्य सजग रहने लगे थे। वे कातर स्वर में 'त्राहिमाम्! त्राहिमाम्!' टाइप की मनोदशा में पहुँच चुके थे। इनका स्निग्ध व्यवहार व सानिध्य भी उन्हें त्रासदी और आशंका से पूर्ण लगता था। प्रेम व स्नेह से पगे व्यवहार को वे 'छतरी तले लाने' की नीति मान रहे थे। कुछ सदस्यों ने तो शकुन शास्त्र और ज्योतिष शास्त्र के ग्रंथों को भी छान डाला था। स्वप्नफलदीपिका से वे मूँछों का लोप होना, मूँछों का कोई चिह्न अवशेष न रहना, निराकार व निर्विकार मूँछें, अमूर्त मूँछें इत्यादि मुहावरों का स्वप्नफल भी पढ़ रहे थे।

इस गतिरोध को टालने के लिए उन्होंने एक असंगठित-सा समूह भी बनाया था। एक ढीला-ढाला डेलीगेशन लेकर वे स्वच्छ समुदाय से भी मिले। उन्होंने मूँछों के प्रति निर्दयता और निर्ममता को अन्यायसंगत ठहराया था। घुमा-फिराकर उनकी मूँछों के प्रति ललक और लोलुपता की भर्त्सना भी की थी। स्वच्छ समुदाय के प्रतिनिधि ने भी अपना पक्ष रखा था। उसने संक्षेप में कुछ

बिंदु उठाकर वार्त्ता को विराम दिया, 'अंगुलिमाल की भाँति हमारी लक्ष्यपूर्ति में एक मनुज-मूँछ मात्र की प्राप्ति शेष है। वैसे भी हम दैवी विधान के साधन मात्र हैं। चिंतारूपी सर्पिणी रोग व शोक की मूल है। वचन रक्षा के महान् उद्देश्य के लिए हम किसी भी सीमा तक जा सकते हैं। यहाँ तक कि प्राचार्य के साथ भी यही देवोपम् व्यवहार कर सकते हैं। वचनों से विमुख होकर हम नर्क के भागी नहीं बन सकते, इत्यादि।'

इस शाकाहारी वाणी को सुनकर डेलीगेशन के एक हृष्ट-पुष्ट सदस्य उत्तेजित हो उठे थे। वे चुनौती की मुद्रा में आ चुके थे। उन्होंने कहा, "अभी तक आपने इकेले-दुकेले लोगों का ही कांड किया है। कल्ले में दम हो तो हमारी मूँछ छूकर दिखाओ, वह भी तीन दिन के अंदर अर्थात् बहत्तर घंटे में। मेरी प्रिय मूँछों को उस रिमूवर से छूकर-भर दिखा दो।" भावोद्रेक में उन्होंने बंपर इनाम की घोषणा भी कर डाली थी। इनाम राशि में मुर्ग मुसल्लम व कुछ नामोल्लेख न करने योग्य पेय भी शामिल थे। थोड़ी देर बाद वह संयत हुए। तो उन्हें मर्यादा लंघन का भान हो चुका था। अत: उन्होंने निर्धारित समयावधि अर्थात् बहत्तर घंटे की इस अवधि में कार्य पूर्ति न होने की दशा में व्युत्क्रम शर्तें भी अधिरोपित कर दी थीं अर्थात् काम न होने पर खाद्य व पेय स्वच्छ समुदाय को भी चुकाना पड़ सकता है।

चुनौती स्वीकार की जा चुकी थी। बीड़ा उठा लिया गया था। एक्शन प्लान तैयार हो चुका था। उसे सँवारा जा चुका था। वैद्यराज किसी भी मूल्य पर मुच्छाभिलाषी थे। चुनौतीकर्ता के रूममेट को यथेष्ट मूल्य से क्रय करने का प्रस्ताव रखा गया था। उसे इनामी राशि का पचास पैसा स्वामित्व देने का प्रलोभन दिया गया था। एकांतिक क्षणों में उदार स्वभाव के स्वामी ने इस प्रस्ताव को स्वीकार भी कर लिया था।

पूर्वनियोजित कार्यक्रमानुसार मध्यरात्रि में आरोहण किया गया था। संकेत ध्वनि सूचित की हुई थी। तर्जनी के नाखून के अग्रभाग से डेढ़ बार दस्तक दी जा चुकी थी, प्रथम दीर्घ में व द्वितीय ह्रस्व के क्रम में। यही दस्तक दी जानी तय हुई थी। संधिपत्र की शर्तानुसार दुर्ग के फाटक खुल चुके थे। दुर्ग रक्षक को क्रय किया जा चुका था। वैद्यराज रसायन हाथ में लिए हुए थे। वे उसे तलवार की

भाँति लहरा रहे थे। अब वे पलंग के सिरहाने पर उपस्थित थे। गिरोह के अन्य सदस्य व्यग्र थे। वे छपरीनुमा मूँछों के अकस्मात् लोप दर्शन के लिए व्याकुल थे। इसलिए उत्कंठा के मारे फूले नहीं समा रहे थे।

वैद्यराज ने आकस्मिक रूप से वापसी की घोषणा कर दी थी। प्रकट रूप से उन्होंने कहा, "अभी अड़तालीस घंटे शेष हैं। हम अंतिम क्षण के रोमांच को सरल विजय से व्यर्थ नहीं करना चाहते हैं। क्लाइमेक्स का मजा होता ही कुछ और है। शॉर्ट टाइम, शॉर्ट टारगेट।" विद्ड्रॉ करने से सदस्यों में विद्रोह का खतरा उत्पन्न हो सकता था। तभी उन्होंने पलंग की ओर उँगली से संकेत किया था। इस प्रकार उन्होंने गिरोह के सदस्यों का मौन ध्यानाकर्षण किया था। 'आखेट' की रजाई जल तरंगों की भाँति दोलायमान थी। इसके मूल में एक रहस्य था। रूममेट ने डबलक्रॉस कर लिया था। आखेट को योजना का पूर्ण विवरण मालूम था। वह सो नहीं रहा था, मात्र निद्राभ्यास कर रहा था। उसने अपनी देह के अनुपात में एक विशाल-सा दंड रखा हुआ था। हास्य संवरण न करने के फलस्वरूप वह मय पलंग के डोल रहा था। हास्य, साहस व रोग संक्रामक होते ही हैं। बात खुल चुकी थी। अत: आखेटक व आखेट संयुक्त रूप से हास्यास्पद हो उठे थे। इस प्रकार वे संयुक्त रूप से हास्य में ही विलीन हो चुके थे।

विगत रात्रि का अनुभव निराशाजनक रहा। मनोबल बनाए रखने के लिए अचूक जानकारियाँ हासिल की गई थीं। आखेट की प्रत्येक गतिविधि पर सूक्ष्म दृष्टि रखी गई थी। सजगता से पग बढ़ाए जा रहे थे। सक्रिय चेष्टा की जा रही थी। आज एक फिदायीन को नियुक्त किया गया था। उसे सायंकाल ही रात्रिभोज से तृप्त किया जा चुका था। तत्पश्चात् उसे ऊनी आवरण से सुसज्जित कर रसायन के साथ क्रमांक तीन के पलंग के नीचे स्थापित कर दिया गया था। रात्रिभोज के उपरांत अंतेवासी अपने-अपने नीड़ में समा चुके थे। अभियान के सदस्य कक्ष संख्या अठारह व बीस की दीवारों से कान सटाकर चौकन्ने खड़े थे। कक्ष संख्या उन्नीस के पलंग के नीचे एक सदस्य सक्रिय होकर अवसर तलाश रहे थे। उन्नीस के अंतेवासी मध्यरात्रि तक मनोरंजन करते रहे। आपस में चुहल करते रहे। अत: उनके पलंग के नीचे का व्यक्ति उबासियाँ लेते-लेते ऊब चुका था।

शयन की तैयारियाँ हो चुकी थीं। रूममेट ने आखेट को 'गुडनाइट' कहते हुए एक अमूल्य सूचना साझा की थी। सूचना यह थी कि वे मनीऑर्डर मँगाना चाहते थे। इसके लिए पिता को स्नेह में पगा पत्र लिखना चाहते थे। छात्रावास में कक्ष को फर्नीचर से विभाजित किए जाने की प्रथा थी। जहाँ-जहाँ तक जिसकी कुर्सी-मेज है, वहाँ-वहाँ तक उसका स्वामित्व रहता था। तख्त दीवार से सटी रहती थी। मनीऑर्डर की माँग करते समय पत्र-लेखक को प्रचुर कल्पनाशीलता की आवश्यकता पड़ती है, कल्पना के लिए विचार-प्रवाह की। एकांत में विचार समेटने के लिए शून्य में छत को झाँकने की आजादी रहती है। कभी-कभी रूममेट के पलंग के नीचे घूरने की स्वतंत्रता भी होती है। बस, यहीं पर नुक्ता फँसा था। रूममेट ने क्रम तीन के पलंग के नीचे किसी को लक्षित कर लिया था।

जैसे ही पत्र-लेखक ने यह दुर्लभ दृश्य देखा, उनका रोम-रोम काँप उठा था अर्थात् वे भयभीत हो गए थे। उनका कंठावरोध हो चुका था व नेत्र पुलकित होने लगे थे। अश्रुकण बहने की देर भर थी। उन्हें साथी का जीवन संकटापन्न दिख रहा था। अतः मनुज-भाषा में वार्त्तालाप में उन्होंने स्वयं को असमर्थ जाना। इस दशा को जानकर उन्हें घोर अमर्ष हुआ था। अतः उन्हें एक उपाय सूझा। उन्होंने पत्र में ही लहलहाती हस्तलिपि में कुछ संदेश लिखा था। 'आप ही नींद की खुमारी में नहीं है, आपके पलंग के नीचे कोई अन्य भी नींद की खुमारी में है।' यह दुर्लभ सूचना साथी को संसूचित हो चुकी थी। अतः उभयमेट्स के रोम हर्षित हुए और गात भी पुलकित हो चले थे।

दोनों साथी रोमांचित हो गए थे। वे कक्ष में ही चहलकदमी करने लगे थे। उन्होंने कनखियों से झाँकने की अनगिनत चेष्टाएँ कीं। एक निगाह में उन्होंने बाघ-चीता छाप जैकेट को चीह्न लिया था। वैद्यराज इस जैकेट के स्वामी हुआ करते थे। पहचान के बाद इन्होंने एक षड्यंत्र रचा था। शिशिर की सर्द रात्रि में वे अतिथि का शीतल जल से अभिषेक करने को उत्सुक थे। उन्होंने भरी बाल्टी से अभिषेक आरंभ करना चाहा था।

उधर दीवार पर बाल्टी उठाने की परछाई स्पष्ट प्रतिबिंबित हो रही थी। वे पलंग के नीचे से रजतपट पर आँखों देखा हाल देख रहे थे। अतः वे भी इस अवांछित अभिषेक के प्रति सतर्क हो उठे थे। चरम क्षणों में वे सिरहाने की

दिशा से बाहर आकर एकाएक प्रकट हो चुके थे। इस प्रकार यह जलाभिषेक लक्ष्यच्युत हो चुका था। तभी दुर्ग द्वार पर कर्णभेदी दस्तकों का दौर शुरू हो चुका था। आजू-बाजू की दीवारों से कान सटाए शूरमा द्वार ठोक रहे थे।

इस विफल अभियान से समुदाय अत्यंत आहत था। मध्यरात्रि डेड लाइन थी। कुछ सदस्यों को अभी भी चमत्कार की आशा थी। अभी तक की कार्रवाई की डिब्रीफिंग गई तो निष्कर्ष निकला कि क्रम संख्या तीन अभी तक अपने साथी की सतर्कता से ही सुरक्षित रह सका है। वह उनका प्रबल सचेतक है। एक से अधिक बार उसकी रक्षा में सफल भी रहा है। शास्त्रों में यूँ ही नहीं कहा गया है कि भवितव्य सदैव व्यक्ति की इच्छा का अनुसरण नहीं करता है।

आज दोपहर में आकाश मेघाच्छादित हो चुका था। बादलों ने क्षितिज की निरभ्रता को ग्रसित किया हुआ था। विश्वकप क्रिकेट में दक्षिण अफ्रीका बनाम यू.ए.ई. का मुकाबला चल रहा था। अंतेवासी सीधे प्रसारण के माध्यम से इस रोमांचक खेल को देख रहे थे। वैद्यराज ने मध्याह्न भोजन कर लिया था। उसके पश्चात् वैद्य निद्रालीन थे, अलसा रहे थे। सचेतक क्रिकेट के उन्मादी फैन थे। रिकॉर्ड भंजक पारियों के समस्त रिकॉर्ड उन्हें मुँह जबानी याद रहा करते थे।

तभी वैद्यराज के कक्ष में एक भेदिए ने सरपट दौड़ते हुए प्रवेश किया था। फुसफुसाते स्वर में उसने कुछ सूचनाएँ दी थीं। नंबर एक: गैरी कर्स्टन धुआँधार खेल रहा है। नंबर दो—सचेतक इस रिकॉर्ड पारी को देखने मेरे संग जा रहे हैं। नंबर तीन—आखेट क्रम संख्या तीन कक्ष संख्या उन्नीस में निद्रालीन है। यह समाचार प्रसारित कर वे तेजी से नेपथ्य में विलीन हो चुके थे। वैद्यराज ने मुख-प्रक्षालन का मोह भी त्याग दिया था। उन्होंने आनन-फानन में रसायन उठाया। पलक झपकते ही वे लक्ष्य की ओर कूच कर चुके थे। कक्ष संख्या उन्नीस में उन्होंने झिर्री से दृष्टिपात किया था। उन्होंने एक अनुपम दृश्य देखा था। शिकार निद्रालीन हैं। उनका दायाँ हाथ उनके मस्तक पर सवार है। दाहिनी हथेली से वे अपने ही मस्तक पर आशीष बरसा रहे हैं। निद्रालाभ कर रहे हैं। बोनस के रूप में मधुर व मध्यम खर्राटे भी भर रहे हैं।

आखेट आखेटक का साक्षात् आह्वान कर रहा था। वे कर्मशील व्यक्ति थे। कर्तव्य कर्म क्षेत्र में उनको बुलावा दे रहा था। अत: उन्होंने पल भर भी व्यर्थ

नहीं किया था। दक्षता से उन्होंने लेपन कर लिया था। वे ध्वज फहरा चुके थे। तुरहियाँ बज उठी थीं। आज गैरी कर्स्टर्न ने एक दिवसीय क्रिकेट का सर्वोच्च स्कोर 188 बनाया था।

उसी समय एक प्रतिनिधि मंडल शांति प्रस्ताव लेकर आया था। वे वैमनस्य फैलने की बात कर रहे थे। धावा और मुहिम को स्थगित रखने की प्रार्थना कर रहे थे। वैद्यराज ने उन्हें आश्वस्त किया, 'हम भी शांति के पक्ष में प्रतिबद्धता व्यक्त करते हैं। हमने तीन का लक्ष्य प्राप्त कर लिया है। अब साम्य स्थापित हो चुका है।' इस कथन पर डेलीगेशन को विश्वास नहीं हुआ था। वैद्यराज ने छात्रावास में इच्छारुदन-नाद को सुनने का संकेत किया। तभी क्रंदन सुनाई दिया था। गैलरी में क्रम संख्या तीन अश्रु बहाते हुए आ रहे थे। वह ढाँढें मार-मारकर रो रहे थे। बमुश्किल उनको चुप कराया गया था। चुप होकर भी वह उसाँसें भर रहे थे। उनकी छपरीली मूँछों के स्थान पर एक नगण्य-सा द्वीप शेष था। रात्रिकालीन भोज के समय वह द्वीप भी विलुप्त हो चुका था।

मुहिम पूरी होने के बाद वैद्यराज ने मूँछ उपजा ली थी। हू-ब-हू पेशवा छाप, छपरीली मूँछें। बकौल गोपाल जोशी, 'ऐसा करके वे अपने पापों का प्रायश्चित्त कर रहे हैं।'

□

# 11
# गोपालन

हमारे आँगन में दो बैल बँधे रहते थे। देसी नस्ल के थे। दरमियाने कद के, छरहरे। स्नेह से नाम दिया गया था—नीला और बुल्ला। फसल-चक्र के हिसाब से ही उन पर काम का बोझ पड़ता था। बुवाई से पहले की जुताई के पहले ही दोनों की आवभगत बढ़ जाती थी। लगभग दो माह पूर्व से ही खुराक बढ़ाई जाती थी, ताकि परिश्रम के बोझ का उन पर कोई प्रतिकूल प्रभाव न पड़े। हल, पाटा, मैया संचालन में दोनों में अच्छा तालमेल था। दोनों परम प्रसन्न रहते थे। खुशी-खुशी अपना दायित्त्व निभाते थे।

अन्य के खेतों में जोतने में सक्रिय असहयोग पर अड़ जाते थे। जुआ जोतने के आरंभ में ही धराशायी हो जाते थे। लाख मनाने पर भी न मानते थे। पूँछ उमेठने पर और लंबे हो जाते थे। गाँवों में अड़ोसी-पड़ोसी किसान भी बैल माँगकर ले जाते हैं। नीला-बुल्ला ओवरवर्क या ओवरटाइम के सख्त खिलाफ थे। श्रम कानूनों को पूरा सम्मान देते थे। उन्हें सख्ती से लागू करने के पक्ष में भी रहते थे। खेती के मौसम के अलावा शेष समय में दोनों साथ-साथ चरते थे, साथ-साथ खेलते थे। नरम हरी दूब उनकी पसंदीदा घास थी। भरपेट चरने के बाद दोनों पर मौज-मस्ती छा जाती थी। आपस में सींग फँसाकर जोर आजमाइश करते थे। झाड़ियों में सींग फँसाकर बहकते थे। सींगों से रेत उड़ाते थे। पूँछ उठाकर नदी किनारे के हरे-भरे ढलान पर अनियंत्रित होकर दौड़ते थे। ये सब क्रियाएँ कौतुक में ही होती थीं।

पानी पीने के मामले में भी दोनों सुरुचि संपन्न थे। तालाब, पोखर, नाले का

पानी सूँघकर छोड़ देते थे। धुँधले, मटमैले और गंदले पानी की तरफ देखते भी नहीं थे। ठहरा हुआ पानी नहीं पीते थे, चाहे प्यासे मरे जा रहे हों। भीषण प्यास में भी समझौता नहीं करते थे। नदी का बहता निर्मल जल शौक से ग्रहण करते थे। पशुशाला में भूमिगत जल भी पी लेते थे—ट्यूबवेल, हैंड पंप अथवा कुएँ का जल। अत: वर्षा ऋतु में वे घर पर ही पेयजल ग्रहण करते थे।

जंगल में एक साँड था। भीमकाय चट्टान जैसा मजबूत। इसकी बाईं रान पर डमरू छपा हुआ था। लोक मान्यता में शिवकृपा प्राप्त करने के लिए श्रद्धालु स्वस्थ बछड़े को शिवालय के सम्मुख छोड़ देते थे। बछड़े की रान पर गरम मूसल से दागकर डमरू की आकृति उकेरी जाती थी। भोलेनाथ को अर्पित कर वे अपनी श्रद्धा और विश्वास को निबाहते थे। साँड महाशय स्वतंत्र थे। जी भरकर चर लेते थे। उसके पश्चात् कसरत के लिए अथवा मन-बहलाव के लिए प्रतिद्वंद्वी खोजते फिरते थे। प्रतिद्वंद्वी टक्कर का ही चाहते थे। इसलिए वे मात्र हृष्ट-पुष्ट बैलों और बछड़ों को 'डुकुर-डुकुर' कर चुनौती देते थे। इनकी काया को देखकर प्राय: कोई इनकी चुनौती स्वीकार करने का साहस नहीं रखता था। कुछ बिरले स्वाभिमानी स्वीकार करते थे तो प्रथम चक्र में ही नॉक-आउट कर दिए जाते थे।

एक दिन नीला-बुल्ला जंगल में चर रहे थे। साँड ने दूर से ही इनका अवलोकन कर लिया था। शायद अपनी स्पर्धा के योग्य भी पाया था। वैसे, आकार में ये दोनों साँड के सम्मुख नौसिखिए बछड़े-से लग रहे थे। पशुओं में द्वंद्व निमंत्रण की सुस्पष्ट संहिता होती है। चुनौती कर्ता सर्वप्रथम नथुने उठाता है। तत्पश्चात् डिकर कर प्रतिद्वंद्वी को आरंभिक नोटिस देता है। फिर अगला एक खुर भूमि पर स्थापित करके दूसरे खुर से धूल के बवंडर उड़ाए जाते हैं। यह द्वंद्व की घोषणा होती है। समीप से प्रतिद्वंद्वी की विपरीत दिशा से अर्ध-परिक्रमा की जाती है। साथ ही, दृष्टि स्थिरकर उसके सामर्थ्य का आकलन किया जाता है। साथ-साथ उसके पैंतरों का अनुमान भी लगाया जाता है, ताकि रणनीति में बदलाव किया जा सके। इस क्रिया का कई बार दोहराव हो जाता है। तत्पश्चात् अगले खुरों से धरती को कुरेद-कुरेदकर धूल उड़ाई जाती है। युद्धारंभ कर पहला आक्रमण किया जाता है।

नीला-बुल्ला से द्वंद्व में विहित प्रक्रिया अपनाई गई थी। युद्धारंभ हो चुका था। नीला-बुल्ला साँड से पृथक्-पृथक् द्वंद्व में दूसरे राउंड तक पहुँचने में असमर्थ सिद्ध होंगे, कोई सामरिक विशेषज्ञ इस निष्कर्ष तक आसानी से पहुँच सकता था। अर्ध-परिक्रमा चल रही थी। इसी बीच नीला-बुल्ला में दृष्टि-विनिमय हो चुका था। संभवत: गठबंधन भी विकसित हो चुका था। प्रथम राउंड में साँड नीला पर आक्रमणशील हुआ तो बुल्ला ने गजब की फुरती दिखाई थी। उसने चपलता से अपने दोनों सींग साँड के पृष्ठभाग पर गड़ा दिए थे। साँड प्रत्याक्रमण करना चाहता था। अत: उसने पीछे पलटना चाहा। इस अवसर पर नीला ने सींग लहराकर उसकी पृष्ठभूमि पर टिका दिए। घड़ी भर यह क्रम चलता रहा। दोनों ने संयुक्त रूप से साँड को बल भरकर रगेदा था। युद्धजनित पीड़ा से साँड को असह्य कष्ट तो हुआ ही, उसका अहंकार भी विगलित हो चुका था। उसने समझदारी दिखाई थी कि उसने पलायन में भविष्य देखा। तत्काल अपनी प्रतिभा समेटकर उसने प्रतिभा पलायन कर लिया था।

गोवर्धन पूजा विधि-विधान से की जाती थी। इस अवसर पर हम दोनों को सजाते-सँवारते थे। उनके सींगों पर तेल लगाते थे। सींग चमकने लगते थे। उनके गले व सींगों पर गेंदे के पुष्पहार पहनाते थे। पूजा के अंत में पशुधन और शस्य की समृद्धि की कामना की जाती थी।

छुट्टियों में गोचारण हम लोगों का नित्य का क्रम रहता था। अन्य दिनों में पशुधन को चरने के लिए जंगल छोड़ आते थे। गोधूलि बेला में हाँकते हुए वापस ले आते थे। उस दिन भी रोज की भाँति पशुओं को जंगल छोड़ा गया था। स्कूल से छुट्टी के बाद सायंकाल उनको लेने के लिए मैं जंगल पहुँच चुका था। गाय-बैल, बछिया तो एक झुंड में चरते हुए मिले। एक गाय जो आसन्नप्रसवा थी, झुंड से नदारद मिली। पशुओं में भी सामाजिकता पाई जाती है। एक गोठ के पशु प्राय: एक ही झुंड में चरते हुए मिलते हैं। इधर-उधर अन्य रेवड़ों में भी उस गाय को खोजा गया था। हालत अजीब-सी हो गई थी। उसके बाद गहन वन में ढूँढ़-खोज आरंभ की गई। सारे संभव स्थानों पर खोज की गई थी। निराशा ही हाथ लगी थी। क्रमश: अँधेरा घिर आया था। अत: बोझिल मन से पशुओं को हाँकते हुए घर ले आया था। पशुशाला में उन्हें खूंटे से बाँधते हुए भी मन में भय समाया हुआ था।

आज की कथा-व्यथा संकेतों में बताना लाजमी था। यह सुनकर माँ ने कोहराम मचा दिया था। गाय की गुमशुदगी पर उन्होंने नाना प्रकार की आशंकाएँ जताई थी। मुझे लापरवाह घोषित किया गया। अभियोग चलाकर ढेर सारी लानतें दी थीं। उन्होंने कहा, "धौली गाय में इनसानों की-सी समझ है।" मैं घबराकर चुप हो गया था। सच ही कहा था उन्होंने। धौली से उनका विशेष लगाव था। उनके गृहस्थी के सभी काम रुके हुए थे, लेकिन वे स्वयं को नहीं रोक पा रही थीं। देर रात तक मैं उनका कोपभाजन बनता रहा।

अगले दिन सुबह हुई। भोर होते ही माँ ने मुझे धेनु-संधान के लिए पठा दिया था। उन्होंने मुझे ढेर सारी हिदायतें दी थीं। वे विशेष हिदायत देना न भूली थीं, 'मेरी धौली गाय के बिना वापस मत आना।'

चलते-चलते विचार आ-जा रहे थे। मस्तिष्क कोष पर जोर डाला गया था। समस्त आशंकाओं पर विचार किया गया था। आशंकाओं से निष्कर्ष निकल रहे थे—हो सकता है, किसी लोभी ने गाय बाँध ली हो। यह भी संभव था कि बेच ली हो। हिंस्र पशु का शिकार होने की आशंका भी बनी हुई थी। गाय गाभिन थी। अत: भागकर अधिक देर तक प्राण रक्षा नहीं कर सकती थी। एक आशंका यह भी थी कि किसी ने द्वेषवश गाय को काँजी हाउस में भेज दिया हो। ग्रामीण जीवन में आपसी व्यवहार में लगती-बुझती रहती है। प्रतिशोध लेने का यह भी एक लोकप्रिय तरीका देखा जाता था।

मैंने संभावित क्षेत्रों की सारी गौशालाएँ छान डाली थीं। गोठ, छानियों का तूफानी दौरा किया था। संदिग्ध स्थानों में भटका। दोपहर तक निराशा ही हाथ लगी थी। आशंका नंबर दो के तहत जंगल के उन क्षेत्रों में गया, जो वनराज के विचरण क्षेत्र में आते थे। ऐसे क्षेत्र पूर्व में इस तरह की घटनाओं के लिए प्रसिद्ध थे। भगवान् भास्कर अस्ताचल को जा रहे थे। अब तक हिंस्र पशु से संघर्ष के कोई चिह्न न दिखाई दिए थे। क्षेत्र में दो काँजी हाउस थे। अँधेरे में ही दोनों छान डाले गए थे।

माँ का हिदायतनामा मुझे स्मरण था। धौली को न खोज पाने से मन क्षुब्ध था। काँजी हाउस में बंद पशुओं की दशा अत्यंत दयनीय थी। उनकी दुर्दशा देखकर आँखें भर आई थीं। दु:ख दु:खी व्यक्ति को थोड़ी देर के लिए दार्शनिक

बना डालता है। खिन्न मन से मध्य रात्रि में दबे पाँव घर पहुँचा था। खिड़की से कूदकर ही घर में प्रवेश संभव था।

तड़के पुनः खोज अभियान शुरू हुआ था। आज छोटी दीपावली का दिन था। त्यौहार भटकते-भटकते ही घुल जाना था, ऐसी आशंका मन में घर करती जा रही थी। 'लास्ट सीन' थ्योरी का विचार मन में आया था। उसी स्थल से खोज आरंभ की गई। खोजते-खोजते काफी समय बीत गया था। थकान लगने लगी थी। नदी तट सामने दिखाई दिया—लगभग पचास कदम की दूरी रही होगी। नदी तक पहुँचकर प्यास बुझाई। सुस्ताने का मन करने लगा था। अतः थोड़ी देर के लिए मैं गुनगुनी धूप में रेत पर ही अलसाने लगा। घड़ी भर सुस्ताने से थकान दूर हो गई थी। नदी के पानी से मुँह पर पानी के छपाके मार-मारकर आलस्य को दूर किया। तभी नदी के पाट पर दृष्टि स्थिर हो गई थी। नदी का पाट यहाँ पर अपेक्षाकृत चौड़ा था। चौड़ाईयुक्त पाट पर नदी उथली होती है। यह नदी-प्रणाली का एक प्राकृतिक सिद्धांत है। उसी समय सूझा था कि नदी पार कर ढूँढ़-खोज करने में कोई बुराई नहीं है। अतः मैं पानी में उतर गया था। जल स्तर प्रायः वक्षस्थल तक ही था। नदी संतरण कर लिया गया था। वस्त्र धारण किए। चप्पलें भी धारण की गईं। नाक की सीध में बालू पर क्रमशः आगे बढ़ता गया। आगे बालू के टीले दिखाई दे रहे थे। नदी के किनारे तेज हवाएँ बहती हैं, जिससे अपरदन या निक्षेपण की क्रिया होती है, जिसके फलस्वरूप इन मरुस्थलीय आकृतियों का निर्माण होता है।

रेत में वनस्पति का अभाव रहता है। नदी के तीर पर स्थाई पवन चलती है। यह पवन बालू कणों को अधिक ऊँचा नहीं उड़ा पाती है। इससे अनगढ़-से अर्धचंद्राकार बालूका स्तूपों की श्रृंखला बनी हुई थी। मैं चलता गया। कुछ कदम और चला था, तभी बालू के टीले के पीछे सींग जैसी आकृति दिखाई पड़ी। तिनके का सहारा मिल चुका था। जिज्ञासा से उत्साह बढ़ा तो कदमों की गति खुद-ब-खुद तेज हो गई थी। नजदीक जाने पर सींग स्पष्ट दिखाई दे रहे थे। धौली के सींग मैं सैकड़ों में पहचान सकता था। वही सींग थे। मैं गाय के नजदीक पहुँच चुका था। अपनी धौली शेषशायी-मुद्रा में लेटी हुई थी। पगुरा रही थी, आराम फरमा रही थी।

धौली से दस कदम की दूरी पर श्वेत रंग का एक छोटा-सा बछड़ा था। वह पूँछ उठाए कुलाँचें भर रहा था, किलोल कर रहा था। शास्त्रों में सवत्सा-गौ का विवरण मिलता है। वही दृश्य बन पड़ा था। मैं धौली के पास गया। मैंने उसकी पीठ व गलकंबल को सहलाया। धौली ने भी स्नेहमिश्रित प्रतिक्रिया दी थी। उसने अपनी खुरदरी जीभ से मेरे हाथ की चाटुकारिता की। कुशल अभिवादन का शिष्टाचार निभ चुका था तो हमने लपककर बछड़े को उठा लिया था। बछड़े को मैंने कंधे पर टाँग लिया था। गृह वापसी की यात्रा आरंभ हो चुकी थी। धौली भी मद्धिम गति से पीछे-पीछे चल रही थी। आनंद-अनुभूति के क्षण थे। उस वर्ष की दीपावली अविस्मरणीय हो गई थी।

□

# 12

## वृषभ-हरण

ग्रामीण अंचल में उस दौर में सामूहिकता देखते ही बनती थी। निराई-गुड़ाई और सिंचाई जैसे कृषि-कर्म में काश्तकार एक-दूसरे को मदद दिया करते थे। सांस्कृतिक कार्यों, मांगलिक कार्यों व सुख-दुःख के कार्यों में अपनापन सा झलकता था। श्रम को आदर से देखा जाता था। श्रम को गौरव-गरिमा प्राप्त थी। यही परंपरागत मूल्यों की थाती भी थी।

स्मृतियों के अरण्य में कथामूल अरण्य-गाथा से ही निबद्ध है। वन-संरक्षण अधिनियम प्रभावी हो चुका था। अंचल वासियों को परंपरागत रूप से हक-हकूक भी प्राप्त था। 'हकूक' उर्दू के 'हक' शब्द का बहुवचन है। इसके अंतर्गत शुष्क व पूर्णायु प्राप्त वृक्ष, वनोपज और चरागाहों में ग्रामीणों का सीमित अंश विहित रहता था। घर-गोष्ठ की मरम्मत, कृषि-पशुपालन के उपकरण, मांगलिक कार्यों व अन्य अवसरों पर शुष्क काष्ठ प्राप्त हो जाया करता था। ये अधिकार ग्रामीणों को वनों के नैसर्गिक संवर्धक-संरक्षक होने के नाते दिए जाते थे। वर्तमान संदर्भ में इसे पी.डी., पेट्टी डिमांड अर्थात् तुच्छ माँग की संज्ञा से भी जाना जाता है।

गाँव वन-प्रांतर की सीमा से लगा हुआ था। इस गाँव में किसी परिवार की सौभाग्यकांक्षिणी का विवाह तय हुआ था। वैवाहिक कार्यक्रम के लिए ईंधन की लकड़ी का प्रबंध किया जाना था। चिह्नित वृक्षों का कटान-चिरान संपन्न किया जाना था। यह सब सामूहिकता के सुरम्य वातावरण में ही होना था। परिवार-प्रमुख ने अगुवाई करनी थी। उन्होंने निर्देश जारी कर दिए थे।

अत: भद्र युवकों का दस्ता यथासमय, यथास्थान अर्थात् सांध्यकालीन बेला में वन-प्रांतर में जा पहुँचा था।

कुहासे की सूचीबिद्ध ठंडी रात थी। निशा-यामिनी की रमणीकता में लकड़ी काटी जानी थी। परिवार प्रमुख ने युवकों की टोलियों को आरे थमा दिए थे। वैसे इन अवसरों पर अभी तक कुल्हाड़ी थमाने का चलन था। 'आरे क्यों थमाए?' इस पर मस्तिष्क थोड़ा-सा सक्रिय होकर चला भी था। अंतर्मन ने ही जवाब भी दिया था—'मानव-श्रम का मशीनी-श्रम में अंतरण हो चुका है। किस खयाल में जी रहे हो अभी तक?' इस तर्क से परिवार प्रमुख के आधुनिक होने की मन-ही-मन सराहना भी की गई। आधा दर्जन से अधिक टोलियाँ अपने-अपने कर्म में लीन थीं। एकांत व मौन में विचार अनायास ही आक्रमण कर बैठते हैं। वृक्षों की संख्या अधिक-सी प्रतीत हुई थी। नैतिकता-अनैतिकता का प्रश्न भी मुँह बाए खड़ा था। फिर इस विचार को कर्मरत रहते हुए इस पैंतरे से झटक लिया गया, 'वैवाहिक कार्यक्रम भी आनुपातिक रूप से वृहद् ही होगा। हमें क्या? भट्टी के लिए ईंधन की लकड़ी चाहिए। हो सकता है कन्या को स्त्रीधन के रूप में दीर्घायु फर्नीचर भी देना चाह रहे हों।'

उस दौर में युवक दल मन लगाकर काम करते थे। इस तरह के रचनात्मक कार्य लोकसेवा की अन्यतम प्रेरणा से होते थे। अतिप्रश्नों के मिथ्या प्रपंच में पड़ने का रिवाज नहीं था। वृक्ष-पातन संपन्न हो चुका था। कटाई-छँटाई के अवसर पर यह भी 'कंफर्म' हो चुका था कि चिह्नित लक्ष्य के बिंब में अचिह्नित लक्ष्य भी बिंध चुका है। खैर, इन अतिप्रश्नों के जवाब के लिए परिवार प्रमुख ही उत्तरदायी होते थे।

युवक मेहनती शरीर के थे छरहरे किंतु सामर्थ्यवान। दो-दो के जोड़े में, दो कुंतल तक के भार को, दो कोस तक की दूरी तक सहजता से ले जा सकते थे। कुछ तो कदमों की आहट के बिना वहन करने का अद्‌भुत कौशल भी रखते थे। कंधे पर तौलिए सुसज्जित किए गए। तोलन की देशज प्रणाली से निष्कर्ष निकाला गया। निष्कर्ष में पाया गया कि कोई भी डाट (वृक्ष का तना=लॉग) तीन कुंतल से कम नहीं है।

टारगेट बतानेवाले कुल-प्रमुख पर गहरा क्षोभ हुआ था। रोष भी जताया गया। कुलशील की रक्षा का आग्रह भी सम्मुख खड़ा था। प्राथमिकता तय कर ली गई थी। अरण्य में गहन अंधकार छाया हुआ था। युवक दल स्वेदसिक्त थे। क्लांत व किंकर्तव्यविमूढ़ बैठे हुए विचार कर रहे थे। किए-धरे को निर्जन वन में छोड़ देना निरापद नहीं था। वह था भी अपेक्षा से कहीं अधिक। विचार प्रवाह बगटुट प्रवाहमान था। दल में एक प्रत्युत्पन्नमति युवक भी था। उसने समर्थ व द्रुतगामी बैलों को योजित कर समस्या-पूर्ति का समाधान दिया था। सभी को विचार पसंद आया था। काश्तकार वार बैलों की चर्चा हुई। बैलों की नस्लों पर भी चर्चा छिड़ी थी। साहीवाल, सिंधी व हरियाणवी बैलों को हल्का परिश्रमी बतलाया गया था। नागौरी और पछाँही नस्ल को समर्थ व द्रुतगामी घोषित किया गया था।

उसी युवक ने बेचैन सिंह नामक किसान का जिक्र छेड़ा। तत्पश्चात् उसके पछाँही नस्ल के बैलों का प्रस्ताव दिया था। तत्काल आँखों के सामने मोहनजोदड़ो के स्कंदयुक्त वृषभ का चित्र सजीव हो उठा था। पंचतंत्र के संजीवक-नंदक नाम्ना सुंदर व सुदृढ़ बैलों की छवि आँखों में तैरने लगी थी। इस प्रस्ताव में भी एक अड़चन थी। परिवार प्रमुख के संबंध वृषभ स्वामी से सौख्यपूर्ण नहीं थे। वृषभस्वामी इन्हें वांछित तो क्या, कानी कौड़ी भी नहीं देनेवाला था।

परिस्थितियाँ कितनी ही प्रतिकूल क्यों न हों, बचाव के समस्त मार्ग भले ही अवरुद्ध क्यों न हो जाएँ, नियंता एक मार्ग अवश्य प्रशस्त रखता है। एक दुस्साहसी युवक ने वृषभ-हरण का प्रस्ताव रखा था। ना-नुकुर हुई। मत विभाजन हुआ, किंतु-परंतु के विमर्श के पश्चात् इस प्रस्ताव के क्रियान्वयन के लिए दो युवक प्रस्तुत थे। अभियान के सफल होने का अनुमान था। इसके मूल में यह तथ्य सहायक था कि वृषभ स्वामी 'आपानक' नाम्ना पथ्य के नियमित सेवी थे। वे इस गुण से बहुचर्चित भी थे। लोकमत के अनुसार, इसी पेय से वे निद्रालोक का पारपत्र प्राप्त करते थे। प्रतिदिन दो एकड़ खेत की जुताई करते थे। इन मिले-जुले कारणों से उनके गहनतम निद्रा में लीन मिलने की प्रबल संभावना थी।

अभियान आरंभ हो चुका था। गोष्ठ के तोरण पर स्थित दीप को बुझाया जा चुका था। चौर्य-कर्म अँधेरे की माँग करता है। भूसा-गृह में जाकर जुआ-रस्सी ढूँढ़ ली गई थी। यह तथ्य आसूचना के आधार पर पूर्व से ही ज्ञात था। बैलों की घंटियाँ उतार ली गईं, चूँकि टुनटुनाती घंटियाँ निस्तब्ध रात्रि में अकारण व्यवधान ही उत्पन्न करनेवाली थीं। वृषभद्वय को गोष्ठ के निकास द्वार से कर्मक्षेत्र में उतारा गया था। नदी किनारे की कोमल दूर्बा का गट्ठर, युवक साथ में लिए हुए था। आगे-आगे ग्रास खिलाते हुए वह मार्गदर्शक के रूप में पथ-प्रशस्त कर रहा था। दोनों बैल 'चाराकर्षण' के वशीभूत पीछे-पीछे चल रहे थे। कुछ समय पश्चात् वे निश्चित स्थान पर पहुँच चुके थे।

सफलता धैर्य माँगती है। प्रतीक्षा आकुलता की जननी है। दुस्साहसिक कृत्य हो चुका था, यह एक तरह का अभिनव प्रयोग था। गहन वन में डाट (लॉग) जुए में बाँधी गई। दिग्दर्शक चारा लेकर आगे-आगे चल रहा था। वह चाराकर्षण के सिद्धांत को प्रतिपादित करता हुआ अग्रसर था। नेपथ्य में अर्थात् बैलों की जोड़ी के पीछे भी एक युवक नियुक्त था। वह कच्चे मार्ग पर डाट से पड़ी लीक व पगमार्क को मिटाता हुआ साक्ष्योन्मूलन-कर्म में लीन था। साथ ही, संयत स्वर में जोड़ी को प्रोत्साहन का उपक्रम भी जारी था। सभी प्रकार की सतर्कता स्तुत्य थी।

आबादी के मध्य सामग्री का संवहन किया जाना निरापद नहीं था। अत: दल के कुछ सदस्य इस अवांछित सामग्री के सुरक्षित निस्तारण के लिए अग्रिम रूप से नियुक्त किए गए थे। वे खंदक खोदने में लगे हुए थे। आबादी के छोर पर एक बधिर गृहस्वामी का मकान था। उसके खेतों को खंदक खोदने के लिए उपयुक्त पाया गया था। महाराणा प्रताप को भी खंदक युद्ध का व्यापक अनुभव था। कर्नल स्लीमैन ने तो ठगों के विरुद्ध प्रसिद्ध अभियान चलाया था। उन्होंने ठगों द्वारा खोदी गई खंदकों को देखकर दाँतो तले उँगली दबा ली थी। प्रथम विश्वयुद्ध में कर्नल स्लीमैन के पौत्र कर्नल जे.एल. स्लीमैन ने भी भाग लिया था। उसने खंदक खोदने के उपकरणों की निविदा आमंत्रित की थी। नमूने में प्राप्त गैंती, बेलचा, फावड़ा उसी माप व आकृति के थे, जो उसने

अपने दादा के म्यूजियम में देखे थे।

खैर, अभियान ब्रह्म मुहूर्त में संपन्न हो चुका था। नितांत सहजता से हुआ था। यद्यपि जिज्ञासा-कौतूहल की शृंखला अनवरत विद्यमान रही। दोनों बैलों को ससम्मान, नि:शब्द यथास्थान पहुँचाया जा चुका था। घंटियाँ बाँधी जा चुकी थीं। दीया जलाया जा चुका था।

प्रात:काल वृषभस्वामी गोष्ठ में आया था। वह बैलों को खेतों में ले जाने के उद्देश्य से आया था। उसने जोड़ी को उठने का आदेश दिया। आज वे स्वामी के 'ऑर्डर ऑफ कमांड' को 'डिस्ओबे' कर रहे थे। ऐसा कभी नहीं हुआ था। 'ऑर्डर ऑफ कमांड' से तादात्म्य स्थापित करने में उनसे कभी चूक नहीं हुई थी। डाँट-डपटकर्ता स्वामी थोड़ा चिंतित-से हुए। अत: उसने बैलों से विह्वल-सा प्रेम भी जताया था। दोनों शेषशायी मुद्रा में लेटे हुए थे। ग्रीवा घुमाकर, मुँह उठाकर उन्होंने मालिक को देखा मानो यूँ कह रहे हों, "हे स्वामी! अहर्निश कर्मरत ही तो हैं। देह क्लांत हो गई है। अभी-अभी तो रात्रिकालीन सेवा से लौटे हैं। अब जान ले लोगे क्या?"

स्वामी ने पूँछ उमेठकर उठाना चाहा था। यह भी व्यर्थ-सी चेष्टा थी। बैलों ने भी निरर्थक-सी पुनरावृत्ति की थी। शेषशायी मुद्रा में ही करवट बदल दी। ग्रीवा ऊँचीकर स्वामी को मानो यह जवाब दिया हो—'ओवरटाइम किया है, नाईट शिफ्ट में। आज तो न जाणे के।'

अब उसे संपूर्ण यत्न निरर्थक और निस्सार होते दिखाई दे रहे थे। बैल मौन थे। अत: वह सटाक से इस निष्कर्ष पर पहुँचा कि बैलों को नजर लगी है। उसके बैल थे भी तो सुंदर और हृष्ट-पुष्ट। उसकी विचारधारा ने उसे पुरोहित नाना के घर की दिशा दिखलाई थी। वह आनन-फानन में उनके पास जा पहुँचा था। उनको बुला लाया था। नमक को मंत्रपूत किया गया, फिर बैलों को खिलाया गया। मिर्ची फूँकी गई थी। बैलों को सुँघाकर निवारक-क्रिया का प्रयोग किया गया। नींबू-मिर्च का नजर-निवारक यंत्र गोष्ठ के प्रवेश द्वार पर स्थापित किया गया। इन नानाविध उपायों से सायंकाल तक बैल प्रकृतस्थ हो चुके थे।

अभियान में शामिल लोगों को अपराध बोध ने घेर लिया था। तभी प्रत्युत्पन्नमति युवक ने उनको उस बोध से बाहर निकाला। उसने परिमार्जन के लिए समाधान दिया था, 'वह कर्म लोकहित में किया गया था। वृषभ-हरण आपद्धर्म की श्रेणी में विहित है। अत: औचित्यपूर्ण है।' यह जनसेवा रहस्य-रोमांच-विशेषांक श्रेणी में शामिल होने योग्य थी।

□

# 13

# कुक्कुट-हरण

लाल जंगली मुर्ग, वर्तमान मुर्ग का पूर्वज सिद्ध हुआ है। मनुष्य जगत् से इसका गहरा सांस्कृतिक संबंध रहा है। मानव और मुर्ग में पचास 'जीन' 'कॉमन' बताए जाते हैं। मुर्गा गंध और स्वाद की पहचान-परीक्षा में 'फेल' बताया जाता है।

इनमें कई प्रकार की देशज नस्ले हैं। इसके अतिरिक्त संकर नस्लें भी बहुतायत में हैं। मजे की बात यह है कि देशज नस्लें अभिजात्य व कुलीन श्रेणी में गिनी जाती हैं, वहीं संकर नस्लें पदसोपान में काफी नीचे स्थान पाती हैं।

मोहनजोदड़ो के उत्खनन में मुर्ग की प्रतिकृति मिली है। ब्रह्मगुप्त ने तो 'अलजेब्रा' को 'कुक्कुट-गणित' के नाम से बहुत पहले ही खोज डाला था। आचार्य भावप्रकाश ने मुर्गे के बीस लक्षणों का उल्लेख किया है। उन्होंने यह भी दोहराया कि मनुष्य को चार गुण मुर्गे से अंगीकार करने ही चाहिए। मुर्गे को साहसिक प्रवृत्तियों का वाहक माना जाता है।

महामति चाणक्य भी मुर्गे के चारित्रिक गुणों पर खूब रीझे थे। उन्होंने प्रात: जागरण, रणोद्यत रहना, बंधुओं को उचित विभाग देना आदि उसके नैसर्गिक गुण बताए हैं। युद्ध जीतकर विजित सामग्री को भोगने के गुण पर तो वे वारे-वारे जाते थे।

मांस-विक्रेताओं के प्रतिष्ठानों में मुर्ग से संबंधित विज्ञापन देखने को मिलते हैं। 'मुर्गे की पासपोर्ट साइज फोटो' ही चितेरों का चित्त हरण करने में समर्थ होती है। अन्य विज्ञापनों की जरूरत ही नहीं पड़ती है। कथा-साहित्य, बाल-कथा,

चित्रकला व मनोरंजन के साधनों में भी मुर्गे को उचित स्थान मिला है।

स्कूली दिनों में 'प्रात: टहलो' शीर्षक का चित्रांकन करने को मिलता था। इस चित्र में सड़क-पगडंडी, पेड़-पौधे, बगीचा व हवाखोरी करते व्यक्ति को दिखाना होता था। टीले पर बैठे बाँग देते मुर्गे के चित्र के बिना चित्र अधूरा-सा लगता था। प्रात: बेला को प्रभावी दिखाने के लिए बाँग देते मुर्ग को अनिवार्य घटक के रूप में मान्यता मिली हुई थी।

देसी मुर्गे की शान और रौब-दाब देखते ही बनती है। उसके सम्मुख फार्मी मुर्गे अपात्र-कुपात्र से दिखते हैं। उसकी चाल में गजब का आत्मविश्वास रहता है। नेचुरल-सी मस्ती रहती है। व्यक्तित्व भी उसका अत्यंत प्रभावशाली दिखता है। रंग-बिरंगे पंख, उन्नत सिर, प्रशस्त कलगी, नुकीली चोंच, नुकीले पंजे। कौन रसिक होगा, जो इस सौंदर्य पर न मर मिटे? दार्शनिक-सी आँखें, अर्ध-उन्मीलित-सी, मुदित मुस्कान, स्नेहसिक्त वाणी, जो कभी-कभी अट्टहास में भी परिवर्तित हो जाती है। वह नेतृत्व करने को सदैव तत्पर मिलता है।

मुर्गे के संस्कार भी वंशानुगत होते हैं। ये संस्कार पैतृक गुणवत्ता व उत्कृष्ट शारीरिक संरचना पर निर्भर करते हैं। मोर की कलगी और मुर्गे की कलगी को पक्षी विज्ञान के सौंदर्य-शास्त्र में एकमत से मान्यता मिली हुई है। अज्ञेय तो इससे भी आगे बढ़ गए थे। उन्होंने 'कलगी बाजरे की' पर ही काव्य-व्यवस्था दे डाली थी।

उस दौर में मुर्ग-हरण के नाना प्रकार के प्रसंग किवदंतियों में विद्यमान हैं। 'विप्र: बहुधा वदंति' टाइप के।

प्रथम सर्ग के साधक—इस प्रकार के साधक मुर्ग-प्रजाति से अनन्य अनुराग रखते थे। वे मुर्गे से स्नेह की लौ लगाए फिरते थे। निरंतर मुर्ग-स्मरण में तल्लीन रहते थे। मुर्गे की विकट चाह में डगर-डगर फिरते थे। इन साधकों ने मुर्गे से प्रत्यक्ष-साक्षात्कार का संकल्प लिया हुआ था। अत: मुर्गे के निवास पर दर्शन हेतु उन्होंने 'प्राइम टाइम चित्रहार' के समय को चुना था। इस समय का सुभीते के लिए चयन किया गया था, ताकि कोई भी मानव उनके साक्षात्कार में बाधक सिद्ध न हो। स्वाभाविक रूप से मनुष्य जाति इस अवधि में 'चित्रहार' में अनुरक्त रहेगी। वस्तुत: वे मुर्गे के 'चित्र में भी हार डालने' का लक्ष्य लेकर चले थे।

वे नियत समय पर नियत स्थल तक पहुँच चुके थे। सर्वप्रथम उन्होंने मुर्गी-बाड़े की प्रदक्षिणा की थी। तत्पश्चात् हथेली पर अक्षत रखा गया था। मुर्गद्वय गर्भ गृह में विराजमान थे। अत: बाड़े के प्रवेश द्वार से ही उन्हें अक्षत अर्पित किया जा सकता था। सो, उन्होंने हथेली को हाथ के सहारे आगे, काफी आगे तक बढ़ा लिया था। स्पष्ट शब्दों में कहें तो उन्होंने मुर्ग के चरण-स्पर्श करने की चेष्टा की थी। मुर्गे अयाचित साधकों की उपस्थिति से असहज थे। अत: उन्होंने भेंट को अस्वीकार करने का मन बना लिया था। इस प्रकार वे बाड़े के एक कोने में अपने में ही सिमट गए थे।

इन्हीं साधकों में एक वाममार्गी साधक भी थे। वे सर्प स्वर नि:सृत करना जानते थे। अत: उन्होंने हिस्स···फिस्स···का स्वर नि:सृत कर मुर्गों को स्तंभित कर डाला था। यह एक रोचक तथ्य है कि सर्प-जाति में स्वर-कोश नहीं पाए जाते हैं। उधर, मुर्ग-जाति में उच्च क्षमता के स्वर-कोश पाए जाते हैं। यहाँ पर मुराद बाँग देने की क्षमता से है। इस गुण को धारण करने के कारण ही मुर्ग जगत् प्रसिद्ध भी है। स्वरहीन के स्वर से, उच्च स्वरकर्ता का स्वरहीन हो जाना अद्भुत छटा प्रस्तुत करता है। कला के क्षेत्र में ऐसे ही अद्भुत क्षणों को ब्रह्मानंद-सहोदर कहा गया है।

साधक अपने साथ अपना भूदानी झोला लिए रहते थे। तदनंतर साधकों ने अपने 'प्रिय मुर्गों की सजीव देह' को उस झोले में सुरक्षित रख लिया था। वहाँ से पूर्व नियोजित स्थल अर्थात् सहपाठी के घर की ओर रात्रि विश्राम हेतु प्रयाण कर लिया था। साधकगणों ने कल का प्राक्कलन पूर्व से ही किया हुआ था। सुदूर स्थित विद्यालय में अवकाश के पश्चात् अपने 'सदेह प्रिय' को 'विदेह' करने की योजना थी। शयन से पूर्व उन्होंने भूदानी झोले को खूँटी में टाँग लिया था। तत्पश्चात् झोले के सम्मुख सिर नवाकर ही साधकगणों ने शयन किया था।

ब्रह्म मुहूर्त में मुर्गों ने अपने नैसर्गिक स्वभाव के अधीन बाँग दी थी। यह बाँग भूदानी झोले के अंदर से ही दी गई थी। गृहस्वामी ने (जो सहपाठी के पिता होते थे) भी इस बाँग को सुना था। पहले तो उन्होंने बाँग का उद्‌गम स्थल आस-पड़ोस समझकर बाँग की अवहेलना की थी। पूर्वाभ्यास के क्रम में मुर्गों ने इस बार प्राय: पाँच मिनट का आलाप लिया था। अत:गृहस्वामी को इस तथ्य में कोई

संदेह नहीं रहा कि आलाप का उद्गम स्थल उनके चिरंजीव का शयनकक्ष ही है। अत: उन्होंने साधकगणों को आलिंगनबद्ध कर लिया था। भूदानी झोले को जब्त कर लिया था। आरंभ से आलाप तक कथाश्रवण किया था। इस प्रकार साधकों का शास्त्र सम्मत सत्कार संपन्न हुआ था।

अथ कुक्कुट हरण द्वितीय सर्ग—

इस पथ पर चलने के लिए सच्चे साधक-सा समर्पण वांछनीय रहता है। सामाजिक मान्यता में यह कृत्य पथभ्रष्ट भले ही हो, साधना का पथ साधक की दूरदृष्टि और दृढ निश्चय की कड़ी परीक्षा लेता ही है।

हाजरा व कड़कनाथ प्रजाति के तीर्थ की सूचना अन्य भक्तों के माध्यम से ही प्राप्त हुई थी। अत: साधकों ने शरदकालीन रात्रि में ही नदी को पार किया था। इस तीर्थ के रात्रिकालीन दर्शन किए थे। अनुमान के आधार पर ही मार्ग तय किया गया था। जूट के छह बोरे भी साथ में ले गए थे। विहित रीति-परंपरा से बोरे भर लिए गए थे। साधक अभीष्ट भार को वहन कर मार्ग की दूरी संपन्न कर चुके थे। विजन-वन की सीमा आरंभ होने को थी। कुछ ही कदम शेष थे। तभी नेपथ्य से बंदूक फायर का स्वर सुनाई दिया था। दो राउंड फायरिंग हो चुकी थी। बोरों को 'जहाँ हैं, जैसे हैं' के आधार पर विसर्जित कर दिया गया था। तत्पश्चात् साधक अरण्य में विलीन हो गए थे। प्राप्त सूचना में इस तथ्य का अभाव था कि तीर्थ-संचालक सद्य अवकाश प्राप्त सूबेदार हैं। किन्हीं विह्वल क्षणों में साधकों ने इस घटना के लिए पश्चात्ताप व्यक्त किया था। भावुक होकर उन्होंने यह भी व्यक्त किया था कि "अभीष्ट प्राप्ति के निष्फल प्रयास में वे नश्वर देहदान से वंचित रह गए थे।"

इसके बाद भी वे अपने साधना पथ से न डिगे थे। उसी पथ पर प्रशस्त रहे। एक रात्रि अभियान में आसूचना में प्राप्त संख्यात्मक सूचना सत्य पाई गई थी। तीर्थ के दर्शन भी इन्होंने कर लिए थे। अभीष्ट की प्राप्ति भी हो चुकी थी। उसी क्षण एक सत्य से साक्षात्कार हुआ था। समस्त प्राप्ति में से कोई भी प्राप्ति एक महीने की वय से अधिक की नहीं थी। ये संतोषी भाव धारण करते थे। अत: इसे ईश्वरीय इच्छा मानकर समभाव से ग्रहण कर लिया गया था। अब इस त्रुटि का परिमार्जन भी इसी रात्रि में ही किया जाना था। अत: द्वितीय पाली का आरोहण

भी तत्काल संपन्न किया गया था। मुर्गी-बाड़े की प्रदक्षिणा की गई थी। इसी क्रम में उन्हें मुर्गी-बाड़ा पुरातात्त्विक महत्त्व का जान पड़ा था। इससे उन्हें निद्राधीन गृहस्थ की विपन्नता का भी अनुमान लग चुका था। विपन्नता को देखकर साधारण गृहस्थ भी थोड़ा-बहुत दार्शनिक तो हो ही जाता है। ये तो साधक थे। अत: करुणा से भर उठे थे। इन्होंने अल्पवय चूजों का अर्पण भी उसी मुर्गी-बाड़े में कर डाला था। तत्पश्चात् साधक सेंटा क्लॉज की भाँति नि:शब्द वहाँ से प्रयाण कर चुके थे।

अथ कुक्कुट-हरण तृतीय सर्ग—

खान साहब कलगीदार, रोबीले, सुदर्शन मुर्गे के स्वामी थे। मुर्गा 'कटखना' श्रेणी में वर्गीकृत था। राह से आते-जाते राहगीरों के चरण-स्पर्श करने में त्रुटि नहीं करता था। धावक पथिकों का पीछा करता था। धावन-पथ पर ही धावक के पृष्ठभाग को प्रत्येक दशा में स्पर्श कर लेता था। स्मृति चिह्न के रूप में धावक की नश्वर देह का चुटकी भर हिस्सा ग्रहण कर लेता था। उसे वह अपनी चोंच को अर्पित कर ही मानता था।

खान साहब ने मुर्गे को अँधेरे में रखकर मादा-साहचर्य से विमुख रखकर क्रोधी बनाया हुआ था। एक दिन उन्होंने साधकों से उनके इस कुक्कुट को हरण करने की शर्त बदी थी। सफल होने पर इनाम की घोषणा भी की गई थी। खान साहब दोनाली के साथ सोते थे। निवार की चारपाई मुर्गी-बाड़े के निकट ही स्थापित रहती थी।

यहाँ भी रात्रिकालीन आरोहण किया गया था। खान साहब पर्यंक पर निद्रालीन थे, तो भी उनके चेहरे के ऊपर हथेली को दाएँ-बाएँ घुमाया गया था। इससे यह परीक्षा कर ली गई थी कि वे निद्रालीन है या जाग्रत् हैं अथवा ओढ़ी हुई निद्रा है। निरीक्षण-परीक्षण से निश्चिंत हो लिए थे। तत्पश्चात् मुर्गी-बाड़े की प्रदक्षिणा की गई थी। मुर्गे ने भी पूरा पराक्रम दिखाया था। वह चक्रण व भ्रमण करता रहा। बाड़े के अंदर इधर-से-उधर, उधर-से-इधर करता रहा। साधकों में तो धैर्य कूट-कूटकर भरा हुआ था। उन्होंने भी न तो आकुलता दिखाई थी, न ही व्याकुलता। वे प्रकृति के सिद्धांत को जानते थे कि 'मुर्गा चला आएगा दबे पाँव, जैसे बदलते हैं मौसम।' अंत में वाममार्गी साधक को लगाया गया था। उन्होंने

स्वर विशेष के सौजन्य से मुर्गे को स्तंभित कर डाला था। इस मुर्गे का भी सदेह उद्धार हुआ था।

उस दौर में कुक्कुट हरण क्षम्य-अक्षम्य अपराध की विभाजक संधि-रेखा पर माना जाता था। मुर्गे के स्वामित्व के बिल, वाउचर, फोटो पहचान-पत्र की रीति-नीति नहीं थी। यह तथ्य साधकों के अनुकूल पड़ता था। शेष उनकी प्रतिभा पर निर्भर करता था।

□

# 14

# भेड़-चाल

भेड़ झुंड में रहनेवाला प्राणी है। कथा-साहित्य में भेड़ का चित्रण सरल स्वभाव, पलायनवादी व मंदबुद्धि के रूप में किया गया है। भेड़ों में वर्चस्व की प्रवृत्ति पाई जाती है। सींगों के आकार व दुर्धर्ष लड़ाकूपन के गुण के आधार पर नेतृत्त्व-चयन होता है। समस्त झुंड नेतृत्त्व का अनुकरण करता है, जिसे भेड़-चाल की संज्ञा से जाना जाता है। चारागाह में सर्वप्रथम चरने का अधिकार नेतृत्त्व का होता है।

अन्य भेड़ें नेतृत्व के त्याज्य हिस्सेवाले चारागाह पर ही चर सकती हैं। जंतु-व्यवहार की भाषा में इस प्रवृत्ति को 'डोमिनेंस हायरार्की' कहा जाता है। मेंढ़े में कैट फेमिली की भाँति प्रादेशिक सीमाओं की रक्षा की प्रवृत्ति नहीं पाई जाती, इसके स्थान पर उनमें 'होम रेंज' की सुरक्षा की प्रबल प्रवृत्ति पाई जाती है।

हमारे पड़ोसियों के आँगन में एक मेंढ़ा बँधा रहता था, जो कि स्वभाव से मरखन्ना था। एक दिन तीनों लड़के बँधे हुए मेंढ़े को सुरक्षित दूरी से उकसा रहे थे। मेंढ़े ने इनकी भरसक उपेक्षा कर युद्ध को टालने का प्रयास किया।

इनमें से एक लड़के की तर्जनी उँगली के कुछ पोरों में घास काटने की मशीन से कटौती हुई थी। वह मेंढ़े के गले में पड़ी रस्सी से उत्पन्न स्थिति का लाभ उठाकर कटी उँगली से मेंढ़े को निरंतर चुनौती दे रहा था। अन्य लड़के भी उसका भरपूर साथ दे रहे थे। अत: मेंढ़े के लिए इनकी तरफ ध्यान देना आवश्यक हो गया। वह अवशेष उँगली पर कब्जा करने को लालायित हो उठा। मेंढ़ा अपनी शक्ति और प्रभाव बढ़ाने के प्रयास में दासता की रस्सी छुड़ाने में जुट गया। वे तीनों ने मेंढ़े के

अस्तित्व को लगातार चुनौती देते जा रहे थे।

फलतः मेंढ़े को दासता की रस्सी छुड़ाने में सफलता प्राप्त हुई। मेंढ़े में वीरता और साहस कूट-कूटकर भरा हुआ था। वह परिष्कृत श्रेणी का निर्भीक योद्धा था। अतः मेंढ़े ने शत्रुओं की चुनौती का वीरतापूर्वक सामना करने का निश्चय किया। मेंढ़े ने प्रतिद्वंद्वियों से निबटने की योजना बनाई। तीनों पर अधिकार करने की दृष्टि से मेंढ़े ने दस कदम पीछे की ओर प्रस्थान किया। प्रतिरक्षा योजना के लिहाज से उसने पदाति शत्रु सैनिकों को लक्ष्य निर्धारित किया।

तेजी से आक्रमण कर उसने प्रथम आक्रमण में शत्रु को सँभलने का अवसर दिए बिना एक शत्रु को भूलुंठित कर दिया। तत्पश्चात् वह द्रुत गति से दस कदम पीछे की ओर दौड़ा। शत्रु के पैर उखड़ गए। इस आक्रमण की भयावहता देखकर शत्रुओं ने सीढ़ी की शरण ली।

मेंढ़े ने आँगन पर अधिकार कर शत्रुओं को भागने पर विवश कर दिया। इस प्रकार उसने आँगन पर अपना आधिपत्य स्थापित कर लिया। आँगन पर अपनी आंतरिक स्थिति मजबूत कर मेंढ़े ने सीढ़ी पर शरण लिए शत्रुओं की ओर कड़ी दृष्टि डाली थी कि शत्रुओं ने सीढ़ी से भी पलायन कर छत का आश्रय ले लिया। वहाँ जाकर उन्होंने छत के क्षत्रप की उपाधि धारण की।

शत्रु दल के पलायन से मेंढ़े का हौसला बढ़ गया। इस स्थिति का लाभ उठाकर मेंढ़े ने आँगन से लेकर सीढ़ी तक के प्रदेश पर अपना अधिकार स्थापित कर लिया। अब उसके विजित प्रदेश की सीमाएँ छत को स्पर्श करने लगी थीं। छत-प्रदेश उसका शत्रु-प्रदेश था। अतः युद्ध अवश्यंभावी हो गया।

मेंढ़ा अब छत-प्रदेश की विजय की योजना बनाने लगा। यह स्थिति इन तीनों के लिए अत्यंत घातक थी। अब वे छत पर मेंढ़े की आकस्मिक उपस्थिति की उपेक्षा नहीं कर सकते थे। मेंढ़े के छत पर प्रवेश से शत्रु दल की स्थिति शोचनीय हो गई।

वे खोए हुए प्रदेशों को जीतने का स्वप्न देख रहे थे, किंतु मार्ग में प्रबल प्रतिद्वंद्वी की उपस्थिति देखकर घबरा गए। मेंढ़े के आक्रमण की मारक क्षमता से वे वापसी की हिम्मत न जुटा सके। वे छत-प्रदेश पर भी अधिक समय तक नियंत्रण न रख सके।

शत्रुओं ने छत के छज्जों से लटककर स्वयं की प्राण-रक्षा की। संक्षेप में, वे विनाश के कगार पर लटके हुए थे। जीवन रक्षा के लिए उन्हें कड़ा संघर्ष करना पड़ा। मेंढ़े ने छत के सीमा-प्रदेश में जाकर भी शत्रुओं पर आक्रमण की योजना बनाई।

स्वयं जाकर शत्रु की स्थितियों व स्थलों का पता लगाया। सूचना एकत्र कर उसने आक्रामक नीति भी बनाई थी। मेंढ़े का युद्ध कौशल समतल भूमि पर ही कारगर था, कगार पर नहीं। फलस्वरूप, वह उनकी उँगलियों को कुचलकर ही संतुष्ट हो गया।

मेंढ़े की स्थिति अब पहले से मजबूत हो गई। आँगन व छत पर मेंढ़े ने अपनी सत्ता स्थापित कर ली। छत के सीमावर्ती इलाकों पर अधिकार कर उसने अपना प्रभाव क्षेत्र समस्त छत तक विस्तृत कर लिया। मेंढ़े की यह दोहरी सफलता थी। उसकी सत्ता को चुनौती देनेवाले शत्रुओं का आँगन व छत से संबंध-विच्छेद हो गया था। यद्यपि मेंढ़े का छोटी अवधि के लिए ही आँगन व छत पर एकछत्र राज्य स्थापित हो गया था, तथापि उसके शत्रु पराजित हुए थे, नष्ट नहीं।

शत्रुओं ने बुझे मन से मेंढ़े की अधीनता स्वीकार कर ली थी, किंतु युद्ध का हर्जाना और वार्षिक कर देने का वायदा न किया, जिसके फलस्वरूप मेंढ़ा दोआब पर आर्थिक और प्रशासनिक नियंत्रण सुदृढ न रख सका, जिससे शांति-व्यवस्था स्थापित न रह सकी। राज्यारोहण व इस विजय अभियान से पूर्व भी उसकी आक्रमण शैली प्रसिद्धि पा चुकी थी। एक अवसर पर वह अज्ञात योद्धाओं पर अकारण आक्रमण करने लगा। हिंस्र स्वभाव के दंडस्वरूप उसके स्वामी ने उसे पशुशाला में बंदी बना लिया—जैसे विद्रोही शहजादों को ग्वालियर दुर्ग में बंदी रखने का चलन था।

प्रतिक्रिया स्वरूप, मेंढ़े ने सिर नामक हथियार से दुर्ग द्वार पर प्रहार कर-करके दुर्ग के फाटक हिला दिए थे। फाटक अभेद्य था। दुर्ग के भीतर एक नर भैंसा भी बंदी जीवन व्यतीत कर रहा था। योद्धा को जोड़ का योद्धा मिल गया था।

एकांतवास काटने का साधन मन की मुराद के रूप में सम्मुख प्रस्तुत था। मेंढ़े ने प्रतिद्वंद्वी पर प्रहार करने आरंभ कर दिए। मेंढ़ा दस कदम पीछे जाकर पूर्ण वेग से प्रहार कर रहा था। प्रतिद्वंद्वी का कद अपेक्षित रूप से ऊँचा था। वह अपने

मस्तक से यथाशक्ति प्रहार रोकने की चेष्टा करता रहा।

भारी व ऊँचा शरीर गुरिल्ला युद्ध में उसके लिए अनुपयोगी सिद्ध हो रहा था। मेंढ़ा उच्च मनोबल के साथ मात्र उसके घुटनों पर संघातक प्रहार करता रहा। घड़ी भर के परिश्रम से मेंढ़े ने शत्रु को घुटने टेकने पर विवश कर दिया। इस घटना से उसकी प्रसिद्धि की धाक जम गई थी।

सम्राट् के पद की वैधानिकता उसे न मिल सकी। स्वतंत्र शासक होने के बावजूद उसकी वैधानिक स्थिति मजबूत नहीं थी। क्षेत्र विजय का जो कार्य उसने आरंभ किया था, वह दीर्घकालिक सिद्ध न होनेवाली विजय थी।

□

# 15

# भंग-प्रसंग

लोक मान्यतानुसार, भाँग के पौधे को भगवान् शिव कैलाश क्षेत्र से लाए थे। लोकमत में गौतम सिद्धार्थ को भी छह दिवसीय साधना में भाँग के एक बीज राशन पर निर्भर रहना पड़ा। यूनानी इतिहासकार हेरोडोटस ने पूर्व में भाँग के प्रचलन का संक्षिप्त उल्लेख किया है।

चीनी यात्री ह्वेनसांग को मार्ग में पड़नेवाले मठ-मंदिरों में भंग के विविध प्रयोग देखने को मिले। आयुर्वेद के ग्रंथों में इसका उल्लेख औषधीय पादप के रूप में हुआ है। पुरातन काल में संत समागम में भंग की अल्प मात्रा ध्यान की एकाग्रता में सहायक मानी जाती थी। इसीलिए संस्कृत भाषा में इसे 'विजया' की संज्ञा से विभूषित किया गया है।

प्रसंगगत अंचल में महाशिवरात्रि पर्व हर्षोल्लास के साथ मनाया जाता है। वीरभद्र मंदिर के मुखालिंग का अभिषेक श्रद्धालुगण पूर्ण श्रद्धा के साथ संपन्न करते हैं। लोक मान्यतानुसार, राजा दक्ष के यज्ञ का विध्वंस करने के लिए वीरभद्र का आविर्भाव इसी स्थल पर हुआ था। मंदिर पुरातात्त्विक महत्त्व का है।

पुरातत्वविद् एन.सी. घोष के नेतृत्व में संपन्न उत्खनन में कुषाणकालीन सिक्के व मृत्तिका पात्र उत्खनन स्थल से प्राप्त हुए हैं। मानव-सभ्यता व संस्कृति की सतत विद्यमानता के प्रमाण भी पुरातत्ववेत्ताओं को प्राप्त हुए हैं। इतिहास में गुप्तकाल में प्रमुख शैवतीर्थ के रूप में इस स्थल का उल्लेख प्राप्त होता है। ह्वेनसांग के यात्रा-वृत्तांत में इस स्थल में मठ-मंदिरों की प्रचुरता का उल्लेख मिलता है। मंदिर में स्थापित त्रिमुखालिंग भगवान् शिव के सौम्य रूप का द्योतक है।

पर्व के अवसर पर चचेरे भाई मेला स्थल गए। शिवार्चन के पश्चात् मेले-ठेले की रौनक देखी गई। मार्च के महीने में आयोजित होनेवाले इस मेले में दोपहर तक अच्छी-खासी धूप खिलती है। किसी के प्रोत्साहन पर बंधुओं ने कंठ भिगाने के लिए हरे द्रव्य का सेवन कर लिया। हरे रंग के मीठे द्रव्य से प्यास बढ़ती गई, जिसके शमन के लिए बड़े पात्र को भी रिक्त कर दिया गया।

घड़ी-दो घड़ी में विजया ने अपना प्रभाव दिखाना आरंभ कर दिया। बंधुवर ध्यानमग्न होकर गिरते-पड़ते सायंकाल किराए के घर तक पहुँचे। भंग के पश्च-प्रभाव में यह मान्यता है कि इसका सेवन मस्तिष्क पर व्यापक एवं विपरीत प्रभाव डालता है। हँसी, दुःख, भय अथवा उदासी में से किसी एक भाव को घनीभूत कर डालता है।

बंधुओं की हास्य-भावना चरम पर थी। वाक्य छोड़ वे शब्दारंभ में ही हास प्रकट करते जा रहे थे। रात्रिकालीन भोज की तैयारी में रोटी बेलते हुए एक ही रोटी को पचास बार बेलते जा रहे थे, लगे हाथ अट्टहास की प्रस्तुति भी देते जा रहे थे। तवे की आँच रोटी को संभवत: अधिक भा रही थी, सो रोटी एकनिष्ठ व समर्पण भाव से संबंधों से नहीं पलट रही थी।

पचास बार बेली हुई रोटी एकनिष्ठ रोटी के ऊपर सवार होकर आत्मीयता प्रदर्शित कर रही थी। एक घंटा बीतने पर भी रोटी की टोकरी खाली हाथ थी। चूँकि बंधु पुरापाषाण कालोन मानव की परंपरा में तवे के ऊपर ही रोटियों को पिरामिडनुमा आकृति देकर अधपका खाद्यान्न ग्रहण करने को उत्सुक दिख रहे थे।

अट्टहास सुनकर इनके हितैषी का कक्ष में प्रवेश हुआ। हितैषी ने बंधुओं को सतर्क करते हुए सूचित किया कि आपके चाल-चलन से संभवत: मालिक-मकान कल प्रात: आपका सामान सहित सड़क तक निर्यात संपन्न कर दें। यह सूचना देकर हितैषी नेपथ्य में चले गए। अद्यतन सूचना प्राप्त कर बंधुओं का भय का भाव सघन हो उठा।

भय का भाव उदित होते ही हास्य-भाव कार्यमुक्त हो गया। बंधुओं के मस्तिष्क में तीन शब्दों ने गहन प्रभाव छोड़ा था—मकान-मालिक, कल सुबह सड़क पर। इन शब्दों की स्थायी अनुगूँज उनके मस्तिष्क पर अंकित हो गई।

निशा-यामिनी भय के आँचल में कटी। अगली सायं तक दही-सेवन से बंधुगण चराचर जगत् में लौटे।

***

हमारे एक मित्र ने भी पावन पर्व के अवसर पर प्रसाद प्रचुर मात्रा में ग्रहण किया। भंग की पकौड़ियाँ माया-मृग सी चित्ताकर्षक लगती हैं। सलीके से छानी गई हों तो इंद्रिय-निग्रह कठिन हो जाता है। भंगातिरेक से इनकी काया समस्त गतियाँ संपन्न कर चुकी थी। अकस्मात् इनकी चिंतन-प्रक्रिया अस्तित्ववाद, मृत्युबोध जैसे दार्शनिक विषयों पर केंद्रित हो गई; जो क्रमशः मृत्युबोध पर घनीभूत हो गई। अंतिम इच्छा के रूप में इन्होंने स्मित हास्य की मुद्रा में परिजनों से गुनगुना पानी पीने को माँगा। भंग के प्रभाव के अधीन जानकर इनकी अंतिम इच्छा न सुनी गई। चिंतन प्रक्रिया में ये बार-बार अंतिम इच्छा गुनगुना पानी माँगते रह गए। प्रकट में इन्होंने एकाध बार माँग अवश्य की थी।

एकालाप में गुनगुने पानी की तुच्छ-सी माँग की भी सुनवाई न होने से वैचारिक क्षितिज पर सहसा इन्हें अनुभव हुआ कि ये मृत्यु को प्राप्त हो गए हैं। फलस्वरूप, इनके आर्तनाद को परिजन सुनने में असमर्थ हैं। चूँकि सूक्ष्म शरीर शेष रह जाने पर दुनियावी लोग उसे नहीं देख पाते हैं।

दुनियावी लोग मूर्त्त व्यक्ति से ही व्यवहार कर सकते हैं, सूक्ष्म एवं पारदर्शी शरीर से नहीं। जीवात्मा को तो सब कुछ दृष्टिगोचर होता है, जीवित व्यक्तियों को यह सुविधा सुलभ नहीं है। टॉलस्टाय की कथा 'इवान इलिच की मृत्यु' के कथानक का साम्य इनके अवचेतन मस्तिष्क से चित्रपट पर छा चुका था।

यथार्थ ग्रहण कर ये अपने सूक्ष्म शरीर को लेकर स्नानागार में गए। तरंग-प्रभाव में ये परिजनों की उपेक्षित दृष्टि को अदृश्य विधान मान बैठे। स्नानागार से वापस आते हुए इनके सूक्ष्म शरीर ने वस्त्र भी भिगो दिए। ये अपने कक्ष में आकर आँखें बंदकर उस लोक की यात्रा अनुभव कर रहे थे।

इनकी चिंतन-प्रक्रिया के दौरान ही परिवार के सदस्यों ने इनके भीगे वस्त्रों को चेंज भी कर लिया। सूक्ष्म शरीर उस लोक की यात्रा में लीन थे। इयान वीज कृत 'सेम सोल मैनी बॉडीज' के दृश्य-बिंब से साम्य रखते हुए ये बादलों के

ऊपर यात्रा संपन्न कर रहे थे। संचित कर्म की पूँजी का आकलन भी लगे हाथ संपन्न हो रहा था।

कुछ समय पश्चात् ये जागे। जाग्रत् अवस्था प्राप्त करने पर इन्होंने अपने वस्त्र परिवर्तित देखे। परिधान-परिवर्तन को 'चोला बदल' जानकर इन्हें मोक्ष क्रिया संपन्न होने का साक्ष्य भी मिल चुका था। कक्ष की काँच की खिड़कियों को उस लोक का पारदर्शी संसार मान बैठे। सभी कुछ इनके अनुमान के लिहाज से मय साक्ष्य घटित हो रहा था। सूक्ष्म शरीर चिंतन-श्रम से क्लांत हो शयन-मुद्रा में चला गया। दस घंटे की घनघोर निद्रा के पश्चात् इनका पुनर्जन्म संभव हो सका।

***

एक अवसर पर हम दो मित्र महाशिवरात्रि के पावन पर्व पर शिवार्चन संपन्न कर पूर्व-संकल्प के अधीन वापसी से पूर्व मेला देखने लगे। तभी हमारे सम्मुख हमारे भतीजे सहसा प्रकट भए। भ्रातृज हरित द्रव्य का सेवन श्रद्धा से एवं प्रचुर मात्रा में ग्रहण करने के लिए विख्यात थे।

वे परम शैव थे। भगवान् शिव के विशेषणों को उच्चरित करते हुए चिलम से डेढ़ बिलात की लपट उठाने के कौशल के लिए वे भक्तों में परम आदरणीय भी थे। उनके दिव्य-दर्शन होते ही हमने अतिरिक्त सतर्कता बरतनी आरंभ कर दी। नैनों की भाषा में मित्र ने हमें समस्त प्रकार के पेय पदार्थों का बहिष्कार करने के संकल्प का स्मरण कराया, जिसे हमने समझा भी। तत्पश्चात् भतीजे ने हमारे सम्मुख 'एयरगन से फुग्गे फोड़ने' की माँग रखी, जिसमें कोई बाधा न देखकर हमने सहर्ष स्वीकृति दे दी। तीनों जने फुग्गे के स्टॉल पर गए। उन्होंने अपना जौहर दिखाया भी। उनके आमंत्रण पर मेले का एक और चक्कर लगाने पर मित्र को भूख सताने लगी, जिसे उन्होंने प्रकट भी किया।

भतीजे महाशय दौड़ कर छह-सात दोने भरकर पकौड़ियाँ ले आए। दोने हस्तगत कराते हुए उन्होंने स्वच्छ हाथों व स्वस्थ मंशा से यह भी प्रमाणित किया कि इनमें आधी सादी व आधी गैर-सादी हैं। हम दोनों नादां कवि के भावों का अर्थ ग्रहण कर चुके थे। यह प्रोत्साहन पाकर कि मिश्रित अर्थव्यवस्था के अधीन

देश ने कितनी प्रगति कर ली है और चौबीस कैरेट से तो आभूषण भी नहीं बनते, हमने प्रभु को स्मरण कर प्रसाद ग्रहण कर लिया।

तत्पश्चात तीखे व नमकीन भोज्य पदार्थ व सूर्य देव की कृपा से प्यास ने हमें पीड़ित करना शुरू कर दिया। पथ-प्रदर्शक भतीजे हमें किसी शीतल पेय के खोमचे पर ले गए । पेय का गिलास खाली करने पर भी प्यास न बुझी। हरित द्रव्य के पेय में यह खूबी होती है कि वह अपनी छाप छोड़ने में कुछ समय लेता है। उपभोक्ता को यह गुमान रहता है कि इतने से कुछ नहीं होगा। लगभग द्यूत की स्थिति बस 'एक आखिरी बार और' की अनुभूति। 'ओखली से क्या डरना' शैली में कंठ को आकंठ तृप्त किया।

जनाकांक्षाओं के अनुरूप आगे बढ़कर आइसक्रीम के ठेले पर आइसक्रीम खाई। तरंग का प्रभाव तब दृष्टिगोचर हुआ, जब भुगतान के लिए कमीज की बाईं पॉकेट का बटन खोलने में संघर्ष करना पड़ा। पॉकेट को दुर्भेद्य जानकर ठेलेवाले को ही पॉकेट खोलकर राशि निकालने व आइसक्रीम का मूल्य काटकर अवशेष राशि पॉकेट में समर्पित करने का निर्देश देना पड़ा। ठेलेवाला भला आदमी निकला उसने आज्ञापालन में देरी न की।

मित्र ने सपेरों की टोली में सर्पनृत्य देखने का सुझाव दिया। वहाँ पहुँचकर बीन पर नाचते सर्प का लास्य देखने लगे। या तो तरंग का प्रभाव था अथवा साँप वास्तविक रूप से विलंबित लय में नाच रहा था, हमने सपेरे से यह कहकर बीन छीन ली कि ''तुम कैसे 'स्नेक चार्मर' हो जी ? इतना धीमा नचाओगे तो दर्शक तो रुष्ट होगा ही, साँप का भी मजा किरकिरा कर दोगे।'' अन्य दर्शकों ने किसी तरह हमें मनाकर बीन सपेरे को वापस की। हमारे भतीजे तो अंत तक इसी बात पर अड़े रहे कि चाचाजी ही बीन बजाएँगे।

मित्र ने स्थिति को नियंत्रण से बाहर जानकर घर वापसी का सुझाव दिया, जो सर्वमान्य हुआ। ऑटो नामक सवारी से वापसी इस तर्क पर अस्वीकार हुई कि तिपहिए का गुरुत्व केंद्र अविश्वसनीय है, अतः सवारी निरापद नहीं है। अंत में पदयात्रा आरंभ हुई। मार्ग के किनारे-किनारे आपस में बतियाते हुए चल रहे थे। हास्यातिरेक से चेहरा भिंच गया था।

लगभग तीन कि.मी. की पदयात्रा के पश्चात् सब्जी विक्रेता के यहाँ बैठ

गए। उसने कई नींबू काटकर दिए। नींबू का रस ग्रहण करते हुए हम उन्हें प्राथमिक क्षेत्र में सफलता के व्यापारिक रहस्य सिखा रहे थे। आगे की यात्रा आरंभ की। नींबू ने हमें चलन से बाहर होने से बचाया।

अँधेरा घिर आने पर घर पहुँचे। गृह प्रवेश करते हुए माँ ने तीक्ष्ण सवाल दागा—"क्या तुम भंग पीकर आए हो?" अपने दोनों होंठों पर तर्जनी रखकर चुप रहने का संकेत देकर कहा, "···किसी को मत बताना।" किसी तरह पर्यंक तक पहुँचे। आगे के घटनाक्रम का स्मृतिलोप हो गया था।

धुँधली स्मृति से यह स्मरण है कि हमारे पर्यंक ने भौतिक जगत् की समस्त गतियाँ संपन्न कीं, पहले उत्तोलन तत्पश्चात् दोलन। यह क्रम चलता रहा। गति परिवर्तित होकर परिक्रमण व परिभ्रमण में आ गई। अंत में घूर्णन गति के आगे का हाल स्मृति से लोप हो गया। चौबीस घंटे बाद हम सांसारिक जगत् में लौटे। लौटते ही इस प्रयोग को तिलांजलि देकर तौबा कर ली।

□

# 16

## मद्य प्रसंग

मद्यपान सांस्कृतिक समारोहों में कई सामाजिक घटनाओं का महत्त्वपूर्ण प्रेरक रहा है। इससे व्यक्ति का व्यवहार, क्षमताएँ और भावनाएँ प्रभावित होती हैं, यदा-कदा आहत भी। यह विशिष्ट व्यवहार-परिवर्तन में प्रभावी भूमिका निभाती है। कुछेक अवसरों पर शांत व्यवहार को उच्छृंखल व उच्छृंखल को उपद्रवी व्यवहार में रुपांतरित करने में समर्थ होती है।

यह युवक ननिहाल में नानी के घर रह रहा था। पितृ-गृह में कठोर अनुशासन की अपेक्षा यहाँ स्वतंत्रता मिली, स्नेह भी। आकस्मिक आजादी ने युवक के मैत्री-संसार को ऊर्ध्व-विस्तार दे दिया। करिश्माई मित्रों के संसर्ग में ही इनकी दीक्षा भी संपन्न हो गई।

कुछ महीनों में नानी का संदेह इन पर बढ़ता गया। नानी की घ्राण शक्ति तीक्ष्ण निकली। एकाधिक अवसरों पर इनकी किताबों के पीछे से, बिस्तर के नीचे से व अन्यान्य गुप्त स्थलों से नानी ने क्वार्टर, हाफ जब्त कर इन्हें 'हाथ से निकल गया' की श्रेणी में भी डाल दिया।

ये मित्रों में स्वयं को अविकसित श्रेणी में रखे जाने के पक्षधर न थे। विशेष अध्यवसाय से ही ये विकासशील का दरजा प्राप्त कर सके थे। नानी इन्हें 'विकसित' होने की यात्रा में सबसे बड़ी अवरोधक जान पड़ी। सम्मुख युद्ध करने में स्वयं को अक्षम जानकर युवक ने नवीन युक्ति खोज डाली।

उसे सामरिक दृष्टि से यह युक्ति कारगर लगी। नानी की हमदर्द व आयुर्वेद की टॉनिक की रिक्त शीशियाँ अलमारी में पड़ी रहती थीं। उनमें अल्कोहल भर

कर उन्हें किंचित सरका कर सहज दृश्य ही बने रहना उसे उपयुक्त-सा प्रतीत हुआ। इस प्रकार मानसिक युद्ध में वह नई पीढ़ी का प्रतिनिधि होने की गौरवानुभूति कर रहा था।

एक दिन नानी दोपहर में पदयात्रा कर घर लौटीं। थकान व कमजोरी अनुभव होने पर नानी ने टॉनिक की शीशी मुँह से लगाकर रिक्त कर दी। सामान्यतया उनका स्वर गंभीर और निर्भीक हुआ करता था। टॉनिक से स्फूर्ति के स्थान पर स्वर गांभीर्य विलीन हो गया, चेहरा निरीह व म्लान हो गया। निरीह से स्वर में उन्होंने प्राणरक्षा के लिए पुकार लगाई।

प्राथमिक उपचार के पश्चात् नानी स्वस्थ हुई। युवक अपने किए पर लज्जा का अनुभव कर रहा था। उसके मित्रों द्वारा हल्के क्षणों में नानी के पव्वा प्रसंग पर उसका साक्षात्कार बार-बार करने से वह खिन्न हो चुका था। एक दिन उसने अविकसित श्रेणी में ही रहने की घोषणा कर अपने मित्रों को चमत्कृत कर दिया।

***

सायंकाल गजराज पगडंडी पर चले आ रहे थे। आबादी क्षेत्र के मध्य में गजराज की आकस्मिक उपस्थिति से भगदड़-सी मच गई। गाँव की कृषि योग्य भूमि की सीमा जंगल से लगती है। जंगली जानवरों से फसल की क्षति तो यहाँ आम बात है, किंतु उजाले में गाँव के आम रास्ते पर गजराज के अकस्मात् आगमन ने ग्रामीणों को संशय में डाल दिया।

पूर्व में भी चहारदीवारी तोड़ने भारी-भरकम पैरों से फसल को रौंदने इत्यादि प्रमाणों से ग्रामीणों को जंगली हाथी की गाँव में उपस्थिति के पुष्ट प्रमाण मिले थे। रात्रि में फसलों को क्षति पहुँचाते गजदल को उल्का-प्रकाश में ढोल पीटकर, पटाखे छोड़कर खदेड़ने के अभियान भी नियमित रूप से आयोजित होते थे।

इन अभियानों के प्रतिभागी प्राय: साहसी युवक ही होते थे। आज आबालवृद्धजन उजाले में विशालकाय गजराज के सम्मुख दर्शन से अवाक् रह गया। हड़बड़ी में इधर-उधर भागकर हाथी को सुरक्षित पैसेज दिया गया। सुरक्षित दूरी से गजराज के पीछे क्या देखते हैं कि एक युवक बाँस के दंड से निर्मम प्रहार करते हुए गजराज को हाँकते हुए चला आ रहा है।

युवक गजराज को फसल क्षति के लिए उत्तरदायी ठहराकर उलाहने देते हुए दंड-प्रहार भी कर रहा था। प्रकृति के नियम से नियंता-नियंत्रित का अनुपात बेमेल सा लग रहा था। विशालकाय गजराज को अनुशासित करता वीर-वेश में नवयुवक। गजराज विस्मित व विजड़ित हो भीत दृष्टि से सरपट भागे जा रहे थे। गजराज युवक के कठोर दिशा-निर्देशन में युवक के अभिप्राय व संकेतों को समझ रहे थे।

युवक स्वगत कथन शैली में फसल रक्षा के सामूहिक दायित्त्व को स्वयं के कंधों पर वहन करने की सगर्व घोषणा भी कर रहा था। लगे हाथ यह भी उच्चरित कर रहा था कि उसका कर्म स्वार्थ पर आधारित न होकर सिद्धांत पर आधारित है। प्रत्येक कर्म लाभ की दृष्टि से नहीं किया जाता है, कुछ दायित्त्व लाभ-हानि से परे भी होते हैं इत्यादि।

अंत में, उसने ग्रामीणों को यह भी सूचना दी कि अपराधी को काँजी हाउस में वह इन्हीं कर कमलों से बंद करके ही दम लेगा। श्रोता समझ चुके थे कि संकोची स्वभाव का युवक आज 'मूड' में है। उसी प्रभाव में वीरों का बाना धारण कर दुष्टदलन में रत है। गजराज टस्कर नहीं लग रहे हैं अन्यथा···

***

स्वदेशी बनाम विदेशी आंदोलन दीर्घकालीन विमर्श का विषय है। उत्पादों के विषय में विज्ञापन-जगत् अपने उत्पाद के पक्ष में शास्त्रीय अनुसंधान तक पहुँचकर स्वीकार्यता स्थापित कराता है। मदिरा के संदर्भ में यह विशेष रूप से अर्थपूर्ण है।

स्वदेशी मद्य श्रमशील वर्ग के मध्य खासा लोकप्रिय है। रंगीली, गुलाब, लालपरी, जाफरान इत्यादि ब्रांड नेम से क्षेत्रीयता के आधार पर इनकी लोकप्रियता व्याप्त है। इस अंचल में 'जाफरान' उत्पाद लंबे समय तक शीर्ष पर बना रहा। नियमित सेवी व्यक्ति को उपहास में लोगों द्वारा पीठ पीछे ब्रांड नेम से पुकारने का भी चलन रहा।

एक अवसर पर तो मतदाता सूची में किसी व्यक्ति के वल्दियत के खाने में 'जाफरान' दर्ज पाया गया, जिसे लेकर खासा वितंडा उत्पन्न हुआ। हुआ यूँ कि

मतदाता-सूची के प्रगणक को वोटर का नाम तो मालूम था, पिता का नाम उसने किसी युवक से पूछ डाला। युवक ने मजे में यह नाम सुझाया। 'जाफरान' उर्दू भाषा का शब्द है, जो हिंदी के 'केसर' शब्द का समानार्थी है।

श्रमशील समाज में 'देशी' के चलन के पीछे यह धारणा है कि देशी कंठ से उतरते ही चामत्कारिक रूप से अपना प्रभाव छोड़ती है। जितनी तेजी से चढ़ती है, उसी अनुपात में उतरती भी है। श्रम करनेवाला वर्ग दिन भर के हाड़तोड़ श्रम के पश्चात् थकान उतारने, मूड बनाने, दुश्चिंतताओं से उबरने इत्यादि के नाम पर संक्षिप्त मनोरंजन करता है।

इसी आड़ में प्रबल बैरी की खबर भी ले लेता है। भड़ास निकालकर अवसाद से बाहर भी आता है। मनवांछित प्रस्तुति देकर सो जाता है व अगली सुबह तरोताजा होकर काम के लिए प्रस्तुत रहता है।

एक वैवाहिक कार्यक्रम में रात्रिभोज के अवसर पर कॉकटेल पार्टी भी आयोजित की गई थी। कुछ आगंतुकों ने जो स्वदेशी के पक्षधर थे, स्वदेशी के पक्ष में अपना मत व्यक्त किया। यहाँ पर प्रश्न इच्छा का नहीं, उपलब्धता का था। आयोजकों ने कार्यक्रम को गरिमासंपन्न रखा था।

स्वदेशी पसंदों ने भी 'अंग्रेजी' ग्रहण करने को हामी भर दी। देशी व अंग्रेजी के सेवन की शिष्टाचार-प्रक्रिया में मूलभूत अंतर यह है कि 'अंग्रेजी' ग्रहण करने में समय मांगती है। हल्की मन:स्थिति में वार्त्तालाप करते हुए सिप किया जाता है, घूँट नहीं भरी जाती।

पात्र हाथ में लेकर शिष्टाचार व सौजन्य का भी निर्वहन किया जाता है। हल्की-हल्की तरंगों का आनंद ग्रहण करते हुए अन्य मेहमानों से कुशल-क्षेम पूछ कर सौख्य दर्शाया जाता है। भोज्य पदार्थ भी अल्प मात्रा में साथ-साथ ग्रहण लिए जाते हैं। ध्यानाकर्षण के लिए अतिरिक्त शिष्टता दर्शायी जाती है इत्यादि।

स्वदेशप्रेमियों ने पूर्वाभ्यास के चलते देशी पद्धति से विदेशी द्रव्य को अंगीकार किया। तत्काल प्रभावी न होने पर उसे थोथा घोषित किया व देशी को स्मरण कर उसकी महिमा में वक्तव्य प्रसारित किए। उन्हें रह-रह कर देशी-स्मृति सता रही थी, जिसे विस्मृत करने के लिए विदेशी ग्रहण करने की आवृत्ति तीव्रतर होती जा रही थी।

वे चाहकर भी देशी के प्रति अपने अनन्य अनुराग से पीछा न छुड़ा सके। मध्यरात्रि में कार्यक्रम संपन्न होने पर घर वापसी के समय का दृश्य अद्भुत था। हवा चल रही थी। अकस्मात् विदेशी के संचित प्रभाव ने परिणामी प्रभाव डाल दिया। उनमें से अधिकांश को पैरों पर स्थिर न रहने दिया व चलन से बाहर कर दिया। कुछ चतुष्पद होकर चलने की चेष्टा कर रहे थे। कुछ दीवारों को थामे हुए थे। एक सज्जन आँवले के वृक्ष से आलिंगनबद्ध थे तो अन्य आम के पेड़ से। कुछ युवक आलिंगनबद्ध प्राणियों को घर पहुँचाने के लिए मदद के लिए आगे आए। उन्हें वृक्षप्रेम से पृथक् करने में एड़ी-चोटी का जोर लगाना पड़ा। आँवले के वृक्ष की कुछ शाखाएँ तो प्रेमचिह्न के रूप में स्वदेशी अपने साथ भेंट स्मृति के तौर पर ले गए।

कार्यक्रम-स्थल से घर वापसी में मार्गभर इन्होंने मददगार युवकों से एलियंस की बोली में वार्त्तालाप भी किया। प्रात:काल श्वान ने पुआल के ढेर में कुछ गतिविधि अनुभव कर दौड़ते हुए भौंकना आरंभ किया। कुछ देर पश्चात् घटनास्थल से मनुजभाषा में चीखने की आवाज सुनाई दी। गृहस्वामी ने जाकर देखा तो श्वान ने स्वदेशी व्यक्ति के चरणों को श्रद्धा से अपने मुख में ग्रहण किया हुआ था। उनको स्नेह-बंधन से मुक्त किया गया। चलन-क्रिया से बाहर होते ही उन्होंने पुआल के ढेर में प्राय: चार घंटे का निद्रा-लाभ किया था।

इस घटना के पश्चात् वे स्वदेशी के घोर पक्षधर बन गए। विदेशी को 'धोखेबाज' व 'कपट से हमला करनेवाली' घोषित किया गया। मदद के लिए गुहार लगाने के लिए जनभाषा को कीलित करनेवाली कहा गया। 'भला एलियंस की बोली में गुहार लगाने पर मनुष्य लोक का प्राणी मदद करने को क्यों आएगा?' संक्षेप में, विदेशी की घनघोर भर्त्सना की गई व देशी के पक्ष में हर्षध्वनि की गई।

□

# 17
# काली कथा

वर्षा ऋतु आरंभ होने को थी। बरसात से पहले पर्णकुटी की छीजती छत को पुनः छाने का समय हो चुका था। छप्पर की छत काँस-फूस से छाई जानी थी। यह नवीनीकरण प्रतिवर्ष किया जाता था। काँस-फूस नदी के उस पार कछार में मिलती थी, जो भगवत् कृपा से प्रचुर मात्रा में उगती थी।

उस दौर में उफनती नदी के संतरण का प्रमुख साधन तुंबी हुआ करता था। यह लौकी प्रजाति का परिपक्व खोल होता था जिसे चार-पाँच की संख्या में नारियल की रस्सी से सघनता से परिबद्ध किया जाता था। काली बाबू और फतेह प्रकाश को काँस-फूस की आवश्यकता थी। उससे अधिक था—आसव-पान का आकर्षण, जो उनको उस पार खींचे जा रहा था। संयुक्त जरूरतों के लिए वे तुंबी सवार बनकर सिंदबाद जहाजी की भाँति हर तरह के झंझावातों को सहने को तैयार थे। हिमानी पिघलने का मौसम था, जिससे नदी वेगवती हो चली थी।

नदी संतरण में जैसे ही लक्ष्य पूरा हुआ, साधन चूक चुका था अर्थात् उस पार पहुँचना व तुंबी का फूटना एक साथ घटित हुआ हुआ था। टाइटेनिक जहाज आइसबर्ग की चपेट में आकर दुर्घटनाग्रस्त हुआ था। तुंबी लंगर डालने से पहले ही, पत्थरों से टकराने से भक्क-से फूट गई थी। दोनों ने ईश्वर को धन्यवाद दिया। सोनी महिवाल की अमर कथानायिका का घड़ा तो मझधार में ही डूब गया था। संयोग से जहाजी अमर होने से वंचित रह गए थे।

काँस-फूस जरूरत भर की काट ली गई थी। छाँटकर मजबूत गठ्ठर

तैयार कर लिए गए थे। शास्त्रों में यूँ ही नहीं कहा गया है, 'सकल पदारथ या जग माहीं।' अब इनका ध्यान वहाँ के प्राकृतिक वैभव पर पड़ा, जो प्रचुर मात्रा में इधर-उधर छिटका हुआ था। तभी स्मरण हो आया कि बालू के नीचे छिपाया आसव भी तो प्रचुर मात्रा में है। चित्त भर लगाना था, वित्त लगना न था। अतः निर्जन एकांत कुछ विशेष करने को प्रोत्साहित कर रहा था। इन सब मिले-जुले साधनों ने आवश्यकता भर के उमर खैयामी वातावरण की पृष्ठभूमि मुहैया करा दी थी। अतः नदी के चौड़े पाट को चुना गया। देश-काल, वातावरण के हिसाब से उसी को दस्तरखान की मान्यता दे दी गई।

इस प्राकृतिक क्लब में समारोह शुरू हो चुका था। समारोह संक्षिप्त-सा ही था। दो ही समाजी थे। समां बँध चुका था। माहौल बन चुका था। समारोह चले दो घड़ी ही बीती थीं। संभवतः नदी के ऊपर के हिस्सो में बरखा रानी जमकर बरसी थीं। दस्तरखान के जलमग्न होने पर ही इनको यह ज्ञात हो सका था कि नदी का जल स्तर अचानक बढ़ गया है, तब तक यह काफी ढाल चुके थे। फतेह प्रकाश का सिद्धि स्तर अभी तक काली बाबू के स्तर तक नहीं पहुँचा था। उनका स्तर काली बाबू से दो पंक्ति न्यून स्तर का रहा होगा। समारोह के आरंभ में कंठ गीला होते ही दोनों समाजियों ने हल्का-हल्का अनुभव किया था। क्रमशः आवृत्ति बढ़ती गई। फतेह प्रकाश की साधनाएँ अभी तक सीमित ही थीं। उन्होंने अपनी साधना की उच्चता को शीघ्र ही प्राप्त कर लिया था। वह कम समय में ही परमहंसों के समकक्ष जा पहुँचे थे। काली बाबू पुराने सिद्ध थे। उनकी शक्तियाँ सर्वविदित थीं। अतः साधना के दो-चार सोपान उनके लिए कोई विशेष महत्त्व नहीं रखते थे।

फतेह प्रकाश संक्षिप्त आकार के थे। अतः कम हॉर्स पावर के भी थे। जैसे ही वे बुलंदी पर पहुँचे थे, तत्काल विशुद्ध मूर्च्छा को प्राप्त हो चुके थे। अब वे संवेदी सूचकांक की भाँति लुढ़के पड़े थे। आकस्मिक बाढ़ से क्लब जलमग्न हो चुका था। अतः उनकी जीवनधारा, नदी की धारा के अनुकूल बह रही थी अर्थात् वे मूर्च्छा में ही नदी में बहे चले जा रहे थे। संक्षेप में, वे जीव और ब्रह्म के पारस्परिक संबंधों की ऊँचाई को प्राप्त कर चुके थे।

काली बाबू उच्च कोटि के कलाकार थे। रामलीला-मंचन में वे मारीच

का पार्ट अदा किया करते थे। वे काम भर के हाइड्रोस्टैटिक्स के जानकार भी थे। अतः उन्होंने फतेह प्रकाश के बहते शरीर को सुरक्षित भू-भाग तक पहुँचाया था, जिसके लिए उन्हें उत्प्लावन बल का सहयोग लेना पड़ा था। ऊपर के क्षेत्रों में धारासार वर्षा हो रही थी, अतः नीचे जलस्तर बढ़ता ही जा रहा था। नदी की बढ़ती जल तरंगों ने फतेह के शरीर को पुनः सिर-माथे चढ़ा लिया था। अब वे शेयर बाजार की भाँति बहे चले जा रहे थे। उनकी इहलीला नदी की गति से एकाकार हो चुकी थी। बार-बार उनकी जीवन-धारा नदी-धारा के अनुकूल होती जा रही थी।

उनको समेटने में काली बाबू को अत्यधिक श्रम करना पड़ रहा था। परिश्रम का सार्थक परिणाम भी सामने नहीं आ रहा था। हू-ब-हू फँसी हुई पूँजी जैसा हाल बन पड़ा था। इस बार उन्होंने नया प्रयोग करने की ठान ली थी। एक कटु निर्णय ले लिया गया था। फतेह के क्षैतिज शरीर को उर्ध्वाधर खड़ा किया गया था। उर्ध्व शरीर को एक मजबूत वृक्ष से आपादमस्तक बाँध लिया गया। बंधन स्वाभाविक रूप से काँस के ही थे। यह आपद्धर्म की श्रेणी का कर्म था। जीवन डोर को सुरक्षित रखने के लिए ही यह बंधन दिया गया था।

काली बाबू अतिविश्वास में बढ़-चढ़कर थे। वे साहस के सच्चे प्रतीक थे। अपने हिस्से की काँस लेकर वह नदी को पार कर चुके थे। आबादी में पहुँचते ही उन्होंने पुनः आसव ग्रहण किया था। उन्होंने पूरी ऊर्जा से छप्पर छाँह लिया था। अब वे निवार की चारपाई में निवारण ढूँढ़ रहे थे अर्थात् विश्राम करना चाह रहे थे, तभी अत्यधिक क्लांत होकर मूर्च्छित-से हो गए।

उधर, फतेह के परिजन हैरान-परेशान थे। सायंकाल तक फतेह प्रकाश दिखाई नहीं दिए थे। खोजबीन आरंभ हो चुकी थी। लुप्तप्रायः प्रजातियों का विवरण 'रेड डाटा बुक' में देखा जाता है। मानव जीवन में भी गुमशुदगी में 'लास्ट सीन थ्योरी' का बराबर महत्त्व है। अतः काली बाबू से पूछताछ होनी ही थी, सो हुई भी। इस औपचारिकता में भी एक अवरोध उत्पन्न हुआ था। बात यह थी कि पूछताछ जाग्रत् अवस्था में ही संभव है, मूर्च्छा में नहीं।

नाना प्रकार के उपाय किए गए थे, तब जाकर वे चराचर जगत् में लौटे थे। वे अन्यमनस्क-से होकर लौटे थे। पूछे जाने पर उन्होंने लड़खड़ाती स्क्रिप्ट

में वृत्तांत सुनाया। दार्शनिक-से उनींदे स्वर में उन्होंने कुछ बहुमूल्य सूचनाएँ भी दीं। 'लुप्त व्यक्ति की जीवन डोर सुरक्षित है। वह डोर किसी वृक्ष की सुपुर्दगी में दे दी गई है। यह कौशल उनके ही कर-कमलों से संपन्न हुआ है।' पूछनेवालों ने स्थान विशेष का पता पूछना चाहा था तो इन्होंने धर्मोपदेशक की-सी अदा में जवाब दिया कि बीती बातों को बिसार चुके हैं। चूँकि वे टेंपरेरी-टाइप से ही होश में आए थे। अत: यह सूचना देकर वे पुन: मूर्च्छित हो चुके थे।

समुदाय एकत्र हो चुका था। संगम स्थल से पाँच किलोमीटर के स्ट्रेच को लक्षित किया गया था। रात्रि में जलते पलीतों की रौशनी में 'सर्च एंड रेस्क्यू' अभियान चलाया गया। मध्य रात्रि में एक खोजी दल ने एक उर्ध्वाधर व्यक्ति के ताड़ासन-मुद्रा में दर्शन किए। समीप जाकर यह ज्ञात हुआ कि वह एक वृक्ष से आबद्ध है और वांछित भी है। उँगली नाक से सटाकर निरीक्षण-परीक्षण किया गया। अभी भी नासा द्वार से प्राणवायु चल रही है, यह जानकर वे अत्यंत ही हर्षित हुए।

काली बाबू नितांत प्रयोगधर्मी व्यक्ति थे। किसी रेडियो-वार्त्ता में उन्होंने सुना था कि काँच के बरतन बनाए जाते हैं। काँच को उच्चताप पर पिघलाकर, गलित पदार्थ को साँचे में ढालकर तैयार किया जाता है, जिससे मन माफिक बरतन तैयार मिलते हैं। वे आसव-पान का शौक रखते थे। अत: एक अदद काँच के गिलास की हसरत उनके उनके मन-मंदिर में काफी समय से कब्जा जमाए हुई थी।

कच्चा माल उनके पास पर्याप्त मात्रा में उपलब्ध था। खाली बोतलें-ही-बोतलें थीं। अत: उन्होंने अपने आँगन को खोद डाला था। उसमें छोटे से आकार की 'ब्लास्ट फर्नेसनुमा' आकृति तैयार की। बीच में खाली बोतल रखी गई। तत्पश्चात् चारों ओर से अग्नि प्रज्वलित कर दी गई थी। अग्नि धू-धूकर जल रही थी। कुछ समय पश्चात् एक संक्षिप्त-सी ध्वनि हुई। यह बोतल के चटककर टूटने की ध्वनि थी। वे कृतसंकल्प थे। अत: निराश न हुए। अपनी स्वदेशी प्रयोगशाला में उन्होंने कच्चे माल को पुन: परोसा था। मछली पकड़ने के जाल से ताँत खींचा गया था। ताँत से पिघलते हुए पदार्थ को काटने की

योजना थी। वाँछित गिलास का आनुपातिक मॉडल भी उनके मस्तिष्क में था। इस बार ताँत ही पिघलकर टूट गया था। काली बाबू धुन के पक्के थे। अब उन्होंने टिन के टुकड़े को पैना करके एक प्रागैतिहासिक औजार बनाया था। 'फर्नेस' में बोतल पानी भरकर परोसी गई थी। सूक्ष्म 'ऑब्जरवेशन' रखी गई थी। वाँछित ताप मिलते ही उन्होंने 'मार्क्ड पॉइंट' पर एक सुंदर-सा कट दिया था। उनके मस्तिष्क में बसी अनुकृति से मिलता-जुलता गिलास उनके सम्मुख प्रस्तुत था।

शाहजहाँ के मनोमस्तिष्क में भी ताजमहल की अनुकृति बसी हुई थी। काली बाबू के लिहाज से यह गिलास उनके वैज्ञानिक कौशल का उत्कृष्ट नमूना था। हालाँकि काली बाबू ने अपने आविष्कार का पेटेंट नहीं कराया था। उन्होंने एक भी क्षण नष्ट नहीं किया था। गिलास का तत्काल उद्घाटन या विमोचन करने का निर्णय ले लिया था। 'नवीन आविष्कारों को एक्सपेरिमेंटल बेसिस पर भी रखा जाता है।' इस तथ्य की उनको जानकारी नहीं थी। सो, आरंभिक प्रयोग के दौर में ही उनके होंठों पर रक्त-कण छलक आए थे। संभवत: गिलास की 'एज फिनिशिंग' नहीं की गई थी। अब तक वे तरंग में पहुँच चुके थे। आसव पान करते रहे। गीत गुनगुनाते रहे। पीने के बाद वे 'हीरा-मोती' फिल्म का एक गीत गुनगुनाया रहे थे, 'होंठ है तेरे दो लाल हीरे, इन्हें खोलना तू धीरे-धीरे।'

काली बाबू के खेत कछार से लगे हुए थे। उन खेतों में वे जायद की फसल उगाया करते थे। इस वर्ष जंगली शूकर ने उनकी फसल को अपार क्षति पहुँचाई थी। काली बाबू व्यथित थे। वे वन्य शूकर से प्रतिशोध चाहते थे, किसी भी कीमत पर। अत: उन्होंने शिकार की योजना बनाई। हाँका-दल के एकमात्र सदस्य के रूप में शेर सिंह को चुना गया था। शिकारी दल के एकमात्र सदस्य थे—कालीबाबू। समस्त सरंजाम से लैस होकर, वे घटनास्थल तक पहुँच चुके थे। एक अदद कुल्हाड़ी, एक अदद फरसा। एक अदद चारपाई भी रखी गई थी, जो शिकार को ढोने के लिए जरूरी समझी गई थी।

भारवि कृत 'किरातार्जुनीयम्' संक्षेप में इस प्रकार है—अर्जुन देवास्त्रों के लिए तपस्यारत थे। यह स्थान द्वैत वन का इंद्रनील पर्वत था। पाशुपतास्त्र

उनका अभीष्ट था। इसे देवकार्य समझकर मूक नामक दानव ने विशाल शूकर का रूप धारण किया था। वनैले शूकर को मार गिराया गया था। शिकार के स्वामित्व को लेकर अर्जुन व किरात वेशधारी शिव में प्रलयंकारी युद्ध हुआ था।

अर्जुन जब मूर्च्छा से जागे तो उन्हें भगवान् शिव के दर्शन व आशीर्वाद—दोनों मिले थे। भगवान् विष्णु के दशावतार बताए जाते हैं। इन्हीं में से एक, वराह अवतार में उन्होंने पाताल लोक से धरित्री का उद्धार संपन्न किया था।

इधर शिकारी दल, हाँका दल शिकार की टोह में लीन थे। झरबेरी की झाड़ियों से लेकर, काँस-फूस के झुरमुटों तक को खँगाला जा चुका था, तो भी शत्रु का नामोनिशान तक नहीं मिल सका था। समस्त दिशाओं पर सतर्क दृष्टि रखी जा रही थी। हाँका दल के सदस्य शेर सिंह को शत्रु के आगमन की प्रथम सूचना भर देनी थी।

अकस्मात हँकवारे ने 'आ गया, आ गया' के स्वर में सूचना दी थी। जब तक यह सूचना शिकारी तक पहुँचती, तब तक वनैला शूकर शिकारी को भी ध्वस्त कर, नेपथ्य में जा चुका था। शूकर हँकवारे व शिकारी की पीठ की दिशा से आया था। पृष्ठरक्षक तो नियुक्त ही नहीं किए गए थे। अत: अत्यंत समीप पहुँचने पर भी इनको उसकी उपस्थिति का भान न हो सका था। वह आया भी गोली के वेग से था। हाँका दल की पिंडली क्षतिग्रस्त हो चुकने के बाद ही वह, 'आ गया, आ गया' के स्वर में सूचना प्रसारित कर सका था। स्वर के लिहाज से भी यह सूचना कम थी, पीड़ा, आवेग या रुदन का स्वर अधिक था। इस प्रकार सूचना प्रसारण व शिकारी का गिरना—दोनों घटनाएँ 'समकालीन' थीं अर्थात् एक ही क्षण में संपन्न हुई थीं। अत: शिकारी को प्रत्याक्रमण तो दूर, कुल्हाड़ी अथवा फरसे को उठाने का अवसर तक नहीं मिल सका था। इस प्रकार शूकर ने न केवल हाँका दल को ही, अपितु शिकारी को भी हाँक लिया था। फिर वही हुआ अर्थात् गुहार-पुकार का दौर चला। घायलों को खटिया में डाला गया था। उसी खटिया से उन्हें ढोया गया था, जिससे वह शिकार को ढोने की इच्छा रखते थे।

पाशुपतास्त्र प्राप्त करके अर्जुन का मंतव्य पूर्ण हो चुका था। इधर मात्र खटिया का ही मंतव्य पूर्ण हुआ था, चूँकि उसमें कुछ तो ढोया ही जा रहा था।

वराह अवतार ने धरित्री का उद्धार किया था। इधर इन दोनों का संयुक्त उद्धार हो चुका था। जख्म मेडिको लीगल श्रेणी के अंतर्गत आते थे। सो, चिकित्सकों की सेवाएँ लेने में अवरोध उत्पन्न हो चुका था। जख्म भरने के लिए घरेलू औषध-पथ्य व टेट्रासाइक्लीन एंटीबायोटिक का सहारा लेना पड़ा था। युद्ध के इन स्थायी चिह्नों को इन्होंने आजीवन अपने शरीर पर धारण किया था।

□

# 18

# प्रसंगवश

वे फर्नीचर मार्ट के स्वामी थे। इमारती फर्नीचर का काम करते थे। दरवाजे चौखट, खिड़कियाँ बनाते थे। शयनकक्ष, डाइनिंग रूम से लेकर ड्राइंग रूम तक की साज-सज्जा के लिए हर मॉडल का फर्नीचर बना लेते थे। काष्ठ पर कलाकृतियों को उकेरने में उनका कोई सानी नहीं था। पुष्प, लता का प्रकृति-चित्रण हो या पौराणिक चित्र-कथा, आकृतियाँ प्राय: सजीव हो उठती थीं।

वे फैशन के नए चलन से अपडेट रहते थे। उपभोक्ताओं के मन को पढ़ना जानते थे। समाज में विभिन्न वर्गों के हिसाब से वस्तुओं की माँग रहती है। घरेलू और व्यावसायिक उपयोग के मॉडल्स अलग-अलग रहते हैं। पुरुषोचित्त माँग भिन्न प्रकार की होती है। तो स्त्रियों की सुरुचिसंपन्नता अधिक आकर्षक रहती है। वे वर्गवार मिजाज को भी पहचानते थे। अत: ये उनकी अभिलाषाओं के अनुरूप पृथक्-पृथक् सेवाएँ देना बखूबी जानते थे। ग्राहकों की माँग अच्छे श्रोता के रूप में सुनते थे। डिटेल में सुनते थे। विधिवत् सुनते थे। प्रतिक्रिया न्यूनतम देते थे। यह अच्छी व्यावसायिकता की निशानी मानी जाती है।

डिमांड नोट करने के लिए नियत दिन, नियत समय पर ही निर्माणाधीन इमारत में पहुँचते थे। मिनट-भर का भी विलंब नहीं करते थे। भवन की खिड़की, दरवाजे, चौखट, डाइनिंग जो भी लागू हो, की डाइमेंशन मापते थे। मापन के लिए इनके पास मैटेलिक इंचटेप रहता था। टेप खोलकर फैला देते थे। मेजरमेंट पढ़ने के लिए गृहस्वामी को कहते थे। शिल्पी को दृष्टि दोष नहीं था। इसके मूल में रहस्य यह था कि वे निरक्षर थे। अंतरराष्ट्रीय अरेबिक अंकों में से किसी

को भी नहीं पहचानते थे। स्वाभाविक रूप से देवनागरी में लिखे अंकों को भी नहीं पहचान पाते थे। सभी एक से ही दिखते थे। शिक्षा के मामले में पूर्ण कबीरपंथी थे। काकवर्णी अक्षरों से उनका कभी साक्षात्कार नहीं हुआ था। गृह स्वामी से डायमेंशनल रीडिंग का वाचन कराते थे। वाचन को भी ये नोट नहीं कर पाते थे। लिखने में भी संगदिल ही थे। ऐसा न था कि वे गृहस्वामी से नोट करने का आग्रह करते हों। इस रीडिंग को मस्तिष्क की मेमोरी के इनबॉक्स में फेंक देते थे। प्रकृति बड़ी विचित्र होती है। किसी कमी की पूर्ति के एवज में अन्य शक्ति को असाधारण रूप से सक्रिय कर देती है। इस प्रकार प्रकृति न्याय तो करती ही है, संतुलन भी साधती है।

'डेडलाइन' से पूर्व ही वे काष्ठ का संयोजन भी कर आते थे। ग्राहक उनकी सेवाओं से प्रसन्न रहते थे। अत: उनके ग्राहकों की संख्या दिनोदिन बढ़ती जा रही थी। उन्होंने अपनी व्यावसायिकता अथवा कला कौशल में निरक्षरता को कभी आड़े नहीं आने दिया।

***

वे प्रौढ़ थे। इस अवस्था में भी बड़े परिश्रम से कृषि कार्य करते थे। किसी दौर में ये कर्षण कार्य नर भैंसे से किया करते थे। कर्षण क्रिया में जमीन की ऊपरी परत को चीर दिया जाता है। मिट्टी को पलट दिया जाता है। इससे वह शस्य उत्पादन योग्य बन जाती है। वायु, पाला, सूर्य का प्रकाश, ऊष्मा आदि प्राकृतिक शक्तियाँ भी मिट्टी को भुरभुरा तो बनाती ही हैं, उसकी उर्वरा शक्ति को भी बढ़ा देती है।

कुछ समय पश्चात् इनके महिष काल-कलवित हो चुके थे, जिससे इन पर भारी विपदा आन पड़ी थी। पहली बार कृषि कर्म में उन्होंने स्वयं को असहाय पाया था। जब कोई उपाय न सूझा तो इस अवस्था में भी इन्हें अपनी भुजाओं पर भरोसा था। फावड़े से ही धरती का सीना चीरने लगे थे। जोत भी कम नहीं थी। एक एकड़ से ऊपर ही रही होगी। इस अवस्था में भी उनके पौरुष को देखकर बहुत से लोग दाद देते थे, बहुतेरे चमत्कृत होते थे।

जुताई में वे प्रतिदिन का लक्ष्य लेकर चलते थे। सुबह-सुबह ही फावड़ा

लेकर जुट जाते थे। एक निश्चित दूरी पर बोतल–चखना रखे रहते थे। वही पॉइंट एक पाली का टारगेट रहता था। उस पॉइंट तक खोदते चले जाते थे। वहाँ पर पहुँचकर सुस्ताने लगते थे।

हालाँकि ये भिन्न मतावलंबी थे। तो भी चषक हाथ में लेकर मेंड़ पर बैठकर पूजार्चन करते थे। आसमान की ओर निहारकर प्रथम मंडल के चौथे सूक्त का पारायण करते थे। हे सोमरस पीनेवाले इंद्र! तुम सोमरस पीने के लिए मेरे खेतों में आओ। हे इंद्र! हम सोमपान करें। उसके पश्चात् तुम्हारे अत्यंत निकट एवं शोभन बुद्धिवाले लोगों के बीच रहकर तुम को जाने। यह सोमरस तुरंत नशा करनेवाला है। इसीलिए यह यज्ञ की शोभा भी है। यह मनुष्य को मस्त करनेवाला है। अत: कार्यसाधक और आनंददाता इंद्र का मित्र है। इस प्रकार के कई मंत्र बुदबुदाते थे। फिर आहुति चढ़ाकर अपने काम में लग जाते थे।

इस प्रकार वे सायंकाल तक अपने लक्ष्य को पा लेते थे। बोतल चखना उनके लिए मील का पत्थर था। उसी तरह उद्दीपन का कार्य करता था। मील का पत्थर अवशेष यात्रा का सूचक होता है। लोक भाषा में मील के पत्थर को संगे मील भी कहा जाता है। किसी कार्य या ध्येय प्राप्ति में संगे मील शब्द का प्रयोग किया जाता है। यह ऐसी सफलताओं के लिए प्रयुक्त होता है, जो व्यक्ति को उस दिशा की ओर बढ़ाती हैं। संगे मील का शाब्दिक अर्थ है—मील का पत्थर अर्थात् अपनी मंजिल कितनी दूर है। ये निरक्षर थे तो भी मिट्टी की आर्द्रता व कैपिलरी एक्शन को भलीभाँति समझते थे।

कालांतर में मांसाहार करते हुए ही ये गोलोकवासी हुए थे। उस दिन दोपहर तक उन्होंने खेतों में काम किया था। तत्पश्चात् ये मुर्गा खरीदने किसी किसान के पास गए थे। उचित मूल्य देकर इन्होंने मुर्गा खरीदा भी था। एक हाथ से जिंदा मुर्गा पकड़े हुए थे। दूसरे हाथ से साइकिल का हैंडल थामे हुए थे। इस प्रकार आहार लेकर ये घर पहुँचे थे। इस दृश्य के आधे घंटे बाद इनके महाप्रयाण की सूचना गाँव भर में फैल चुकी थी। लोकमत के अनुसार घर पहुँचकर ये व्यग्र हो उठे थे। शौक फरमाते हुए इन्होंने चखने के रूप में कच्ची कलेजी को ही ग्रहण कर लिया था। जैसे ही इन्होंने किसी द्रव को चढ़ाया था, कलेजी इनके कंठ से न उतर सकी थी अर्थात् कंठ में ही फँस चुकी थी। श्वास अवरुद्ध होते

ही इनके प्राण–पखेरू उड़ चुके थे। कुछ लोगों ने तो इनको साइकिल पर आहार लाते हुए देखा था। उन्हें इनकी महायात्रा पर अविश्वास ही रहा। कुछ टीकाकारों ने तो होनी–अनहोनी टाइप की दार्शनिक व्यवस्था भी दे डाली थी। उनका मत भिन्न था। उनके अनुसार, जब किसान से इन्होंने मुर्गा क्रय किया, तो मुर्गे के अंतर्मन में कुछ विचार आए थे। ये विचार त्वरित टिप्पणी जैसे थे। इसमें 'आफ्टर थॉट' जैसा कोई मामला नहीं बनता था। विशुद्ध तुरंत दान महाकल्याण टाइप का मामला था। इनके मूल्य चुकाते ही मुर्गे ने मन–ही–मन में एक निर्णय लिया था, 'आज हिसाब बराबर होकर रहेगा। अगर तुम मेरा उद्धार करते हो तो मैं भी तुमको मोक्ष दिलाने का वचन देता हूँ।'

***

चाचाजी हद दरजे के आत्मनिर्भर थे। वे शास्त्रों में वर्णित स्वावलंबन नामक गुण के सच्चे प्रतिनिधि थे। उनके पास मंचीय प्रस्तुति देनेवाले जादूगरों की भाँति एक मंजूषा रहती थी, जिसमें सुई–धागा–बटन से लेकर जीवन रक्षक औषधियों तक के नाना प्रकार के पदार्थ मौजूद मिलते थे।

इस मंजूषा को वे सदैव पीठ पर टाँगे रखते थे, हू–ब–हू अंतरिक्ष यात्रियों की भाँति। मात्र विश्राम काल में सिरहाने पर रखते थे। उनके पास चार सेल वाली टॉर्च थी, जो प्रत्येक दशा में चालू हालत में मिलती थी। एडिशनल बैटरी सेल मंजूषा में पाए जाते थे।

इस टॉर्च के फोकस का प्रदर्शन वे नुमाइश की भाँति करते थे। गौरवमय अनुभूति के साथ आगंतुकों को भी दिखाते थे। गहन अंधकार में टॉर्च का तीक्ष्ण फोकस दूधिया रौशनी देता था। सर्कस के सर्चलाइट फोकस अथवा केंद्रीय कारागारों के सर्च लाइट की भाँति पहाड़ के प्रत्येक टीले को रौशनी से नहला देता था। इस विशालकाय टॉर्च को वे सदैव अपने वक्षस्थल पर धारण करते थे। धारण करने करने के लिए बेल्ट का सहारा लेते थे, जिस प्रकार सैन्य बलों में एल.एम.जी. धारण की जाती है।

वे प्रात: तीन बजे स्वयं तो जागरण करते ही थे, मवेशियों का भी करा लेते थे। मवेशियों को जगाकर बाहर निकालकर खूँटों से बाँध लेते थे। सहसा उन्हें

व्याघ्र-मवेशियों के अंतर्संबंधों का स्मरण हो आता था। हिंसक पशु मवेशियों को आहत न करें, इसका निवारण भी किए रहते थे। इस कड़ी में वे पौ फटने तक स्वयं लौह प्राचीर की भाँति मवेशियों पर पहरा देते थे। तत्पश्चात् मेष नामक मवेशी से अग्रिम ऊन लेते थे। चरखा कातने में जुटे रहते थे। पेशे से वे मूलतः व्याख्याता थे। अत: जाकर कॉलेज में व्याख्यान भी दे आते थे। छुट्टी में घर आकर आधे घंटे का 'पॉवर नैप' अवश्य लेते थे।

बछड़ों के कंधों पर जुआ रखकर उन्हें कृषि का पूर्व प्रशिक्षण भी देते थे। बछड़े सभी आकृतियों के रहते थे—छोटे, बड़े, मझले और रंग-बिरंगे। कुछ बछड़े पूँछ उठाकर यूँ ही दौड़ लगाते रहते थे। ऐसे उच्छृंखल बछड़ों को वे मुलायमियत से साधते थे। बड़ी आयु के बछड़ों के लिए 'क्रैश कोर्स' की सुविधा भी रहती थी। जोड़ीदार के साथ जुगलबंदी और तालमेल का खूब अभ्यास कराते थे। मुड़ते समय वांछित कौशल व कमांड शब्दों पर 'इम्मीडिएट एक्शन' पर कड़ी नजर रखते थे। इसमें किसी भी प्रकार की छूट अनुमन्य नहीं थी।

कॉलेज रहा हो या पशु-स्कूल, उनके विद्यार्थी शत-प्रतिशत उत्तीर्ण रहते थे। अत: उनकी कक्षाओं में प्रवेश के लिए प्रवेशार्थियों की भीड़ उमड़ी रहती थी। 'कट ऑफ मेरिट' में इनका विश्वास नहीं रहता था। इसके स्थान पर वे परफॉरमेंस को देखते थे।

माघ का महीना था। कड़ाके की ठंड पड़ रही थी। कोई स्नान पर्व पड़ा था। इस पर्व में स्नान से दस तीर्थों का पुण्य एक ही बार में प्राप्त होनेवाला था। अत: संयुक्त परिवार के बच्चों को चाचाजी ने मध्य रात्रि में ही जगा दिया था। चार कोस की पद-यात्रा के पश्चात् वे नदी तट पर पहुँचे थे। मुँह अँधेरे ही जनेऊ परिवर्तन करा लिया गया था। उसके पश्चात् बच्चों को गंगाजी में डुबकी लगाने का आदेश मिला था।

बच्चे दाँत किटकिटाते हुए नदी से बाहर आए थे। बाहर आते ही उन्हें अलाव तापने को मिला था। अलाव लकड़ी के बुरादे और केरोसिन के संयोग से प्रज्वलित किया गया था, जिसका उद्गम स्थल स्वाभाविक रूप से मंजूषा ही रही होगी। यदि कोई यह कहता कि अग्नि प्रज्वलन उन्होंने चकमक नामक पत्थर से किया था, तो बच्चे इस बात पर भी सहजता से यकीन कर सकते थे।

पर्वतीय अंचल में 'सेंटुल' नाम का पक्षी होता है, जिसे पक्षी जगत् में कम आदर प्राप्त है। इसी प्रजाति में चौकन्ने सदस्य भी रहते हैं, जिन्हे 'गुर सेंटुल' कहा जाता है। यह विशेष स्वर उत्पन्न करके सर्प की उपस्थिति की सूचना देता है। चाचाजी इसके स्वर की प्रतीक्षा करते मिलते थे। 'तुमने पुकारा और हम चले आए' शैली में राह तकते मिलते थे। वे चाहे राजकीय कर्तव्य में रहे हों अथवा सुषुप्तावस्था में, स्वर सुनते ही स्वर की दिशा में दौड़ लगाते थे। स्वर की दिशा में वे पंख लगाकर पहुँचने की चेष्टा करते थे।

दुनिया का कोई भी लोभ, मोह या आकर्षण उनको इस अवसर पर नहीं रोक सकता था, न ही उनके आखेट में बाधक बन सकता था। यदि मध्य रात्रि में भी उन्हें सेंटुल निमंत्रण मिलता था, तो वे इशारा भर चाहते थे। इसी घड़ी की तो वे प्रतीक्षा किया करते थे। अरण्य, वाटिका, पर्वत चोटी अथवा झाड़ियों को खँगाल डालते थे। समस्त भूमंडल को शत्रु की तलाश में छान डालते थे। एल.एम.जी. नुमा टॉर्च व उनकी विशेष लाठी उनके युद्ध कौशल को द्विगुणित कर देती थी। वे शत्रु का मान-मर्दन करके ही घर लौटते थे। घर में प्रवेश करते हुए वे हर्ष का जयघोष अवश्य करते थे।

□

# 19

# मिलनसार लोग : एक

मैत्री पक्षी विज्ञानी था। वह पक्षियों के प्रति अत्यंत करुणा भाव रखता था। वह तोते पालने का हद दरजे का शौकीन था। तोते की नीची व लहरदार उड़ान होती भी चित्ताकर्षक है। इस उड़ान को देखकर वह दूसरे ही भावलोक में पहुँच जाता था। हरे रंग के पहाड़ी तोते काफी वाचाल होते हैं। उनमें बोलने की क्षमता होती भी अधिक है। यह छोटे बच्चों का संगी-साथी होता है। उनका साथ उसे अत्यधिक पसंद होता है।

तोते जंगलों में अपने बच्चों को सुरक्षित रखते हैं, प्राय: वृक्ष के कोटरों में। इन बच्चों की खोज में वह जंगल-जंगल छान मारता था। वृक्षों पर चढ़ता, कोटर में सहेज कर रखे गए बच्चों को निकाल लेता। संरक्षणहीनों को अपने संरक्षण में ले लेता था। कुछ सप्ताह तक उनको 'इंटेंसिव केयर' देता था। तत्पश्चात् आरंभ होता था, उनके प्रशिक्षण का दौर। आरंभ छोटे-छोटे शब्दों से करता था। मिट्ठू, बाबू, दादा बोलना सिखलाता था, जब वे छोटे शब्द सीखकर आत्मसात् कर लेते, तब पाठ्यक्रम आगे बढ़ाता। छोटे वाक्यों को दोहराने का अभ्यास कराता था, हू-ब-हू मास्टर ट्रेनर की भाँति।

तोता बीजभक्षी पक्षी है। हरी मिर्च, अमरूद, आम बड़े चाव से खाता है। तोतापरी आम की एक किस्म होती है। तोते की पसंद पर ही इसका यह नाम पड़ा होगा। छह माह का तोता उचित देख-रेख में 'स्पष्टवक्ता' हो जाता है अर्थात् सटासट-सटासट बोलने लगता है। प्रशिक्षण पूर्ण होने के उपरांत वह गुणी ग्राहकों को खोज लेता था या हाट-बाजार में जाकर रसिकों के हाथ बेच देता था।

शास्त्रों में तोता पालना ईश्वरीय सेवा के अंतर्गत आता है। इसीलिए इनके नाम प्रायः 'सीताराम' या 'राधेश्याम' रखे जाते हैं। इसके पीछे यह प्रेरक शक्ति काम करती है कि अनजाने में भी ईश्वर-नाम का स्मरण होता रहे। 'शुकोपाख्यान' तोते से संबंधित पौराणिक संदर्भ है। यह पद्म-पुराण का एक संपूर्ण सर्ग है।

तोते के बच्चे वह वृक्ष के खोल से निकालता था। निकालने के लिए रसोई की कड़छी का उपयोग करता था। एक बार वह एक सेमल के वृक्ष पर चढ़ा था। छेनी-हथौड़ी के सहयोग से वह कोटर की सीध तक चढ़ आया था। 'ठक-ठक' ठोककर खोखल में बच्चों के होने या न होने का अनुमान लगा लिया करता था। अनुमान के आधार पर यह निश्चित हो चुका था कि 'अंदर कुछ तो है'। कोटर के मुख पर अकस्मात् फुफकार सुनाई दी थी। सर्प देवता ने उसे अयाचित दर्शन दिए थे। मैत्री इस नाजुक अवसर पर दर्शन का इच्छुक नहीं था। हड़बड़ी में वह और कड़ाही-कड़छी गुरुत्व के सहारे समभूमि पर उतर चुके थे। यह दीगर बात है कि समभूमि के व इनके मध्य में काँटेदार झाड़ियाँ पड़ती थीं। कड़छी और कड़ाही पर झाड़ियों का कोई प्रभाव प्रभाव नहीं पड़ा था, मैत्री पर व्यापक प्रभाव पड़ा था। उसके पृष्ठभाग पर छोटे-मोटे रंध्र उभर आए थे।

मैत्री के एक अग्रज भी थे। वे मजबूत देहयष्टि, तीक्ष्ण नाक-नक्श व श्याम वर्ण के स्वामी थे। माता-पिता ने स्नेहवश नाम दिया था—भूतनाथ। भूतनाथ की बाल्यावस्था, किशोरावस्था गाँव में ही व्यतीत हुई थी। बाद में वे बाहर चले गए थे, नौकरी के सिलसिले में। वे किसी शहर में रहने लगे थे। विवाह के उपरांत नव विवाहिता भी अपने पति के साथ रहने लगी थी। गाँव के कुछ युवक भी उसी शहर में नौकरी में थे। किसी दिन, संयोगवश किसी चौराहे पर उनकी भेंट भूतनाथ से हो गई थी। परदेस में अपनों का दिखना बड़ा सहारा देता है। गाँव-घर की कुशल-क्षेम हुई। नवीनतम समाचार साझा किए गए। विदा होते हुए भूतनाथ ने लड़कों को अपने निवास का पता बताया था। किसी दिन आवास पर आने को भी कहा था। यह भी कहा था कि आते-जाते रहने से परदेस में मन को अच्छा लगता है। सहारा मिलता है।

छुट्टी का दिन था। वे युवक पता पूछते-पूछते भूतनाथ के निवास पर सचमुच ही पहुँच चुके थे। कॉलबेल बजाई। कुछ देर प्रतीक्षा की। पुनः कॉलबेल

बजी। एक सुघड़ युवती बाहर आई। उसने युवकों से पूछा, 'किससे मिलना है?'

"जी, भूतनाथ से!"

(भुनभुनाते हुए) "इस नाम का यहाँ कोई नहीं रहता है।"

एक सहमे से युवक ने भूतनाथ की वल्दियत, सुकूनियत का सविस्तार हवाला दिया था। कैफियत भी दी कि हम भी उनके गाँव के ही हैं। इसलिए उनसे ही मिलने आए हैं। विवरण सुनकर युवती ने इन्हें आड़े हाथों ले लिया था। कहा, "अभी जो भी नाम तुमने लिया है, उनके पुत्र यहीं रहते हैं। वे मेरे हस्बैंड हैं। मगर मेरे हस्बैंड का नाम भूतनाथ नहीं है। वे तो मिस्टर राजेश है। खबरदार! कभी ऐसा-वैसा नाम दोबारा लिया तो।"

युवकों ने उन्हें 'नमस्ते' कही और द्वार से ही विदा ले ली थी। इस घटना से वे किसी निष्कर्ष तक पहुँचे थे। यह संभव था कि नई सोच की नवविवाहिता को देहाती नाम 'भूतनाथ' पसंद न आया होगा। पाणिग्रहण संस्कार के पश्चात् उसने पति का नामकरण संस्कार किया होगा। यह भी संभव था कि दोनों संस्कार एक ही अवसर पर संपन्न किए गए हों। एक पंथ दो काज। संभवत: पुरातन नाम दुल्हन को न भाया हो। बाद में और बातें भी सुनने में आई थीं। गाँव जाने पर माता-पिता आदतन पुत्र को उसके नैसर्गिक नाम से पुकार बैठते थे तो दुल्हन सास-ससुर को भी आड़े हाथों ले लेती थी। खबरदार कहती थी। 'गियर में लेकर' नए नाम से पुकारने की हिदायत देती थीं। चेतावनी भरे लहजे में बुजुर्गों को नया नाम नोट कराती थी—मिस्टर राजेश।

कुछ वर्षों पश्चात् भूतनाथ के तीसरे नंबर के भाई का विवाह तय हुआ था। निमंत्रण-पत्र मिला था। निमंत्रण-पत्र में वर का नाम छपा था—चिरंजीव राजेश। क्षण-भर में ही 'पति के नामकरण-संस्कार' कथानक का स्मरण हो उठा था। इस पर किसी ने प्रश्न उठाया कि 'राजेश तो भूतनाथ का ही नया एडिशन है। सहोदरों के एक-से नाम कहाँ रखे जाते हैं, फिर उसके अन्य भाई का नाम राजेश कैसे संभव हो सकता है?' इस जिज्ञासा पर सभी हँस पड़े थे। एक मित्र ने दार्शनिक शैली में उत्तर दिया, 'इस सिचुएशन में दो संभावनाएँ बनती हैं। नंबर एक—दुल्हन ने भलीभाँति पड़ताल नहीं की होगी। बिना पड़ताल किए ही पति का नामकरण संस्कार कर चुकी होगी। पति होगा दब्बू। भयभीत रहता होगा।

यह सूचना भी न दे सका होगा कि राजेश ऑलरेडी सीन में है और मेरे तीसरे नंबर का भाई है। अतः हे देवी! दो प्रोडक्ट्स का एक ही नाम रखना उचित नहीं है। इसलिए यदि आप सचमुच प्रसन्न हैं तो मुझे किसी और नाम से ही पेटेंट करा दो। सास-ससुर भी डरे-सहमे रहते होंगे। भयाक्रांत रहते होंगे। पुत्रवधू की हिदायतें सुनकर त्रुटि-सुधार का जोखिम भी न उठा पाते होंगे कि राजेश नाम का पात्र तो पूर्व से ही रंगमंच पर मौजूद है।'

मित्र ने हास्य मिश्रित स्वर में पुनः कहा, "संभावना नंबर दो यह बनती है कि सास-ससुर पुत्रवधू के प्रतापी स्वभाव से आच्छादित हो चुके होंगे। उसकी बोली से इस कदर स्तंभित रहते होंगे कि अपने समस्त पुत्रों के ही नाम राजेश रख लिये हों। हड़बड़ी में उनके नाम के आगे प्रथम, द्वितीय, तृतीय लगाना भूल गए हों।"

इसी वार्त्तालाप में उन्हें एक पुरानी घटना का स्मरण हो आया था। उन्होंने बताया, "कई वर्ष पूर्व की बात है। एक दिन बरगद के पेड़ के नीचे कुछ लोग वार्त्तालाप में निमग्न थे। कुछ चौसर खेल रहे थे। खिलाड़ियों में मैत्री के पिता भी शामिल थे। साइकिल खड़ी करके मैं खेल देख रहा था। वह दौर राजनीतिक आंदोलनों का दौर था। तभी कुछ लड़के सरपट दौड़ते हुए सामने से गुजर गए। अकस्मात् पिछले मोड़ पर दृष्टि पड़ी थी। मोड़ पर सशस्त्र पुलिस से लदा हुआ दंगा नियंत्रण वाहन आता हुआ दिखाई दिया। भगदड़ मच चुकी थी। इस गहमा-गहमी में मन अस्थिर हो चुका था। अतः खिलाड़ी भी स्थिर न रह सके थे। पहले उनका स्थिर स्वभाव अस्थिर हुआ, तत्पश्चात् सबके सब अस्थिर हो चुके थे। जिसको जहाँ राह सूझी, उसने वहीं दौड़ लगा दी थी। मैत्री के पिता को तो चप्पल पहनने का भी मौका तक न मिल सका था। उन्होंने हाथ में ही चप्पल पहनकर तेज दौड़ लगाई थी। मैं साइकिल पर सवार था। मैंने भी तेजी से साइकिल चलाई। मैं अपने घर को जानेवाली पगडंडी पर मुड़ चुका था। संयोगवश उसी मार्ग पर मैत्री के पिता भी आगे-आगे दौड़ रहे थे।

"ज्यों-ज्यों वाहन निकट आ रहा था, त्यों-त्यों असुरक्षा का भाव गहराता जा रहा था। कीर्ति से अधिक शरीर के असुरक्षित होने का डर समाया हुआ था। मैत्री के पिता पूर्ण निष्ठा से दौड़ रहे थे। मैंने भी साइकिल की गति बढ़ाने के

लिए पैडल मारने में पूरी ताकत झोंक दी थी। मैत्री के पिता की गति चामत्कारिक रूप से तीव्र थी। उस अवसर पर उनकी धावन-प्रतिभा असाधारण थी। उनकी धावन-शक्ति देखकर मैं हतप्रभ-सा रह गया गया था। उनकी स्फूर्त गति देखकर मेरी हँसी छूट गई थी। अत: साइकिल की गति व संतुलन में व्यवधान उत्पन्न हो चुका था। मेरा उत्थान-पतन होते-होते बचा। क्या सीन रहा होगा यार? आगे-आगे ट्रैक पर नंगे पैर धावक, पीछे-पीछे साइकिल सवार। उसके ठीक पीछे दंगा नियंत्रण वाहन। अब तो यह सोचकर भी हँसी आ रही है, लेकिन उस समय तो रूह काँप रही थी।''

"या तो मैत्री के पिता अच्छे धावक थे या सशस्त्र बल के भय से उनको पंख लग चुके थे। मैं पूरी ताकत से पैडल मार रहा था तो भी उसके पिता मुझसे बहुत लंबा अंतर बनाए हुए थे। उस मोड़ के बाद सहसा एक मोड़ आया कि उन्होंने मेरे घर की पगडंडी पकड़ ली थी। वे अभी भी पूर्ण निष्ठा से दौड़ रहे थे। अचानक वे दिखाई देने बंद हो गए थे। संभवत: वे मेरे घर के अंदर शरण ले चुके थे। मैंने भी गिरते-पड़ते साइकिल मोड़कर घर के पीछे उग रही फसल में शरण ली थी। वाहन आगे निकल चुका था, तब जाकर मेरी साँस में साँस आई। मैं पसीने से नहाया हुआ था।"

मैत्री के एक चाचा थे। वे सेना में थे। चाचा की हार्दिक इच्छा थी कि उनका पुत्र भी देश सेवा के कार्य में लगे। रेक्रुटमेट सेंटर में भरती चल रही थी। उनका पुत्र भी शारीरिक दक्षता परीक्षा में शामिल हुआ था। सफल भी हो चुका था। मेडिकल में पता चला कि उसने हाथ में 'टैटू' गुदवाया हुआ है। इन्हीं दिनों सेना में भरती के लिए नया सर्कुलर जारी हुआ था, जिसके अनुसार कुहनी से नीचे टैटू को अग्राह्य माना गया था अर्थात् ऐसे युवाओं को अपात्र घोषित किया गया था। चाचा के स्वप्न पर तुषारापात हो चुका था। उनकी योजना थी कि पुत्र के सेना प्रवेश पर वे सेवानिवृत्ति ले लेंगे। कुल-परंपरा भी जीवित रहेगी। अत: उन्होंने प्रकट रूप से पुत्र को कुछ न कहा था। वे उसे प्रेम से त्वचा विषयक किसी उच्च संस्थान में ले गए थे। परीक्षण हो चुका था। सर्जन ने अवगत कराया कि लेजर तकनीक से टैटू का नामोनिशान नहीं रहेगा, हालाँकि बच्चे ने गहरा टैटू खुदवाया है। अत: छह सिटिंग में निशान प्राय: रिमूव किए जाने लायक है। टोटल

इलाज में मात्र एक लाख रुपए का खर्च आएगा।

चाचा मानसिक रूप से तैयार थे, तभी पुत्र ने अपने मौलिक सुझाव से पिता को रुष्ट कर दिया। उसका कहना था इतनी धनराशि में तो वह स्वतंत्र उद्योग खड़ा कर लेगा। यह सुनकर चाचा का क्रोध फट पड़ा था। 'एक तो टैटू गुदवाने की बेवकूफी की। चलो माना कि बेवकूफी की भी उमर होती है। उस पर कोई पछतावा तो हो? वो भी नहीं है इसको। यही तो महामूर्खता है इसकी। अकल तो देखो, बिजनेस का प्रस्ताव रख रहा है अपने बाप से!' चाचा इस व्यावसायिक प्रस्ताव पर अत्यंत क्षुब्ध थे। वे सायंकाल गाँव पहुँचे थे। उस समय वे दसों दिशाओं में प्राणीमात्र को अपने पुत्र की करतूतों की सूचना पहुँचा रहे थे।

□

# 20

# मिलनसार लोग : दो

कोई भी प्रतिभा क्षितिज पर यूँ ही नहीं उभरती है। उसके उभरने में कई परिस्थितियाँ कारक होती हैं। कई कारक सहायक होते हैं। इन्होंने स्वयं के पुरुषार्थ से एक विशेष प्रकार की छवि अर्जित की हुई थी। ये अपने निर्णय पर हठ की सीमा तक आग्रही बने रहते थे। निर्णय सही हो या गलत, इसे नेपथ्य में रखते थे। एक बार इन्होंने जो ठान ली, सो ठान ली। उससे पीछे हटने का प्रश्न ही पैदा नहीं होता था। हठी हम्मीर-सा स्वभाव था इनका।

ये रंगमंच पर काफी तेजी से उभरे थे। रंगमंच पर ही बने रहे। आगे भी बने रहनेवाले थे। विरोधी लाख कोशिश करते रहे। इनका सकल-संचित विरोध करते रहे मगर इनका बाल भी बाँका न कर सके थे। जो इनको उखाड़ने चले थे, वे खुद-ब-खुद उखड़ते चले गए। इनका अपनी टेक पर अड़े रहना, किवदंती के स्तर को प्राप्त कर चुका था।

पिता छोटे-मोटे काश्तकार थे। किसी तरह जीविकोपार्जन कर रहे थे। ये स्नातक तक की शिक्षा प्राप्त कर चुके थे। पिता के लिहाज से शिक्षा पूर्ण हो चुकी थी। अब वे इनसे कोई भी रोजगार पकड़ने की अपेक्षा रखते थे। घर-गृहस्थी में इनसे हाथ बँटाने की अपेक्षा रख रहे थे। समस्याओं से जूझ रहा कोई भी पिता ऐसा चाहेगा भी। रोजमर्रा की उलझनों से वे अब थक चुके थे। ये निरक्षर पिता की हैसियत से बढ़-चढ़कर, पढ़-लिख चुके थे।

इन्होंने वकालत पढ़ने का आग्रह अपने पिता से किया था। पिता ने छूटते ही असमर्थता जता दी थी। अपनी माली हालत का रोना भी रोया था। इन्हें अपने पैरों

पर खड़े होने का स्मरण भी कराया था। ये तो थे ही हठयोगी, 'हजरत-ए-दाग जहाँ बैठ गए, बैठ गए; और होंगे तिरी महफिल से उठनेवाले' टाइप के। इन्होंने वकालत पढ़ने की हठ ठान ली थी। पिता ने भी दो-टूक इनकार कर दिया था। इन्होंने भी अपने पिता को परिणाम भुगतने की चुनौती दे डाली थी। वे भी इनके बाप थे। उन्होंने इनकी भभकी में आने से इनकार कर दिया था। साथ ही, यह भी कह डाला, "जो तुमसे हो सकता है, कर लो। मैं तुम्हारी आगे की पढ़ाई के लिए एक फूटी कौड़ी का खर्च भी नहीं उठा सकता हूँ क्योंकि मैं लाचार हूँ।" इन्होंने भी पिता को ललकार कर कहा, "अगर आप मेरी वकालत का खर्चा नहीं उठाते हैं, तो मैं आपको जिंदा गाड़ दूँगा।"

पिता सजीव समाधि की चेतावनी को हल्के में ले रहे थे। सो, उन्होंने इनकी प्रार्थना को स्वीकार नहीं किया था न ही भभकी में आए थे, 'न दैन्यं न पलायनम्' टाइप से। पुत्र ने एक भी क्षण नष्ट नहीं किया था। फावड़ा और सब्बल निकाला। थोड़ी ही देर में उन्होंने एक आदमकद गड्ढा खोद डाला था। तत्काल उस गड्ढे में पिता को सदेह स्थापित भी कर डाला था। पिता का कबंध गड्ढे के भीतर था। मात्र उन्नत शीश ही बाह्य-जगत् के सीधे संपर्क में था। पुत्र ने पिता के प्रति थोड़ी सी करुणा भी बरती थी। आखिर वे उनके बाप जो थे। इतना तो बनता ही था। उसने पुनः शिक्षा भार उठाने की याचना, अपने पिता के उन्नत शीश से की थी। पुत्र पिता से न्याय चाहते थे। उन्हें न्याय के अतिरिक्त कुछ भी नहीं चाहिए था। अतः पिता के उन्नत शीश के समक्ष पीड़ित पक्ष के रूप में खड़े थे। ज्ञान-पिपासा के लिए इस स्तर की आकुलता कहीं नहीं देखी गई थी न ही भविष्य में दिखनेवाली थी। पुत्र की कलात्मक ऊँचाई को देखकर पिता का हृदय परिवर्तन हो चुका था। वैसे भी उनका हृदय उनके शरीर के अंदर था और शरीर गड्ढे के अंदर। पुत्र की शिक्षा को वे सहर्ष मंजूरी दे चुके थे। इसके सिवा कोई चारा भी न था। जिसके पास चारा न हो, वह 'बेचारा' कहलाएगा ही।

उस दौर में काला अक्षर बनाम भैंस का द्वंद्व चरम पर था। इस विभेद को स्पष्ट करने में इनकी अग्रणी भूमिका रही थी। शिक्षा के प्रति सर्वस्व त्याग का यह अनुपम उदाहरण था। इससे बड़ा कोई त्याग हो भी नहीं सकता था। साक्षात् पिता का त्याग। अतः शिक्षाविदों के शीश इनके प्रति अनायास ही झुक गए थे।

देवता भी पुष्पवर्षा करना चाह रहे थे। 'असिधारा व्रतमिदम्।' ये आजीवन इस व्रत को निभाते रहे। अत: नग्न तलवार की धार पर चलना इनका शौक ही बन चुका था।

उस कालखंड में इस अंचल में कुछ पुरातन प्रथाएँ जारी थीं। विवाह संस्कार में वधू मूल्य चुकाए जाने का चलन चला आ रहा था। इनके विवाह संस्कार में भी वधू मूल्य चुकाया गया था। विवाह की रस्म पूर्ण होने को थी। रस्म की अंतिम मद बाकी थी, जिसमें वर-कन्या को कन्या के पिता के चरण-स्पर्श करने थे। इस रस्म के अवसर पर भी इन्होंने हठ ठान ली थी। उभयपक्ष के सयानों ने वर नारायण को मनाया था। इनके हाथ जोड़े कि "भैया, दिखावे के लिए ही सही, पैर छू लो। औपचारिकता भर दिखा लो। मन से मत छूना। इतने में क्या जाता है?"

वर नारायण थे भी अनूठे किस्म के। नट गए तो नट गए। सयाने बुजुर्गों को इन्होंने टका-सा जवाब दिया, "वधू मूल्य स्वीकार किया है इन्होंने। अब ये पैर छुवाई के काबिल नहीं रहे। कायदे से तो इन्हें मेरे पैर छूने चाहिए।" हो-हल्ला मच गया था। कुछ बुजुर्ग बीच में पड़े। किसी तरह से मामले को टाला गया था। अत: एक नया समाधान दिया गया कि 'दसों दिशाओं को प्रणाम करने की रस्म हो गई है। इसी में परिवार प्रमुखों को किया गया प्रणाम भी शामिल मान लिया गया है।'

इस प्रकार ये रूढ़ियों को छिन्न-भिन्न करते रहे, छितरा-छितराकर करते रहे। ऐसे अवसरों पर इन्होंने सदैव रचनात्मक कदम उठाए थे। मौलिक प्रयोग करना इनकी नैसर्गिक प्रवृत्ति बन चुका था। इनके पिता आर्ष सभ्यता और संस्कृति के सच्चे प्रतिनिधि थे। प्रतिनिधि होने के नाते वे न्यूनतम वस्त्र धारण करते थे। वस्त्र के नाम पर वे शरीर पर मात्र 'कौपीन' ही पहनते थे। एकवसन रहकर भी वे प्रसन्नचित्त तो रहते ही थे। खुशी और गर्व का अनुभव भी करते थे। साथ-साथ, नए जमाने के परिधान को साधनों का अपव्यय मानते थे। अन्य के पहनावे पर वितृष्णा भी व्यक्त करते जाते थे।

इन्होंने अपने पिता को कुर्ता-पायजामा पहनने को दिया था। वे पुरातन सभ्यता के सच्चे प्रतिनिधि थे। अत: उन्होंने इनकार कर दिया। पुत्र के पास

एक ही रास्ता शेष बचा था। उसने उन्हें पुनः सजीव समाधि का विकल्प दिया था। अब तक पिता, पुत्र के स्वभाव से भलीभाँति भिज्ञ हो चुके थे। अतः बिना अड़चन के ही उन्होंने नवीन संस्कृति को भी अंगीकार कर लिया था। ये न्यूनतम शब्दों में ही पिता से वार्तालाप करते थे। वे इस मान्यता में विश्वास रखते थे कि अधिक शब्दों के प्रयोग में त्रुटियाँ भी अधिक होती हैं। संक्षेप में, वे बड़ों की गरिमा व मान में ह्रास के सख्त खिलाफ थे। टंटेबाजी ये जानते भी नहीं थे। उसके स्थान पर प्रत्यक्ष कार्रवाई को अधिक विश्वसनीय मानते थे।

इस प्रकार ये अपने सिद्धांतों की प्राणपण से रक्षा करते रहे। यात्रा के दौरान बस में ही सवार होते थे। सवार होते ही किराया राशि हाथ में निकाले रखते थे। कंडक्टर को देते नहीं थे। उसकी बाट जोहते थे। अंत तक जोहते रहते थे। कंडक्टर जब इनसे किराया राशि की माँग करता था, तो ये उससे टिकट माँगने लगते थे। 'इस हाथ ले, उस हाथ दे' शैली में ही किराया राशि का भुगतान करते थे। टिकट कटने पर भी ये ऑब्जर्वेशन रखते थे। जब तक कंडक्टर टिकट की एंट्री गमन-पत्र में नहीं करता था, तब तक ये कंडक्टर के सिर पर सवार रहते थे। कुछ अवसर ऐसे भी आए थे कि गंतव्य तक पहुँचने पर भी गमन-पत्र में एंट्री नहीं की गई थी। अतः इन्होंने कंडक्टर से किराया राशि वापस माँग ली थी। अपने सिद्धांतों में हस्तक्षेप होने पर ये हस्तक्षेपकर्ता पर ही हस्तक्षेप करने लगते थे। कभी-कभी तो उसे हस्तगत करने पर ही उतारू हो जाते थे।

खेती-बाड़ी भी ये पूर्ण मनोयोग से करते थे। अपने विरोधियों को चित करने के किसी भी अवसर को न चूकते थे। इस क्षेत्र में इन्होंने अपनी प्रतिभा को असीम आयाम दिया था। उनके विरोधी भी भाँति-भाँति के पैंतरे आजमाते रहते थे। इनको येन-केन-प्रकारेण निपटाना चाहते थे, किंतु इनको निपटाने के क्रम में वे खुद ही निपट जाया करते थे। इसे नैतिक आग्रह की कमी कहें या आत्मबल हीनता, प्रत्येक अवसर पर ये उन पर भारी पड़ते थे।

इनके खेतों में सिंचाई की जा रही थी। कड़ी धूप का मौसम था। धूप से बचाव के लिए इन्होंने स्वनिर्मित 'छांति' धारण की की हुई थी। 'छांति' देसी हैट होता है जो हरे पत्तों को तिनकों से बुन कर बनाया जाता है। उसी समय वहाँ से पुरोहित जी का गुजरना भी हुआ था। पुरोहित ने इनकी स्वरचित हैट को हथिया

लिया था। कॉपीराइट का मामला बनता था। उसने मजाक में हथियाया अथवा इरादतन, यह अंत तक भी निश्चित न हो सका था। आगे भी यह शोध का विषय बना रहा। एक पक्ष के लोगों के अनुसार विरोधी पक्ष द्वारा पुरोहित से एक कूट अभिसंधि की गई थी। अत: सप्रयोजन पुरोहित को हैट हथियाने के लिए नियुक्त किया गया था। विपक्ष का इससे भिन्न मत था। इस मत के अनुसार, जीवन के किसी मोड़ पर इनकी पुरोहित से गाढ़ी मित्रता रही थी। विनोद व कौतुक में ही पुरोहित ने इनके साथ यह मजाक किया था।

इस घटना को हुए एक माह की अवधि व्यतीत हो चुकी थी। पुरोहितजी घटना को विस्मृत भी कर चुके थे। एक दिन दोपहर में पोस्टमैन ने पुरोहितजी को एक रजिस्ट्री थमाई। पुरोहितजी तब मूर्च्छित होते-होते बचे, जब उन्होंने रजिस्टर्ड-पत्र को पढ़ा था। पत्र में उन्हें उक्त घटना को कारित करने के एवज में आपराधिक मानहानि का कानूनी नोटिस मिला था।

नोटिस का कथानक संक्षिप्त-सा था। उसमें 'हैट' की ऑक्सफोर्ड, हैमिल्टन और हार्वर्ड शब्दकोशों की परिभाषाएँ दी गई थीं! अगले पैराग्राफ में गरिमा, मान आत्मसम्मान, प्रतिष्ठा, साख इत्यादि शब्दों का अभिप्राय स्पष्ट किया गया था। तत्पश्चात् दोनों पैराग्राफ्स का सह-संबंध स्थापित किया गया था। इससे आगे कारण स्पष्ट करने को कहा गया था कि क्यों न··· ···इससे आगे का वृत्तांत पुरोहितजी से न पढ़ा गया था।

पुरोहितजी द्वारा नियुक्त अधिवक्ता ही नोटिस को पढ़ने में सफल हो सके थे। वे भी नोटिस पढ़ने तक ही सीमित रहे। कारण सुझाने में वे भी असफल ही रहे। कथानायक सिद्धांत के पक्के थे। स्वनिर्मित सिद्धांतों से वे कभी रत्ती भर भी विचलित न हुए थे। यश प्राप्ति के सूक्ष्म-से-सूक्ष्म अवसर को वे कभी नहीं चूकते थे।

□

# 21

# मिलनसार लोग : तीन

दादा कृषि कर्म के पुरोधा थे। उनका समस्त जीवन कृषि-कर्म को ही समर्पित रहा। खेतों और गूलों पर वे जान देते थे। वे कहा भी करते थे कि उनके जाने के बाद नहर के किनारे उनका स्मारक बनना चाहिए।

खड़ी बोली बोलने की उन्होंने एक विशिष्ट शैली विकसित की हुई थी। प्रत्येक क्रिया शब्द का स्त्रीलिंग शैली में ही कथन किया करते थे, हालाँकि असमिया, उड़िया व बँगला भाषा में भी यही चलन है। उनमें भी क्रिया शब्दों में लिंग विभाजन नहीं पाया जाता। अहिंदी भाषी क्षेत्रों में तो तीन-तीन लिंग विधान की व्यवस्था है। तो भी वहाँ कुछ सज्जन राजभाषा के व्यवहार में दादा के समरूप ही सिद्ध हुए हैं।

संस्कृत भाषा में भी संज्ञा और विशेषण शब्दों में तो लिंग विभेद की व्यवस्था विद्यमान है। क्रिया शब्दों में यह व्यवस्था नहीं है, विशेषकर कृदंत क्रिया शब्दों में। उदाहरण के लिए—बालक पढ़ता है। बालकः पठति। बालिका पढ़ती है। बालिकाः पठति। क्रिया शब्द में कोई अंतर दृष्टिगोचर नहीं हो रहा है। दादा इसी परंपरा के पोषक थे। वे कृदंत क्रिया शब्दों में ही स्त्रीलिंग सूचक शब्दों का प्रयोग करते थे।

यह व्याकरण दोष ही उनका गुण बन गया था। 'ऑडियंस' व्यग्रता से उनके बोलने की प्रतीक्षा करती थी। उनके शब्द झरने की बाट जोहती थी।

शाक-भाजी के उत्पादन में उनका एकाधिकार रहता था। इस क्षेत्र के वे एकमात्र अग्रणी काश्तकार थे। कृषि में वे पूर्ण रूप से आत्मनिर्भर थे। वे घोर

परिश्रमी थे। अतः उनकी उपज भी बढ़-चढ़कर होती थी।

गाँव में कुछ शिक्षित बेरोजगार थे। रोजगार की दृष्टि से उन्होंने तीर्थ नगरी में नया-नया काम जमाया था। काम के नाम पर चायनीज रेस्तराँ का संचालन आरंभ किया था। तीर्थनगरी को जानेवाले मार्ग के किनारे दादा के खेत पड़ते थे, बल्कि जिस पगडंडी से राहगीर गुजरते थे, वह दादा के खेतों से होकर गुजरती थी। इस प्रकार उनकी उन्नत खेती पर अनायास ही सभी की दृष्टि पड़ जाती थी। अतः दादा की खेती-पाती का सामरिक महत्त्व बढ़ चुका था। इन मिले-जुले कारणों से कुछ लोग उनके खेतों की पत्ता गोभी के प्रति विकट रूप से आकर्षित हुए थे।

पौ फटने से पहले दो बोरा पत्तागोभी विलुप्त हो चुकी थी। दादा से तो कोई अनुमति नहीं ली गई थी। अंतःकरण की अनुमति भी थी या नहीं, निश्चित रूप से कुछ नहीं कहा जा सकता था। दादा नित्यप्रति प्रातः व सायं, दोनों पाली में खेतों की देखभाल करने जाते थे।

सुबह की पाली में उपज में हुए विचलन को उन्होंने लक्षित कर लिया था। यह देखकर दादा विचलित हो चुके थे। दो क्यारियों में उन्हें अप्रत्याशित अंतराल स्पष्ट दिखाई दे रहा था। अतः वे क्रोध के पोज में आ चुके थे। अज्ञात शत्रुओं को भस्म करने को वे व्यग्र हो उठे थे। उनका वही हाल करना चाहते थे, जो हाल उन्हें अपने खेतों का दिखाई दे रहा था। ग्राम्य जीवन में आपसी समूहों में स्पर्धा की भावना खुद-ब-खुद विकसित हो जाती है। कभी-कभी वह वैमनस्य की सीमा तक भी पहुँच जाती है। अतः एक गुट रेस्तराँ संचालक के 'स्टार उतारने' का स्वप्न देख रहा था। उसने इस घटना को एक अवसर के रूप में लिया था।

यह स्थिति दादा के अनुकूल पड़ती थी। एक असंतुष्ट उन्हें रेस्तराँ के कोऑर्डिनेट्स भी उपलब्ध करा चुका था। सहसा वे रेस्तराँ की रंगभूमि पर प्रकट हो चुके थे, जहाँ किचन में कच्चे माल का चाइनीज खाद्य में रूपांतरण संपन्न हो रहा था। जिगर मुरादाबादी ने यूँ ही नहीं कहा होगा, 'देखा तो नहीं जाता, पर देख रहा हूँ।' इसी प्रकार दादा ने किचन में स्वयं के परिश्रम से पोषित फसल को देखा था, लगभग चाक्षुष विधान से देखा था। कुछ कायांतरित हो चुकी थी। कुछ मौलिक अवस्था में पड़ी हुई थी। अपनी फसलों पर तो वे प्राण देते थे।

सो अपनी उपज को पहचानने में उन्हें क्षणिक भी विलंब नहीं हुआ था। 'पत्ता गोभी के किस फूल का उद्गम स्थल, कौन सी क्यारी का कौन सा कोना है?' यह विवरण उन्हें तत्काल स्मरण हो आया था। अत: उन्होंने अपनी मौलिक व अप्रकाशित भाषा में संचालक व उपभोक्ताओं को खरी-खोटी सुनाना आरंभ कर दिया था। उनके क्रोध का पारावार न था। सात्विक क्रोध में वे शाप देनेवाले पोज में खड़े थे। संचित रोष वे उड़ेल चुके थे। अंत में उन्होंने यह संक्षिप्त-सी सूक्ति भी कही, "मेहनत करोगी, तो गाली नहीं खाओगी। बिजनेस का शौक रखती हो, तो काम करने का शौक क्यों नहीं रखती हो? मैं भटकते-भटकते यहाँ तक आई हूँ। खामोखां नहीं आई हूँ।"

उनका संपूर्ण जीवन कृषि के लिए समर्पित रहा। फसल की सिंचाई के लिए पानी की आवश्यकता पड़ती थी। इसकी आपूर्ति प्रतिवर्ष एक कच्चे बाँध को बाँधकर की जाती थी। प्रतिवर्ष मानसून अवधि में यह बाँध बाढ़ की भेंट चढ़ जाता था। बाँध निर्माण के लिए एक अस्थायी समिति बनी हुई थी। दादा आजीवन उस समिति के संयोजक, संचालक व कार्यकारी प्रमुख बने रहे। बाँध निर्माण व नहर की सफाई के लिए वे काश्तकारों को प्रोत्साहित करते थे। आनाकानी करनेवाले काश्तकारों के पीछे तो वे हाथ धोकर पड़ जाते थे। इन कामों के लिए दिन भी वे ही नियत करते थे।

नियत दिवस पर वे स्वयं ब्रह्म मुहूर्त में जाग जाते थे। तत्पश्चात् मोहल्लेवार दौरा करते थे। आवाजें लगा-लगाकर काश्तकारों को जगाते थे। 'बंदा चलो, बंदा चलो' की पुकार लगाते हुए वे आगे बढ़ते जाते थे। कुछ बहानेबाज किसान भी थे। वे अन्यमनस्कता भी बरतते थे। दादा घोषणा करते हुए आगे बढ़ते जाते थे, 'जो भी हल लगाएगी, वह बंदा बनाने जाएगी और जरूर जाएगी। नहीं जाएगी, तो खाएगी क्या?'

तत्पश्चात् काश्तकार दादा के पीछे-पीछे चलने लगते थे। वे गैंती, फावड़ा, बेलचा, तसला, दराँती से लैस रहते थे। अच्छे-खासे जुलूस की शक्ल में बाँध स्थल तक की पदयात्रा संपन्न होती थी। यह पदयात्रा शतपथ ब्राह्मण के गौतम राहुगण व विदेह माथव की सदानीरा तट तक की गई पदयात्रा का स्मरण कराती थी।

डिसिल्टिंग व बाँध बँधने का कार्य शुरू हो जाता था। दादा स्वयं कर्मरत् रहते थे। साथ-साथ अन्य को भी दिशानिर्देश प्रसारित करते रहते थे 'पत्थर कहाँ पर लगाएगी? घास-पात-पेड़ कैसे लगाएगी? मिट्टी मलवे से पानी को कैसे रोकेगी?' इत्यादि।

काम के बाद किसी वटवृक्ष के नीचे विश्राम करते थे। यह सामूहिक थकान को दूर करने का आश्रय स्थल रहता था। दादा अपनी टेंट से चिलम निकाल लेते थे। उसे विधिवत् भरकर पीते थे। कुछ नई उम्र के नौजवान दादा के 'मैजिक वर्ड्स' सुनने को व्यग्र रहते थी। अत: वे उनकी चिलम चुराकर छिपाने की चेष्टा करते थे। संपूर्ण प्रक्रिया खास तरह से संपन्न की जाती थी। चिलम इस विधि से चुराई जाती थी कि येन केन प्रकारेण दादा को इस क्रिया का दृष्टि-लाभ होता रहे। "...मेरी चिलम चोरती है" का सूक्त वाक्य सुनकर युवकगण तृप्त हो जाते थे।

सिंचाई का रोटेशन भी वे ही तय करते थे। सिंचाई करते हुए फावड़ा, कुदाल कभी स्वयं से पृथक् नहीं होने देते थे। ऑक्सीजन सिलेंडर की भाँति लटकाए रहते थे। नौजवानों को दादा से सिंचाई का नंबर छुड़ाने में पसीना छूट जाता था। लगभग लोहे के चने चबाने जैसा श्रम करना पड़ता था। कई बार रात्रिकाल में डरावनी आवाजें निकालकर दादा को डराने का यत्न भी किया गया था। इस प्रयोग को भी दादा ने सहज भाव से विफल कर दिया था। स्वर की दिशा में दादा ने शब्दभेदी पाषाण फेंकने आरंभ कर दिए थे।

काल विभाजन के वर्गीकरण की दृष्टि से वे पुरातन पीढ़ी के सच्चे प्रतिनिधि थे। वे अमित मितव्ययी थे। उस पीढ़ी ने परिश्रम व पैसे के मूल्य को समझा था। इस अंचल में विवाह कार्यक्रम में कुछ विशेष रस्में भी प्रचलन में हैं। बारात के साथ 'वरडाली' की रस्म अनिवार्य रस्म के रूप में प्रचलन में रहती है। वस्तुत: वरडाली वर पक्ष की ओर से कन्या पक्ष को फलोपहार व भेंट के रूप में प्रस्तुत की जाती है। वरडाली के चयन में विशेष सतर्कता बरती जाती है। चूँकि उसके आकार व उत्कृष्टता को देखकर वर पक्ष की संपन्नता का अनुमान भी लगाया जाता है।

दादा के परिवार में एक वैवाहिक कार्यक्रम का आयोजन था। इस अवसर पर मितव्ययता का प्रश्न पर उठ खड़ा हुआ था। यह नैतिक संकट किसी प्रकार

टल सका था। हुआ यूँ कि वरडाली की टोकरी की कीमत पंद्रह सौ रुपए बताई गई थी। यह कीमत उड़ते-उड़ते दादा के कानों में भी पड़ चुकी थी। अतः दादा ने बाजारू टोकरी के प्रस्ताव को एक सिरे से नकार दिया था। दादा का आग्रह था कि उनके बगीचे के फलों से भी तो टोकरी निर्मित की जा सकती है। ताजे फलों की टोकरी अधिक उपयुक्त रहेगी। इसके मूल में उन्होंने यह सिद्धांत भी दिया कि "पैसे पेड़ों पर नहीं उगती है। पेड़ों पर तो फल उगती है।" नौजवानों को उन्होंने बारह प्रकार के ताजे फल भी दिखाए थे। टोकरी के मध्य में अन्नानास रखने का चलन था। 'टोकरी के मध्य में क्या रखेंगी?' के प्रश्न पर दादा का सुझाव था, 'बीच में पपीता रखेंगी। चमकीले कागज से टोकरी को ढँक लेंगी।' किसी तरह युक्ति निकालकर यह नैतिक संकट टल सका था। वे अर्थव्यवस्था के प्राथमिक क्षेत्र के आधार स्तंभ थे। अपनी परिश्रमशीलता और विशेष वक्तव्य शैली के चलते वे इस अंचल में किंवदंती बन चुके थे।

□

# 22
## स्मरण

छह फुट ऊँचा हृष्ट-पुष्ट शरीर, रोली लगा उच्च भाल, सिर पर श्वेत टोपी, सुदीर्घ नासिका, कानों में झूलते वृहदाकार स्वर्ण-वलय, चौड़े कंधे, लाल कुर्ता-सफेद धोती—आजीवन यही बाना उन्होंने धारण किया। ताऊजी का ऐसा बाह्य व्यक्तित्व किंवदंती बन चुका था। दुःखी, तिरस्कृत व अपमानित व्यक्ति उनके सानिध्य में आत्मबल से परिपूर्ण व योद्धा-सा सामर्थ्यवान बन जाता। पाश्चात्य चिंतक उन्हें अराजक व विद्रोही घोषित करने में क्षण भर का विलंब न करते।

पर्वतीय अंचल के गाँवों के विवाद-बिंदु खेत की मेंड़, फसल में भेड़, चारा पत्ती का पेड़ या सिंचाई की गूल व दुर्गमता में सिमट जाते हैं। एक बार एक वैवाहिक कार्यक्रम में बारात वापसी के मध्य मार्ग में सांस्कृतिक संकट उत्पन्न हो गया। हुआ यूँ कि नदी के पार स्थित वधू-गृह से बारात-विदाई सकुशल संपन्न हुई। वधू की सखी ने वधू से गोपनीय शर्त बदी कि वधू श्वसुर गृह में ही शिविका से भूमि पर पदार्पण करेंगी। मोटर मार्ग से ग्राम तक का पैदल मार्ग संकीर्ण व सीधी चढ़ाई युक्त था। इस अंचल में कहारों के द्वारा पालकी ढोने का चलन नहीं था। वधू की पालकी के वाहक वधू से पारिवारिक रिश्ते में कनीयस् पदधारक (प्रायः देवर-भतीजे-भानजे) ही हो सकते थे। श्रमसाध्य मार्ग में दुल्हन की प्रथम ससुराल यात्रा में परंपरा-निर्वहन व व्यावहारिकता—दोनों पक्षों का ध्यान रखा जाता था अर्थात् आधा मार्ग तक पालकी में, तीक्ष्ण ढालयुक्त मार्ग पर नववधू पैदल चल कर अपने नए संसार के यथार्थ को ग्रहण करते हुए। गाँव

की सीमा में प्रवेश से पूर्व पुनः सुसज्जित पालकी में बैठती, जिसे वाहक उत्साह से श्वसुर-गृह की द्वार-पूजा के कार्यक्रम में सकुशल पहुँचाते।

प्रसंगगत बारात वापसी ने वधू ने पालकी से न उतरने का आंतरिक संकल्प धारण कर लिया था, सो वह पद-यात्रा हेतु नियत पॉइंट पर न उतरी। वाहकों ने वधू के उत्तम स्वास्थ्य, वधूपक्ष की संपन्नता, तदनुसार हृष्ट-पुष्ट होने के रहस्य इत्यादि बिंदुओं पर वधू को उतरने के संकेत दिए। वधू तो संकल्पबद्ध थी। न उतरी। संकेत भाषा के पश्चात् वाहक स्पष्ट अनुनय-विनय करने लगे। याचक स्वरों से भी वधू अप्रभावित रहीं। वाहक संस्कार वश चलते रहे।

क्रमशः तीक्ष्ण से तीक्ष्णतर ढाल आती गई। वाहक स्वेदसिक्त तो थे ही, कंधे छिलकर ज्वलनशील हो गए। प्यासे वाहकों ने पालकी उतारी। वधू संकल्पवश बाहर न निकली। जल-ग्रहण करते हुए अन्य बारातियों मे हल्के स्वर में विचार विनिमय हुआ। ताऊजी ने सांस्कृतिक पहलू के व्यावहारिक पक्ष पर दृष्टिपात कर स्वयं वधू से परोक्ष आग्रह करने का निश्चय किया। ताऊ ने पालकी के सम्मुख जाकर अपने सिर पर 'कपड़े का डील' बाँध कर आग्रह किया कि वधू पालकी सहित मेरे सिर पर विराजे। वधू ने इस आग्रह पर भी न तो कोई प्रतिक्रिया दी, न वह पालकी से ही उतरी।

अगले विश्राम बिंदु पर पुनः पालकी उतरी। वाहकों के क्लांत शरीर भू-लुंठित होने की अवस्था को प्राप्त कर गए। पुनः ताऊजी ने उच्च स्वर में बारातियों को संबोधित कर (नववधू को भी सुनाई देने योग्य स्वर में) निष्कर्ष दिया कि नववधू का इसमें कोई दोष नहीं है। एकमात्र दोष है तो वधू के श्वसुर फलाँ का। इसने अपने हृष्ट-पुष्ट, सर्वांग सुंदर पुत्र के लिए 'दिव्यांग' वधू का चयन क्या सोचकर किया? इस युक्ति के पश्चात् तो नववधू ने क्षणमात्र भी विलंब न किया और सधे कदमों से मार्ग की शेष दूरी निर्बाध रूप से तय की।

ताऊजी में अजीब किस्म का फक्कड़पन था। वे सामाजिकता के प्रबल पक्षधर थे। एक बार छोटी दादी क्रोधित होकर सुदूर सेवारत अपने पुत्र को विकट-बीहड़ एवं मौलिक शाप देते हुए आ रही थी। वह पगडंडी पर चलते-चलते उच्च स्वर में अपने पुत्र के अनिष्ट की कामना कर रही थी। हुआ यूँ कि सुदूर सेवारत पुत्र ने दादी को पत्र भेजा। पत्र पढ़वाने दादी स्कूल मास्टरनी के पास पहुँची। मास्टरनी

ने सस्वर वाचन कर दादी को मजमून सुनाया। पत्रारंभ में दादी को चरण स्पर्श कहा गया था व आशीर्वाद की माँग की गई थी। सिलसिलेवार पैराग्राफ्स में बच्चों की शिक्षा, गृहणी का उल्लेख आदि अधिक था। दादी पत्र में स्वयं के विषय में नाममात्र के उल्लेख मात्र से विचलित को गई।

वहाँ से चुपचाप सेकेंड ओपिनियन के लिए किसी छात्रा के पास गईं। छात्रा के सस्वर वाचन में दादी की रिपोर्ट पॉजिटिव आनी ही थी। अंतरराष्ट्रीय राजनीति में शक्तियों के गठबंधन में शक्तिशाली अंतरराष्ट्रीय मुल्क की भूमिका सीमित कर देने पर, वह मुल्क जो संभव प्रतिक्रिया दे सकता है, नि:संकोच देता है। चलताऊ उल्लेख मात्र होने पर तो बिग पॉवर्स में शुमार मुल्क विश्वयुद्ध के मुहाने पर जाने में भी संकोच नहीं करता है। फलस्वरूप, दादी ने गृहयुद्ध आरंभ करने का बीड़ा उठाया। ताऊजी पगडंडी पर आमने-सामने आते हुए घटना के साक्षी बने, जब दादी ने प्रतिक्रियावश गृहयुद्ध की पूर्व योजना को घोषित किया व शत्रु की ईंट-से-ईंट बजाने का संकल्प लिया। ताऊजी ने अपनी काकी से विनाश के संकल्प का हेतुक जानकर पत्र स्वयं पढ़ने को माँगा।

पत्र का सस्वर वाचन किया गया। दादी ने संपूर्ण वाचन सुना। वाचन गति नैसर्गिक थी, किंतु परिणाम पूर्व परिणामों से पूर्णत: भिन्न थे। मजमून में माँ का नित्य प्रात: स्मरण, माँ को निश्चिंत रहने की प्रार्थना, अतीत के अभाव में माँ के त्याग व समर्पण, माँ के द्वारा अपने पुत्र को कठोर अनुशासन में रखकर काबिल बनाने का असाध्य कर्म संपन्न करने का विवरण, माँ से नियमित पथ्य-सेवन की प्रार्थना, माँ के गृहणी व बच्चों की एकमात्र अभिभावक होने की घोषणा व अर्थाभाव की चिंता त्याग कर अमुक (वाचक) से नि:संकोच अग्रिम लेने का सुझाव व संपूर्ण नीति नियंता माँ को घोषित किया गया था। संक्षेप में मदर इंडिया नुमा माँ का खाका खींचा गया था।

पत्र में दादी का उल्लेख छियानबे प्रतिशत हिस्से में था। पत्र-वाचक ने पत्र की समाप्ति पर पत्र भी समाप्त कर दिया। यह फोर्थ ओपिनियन की आशंका की दृष्टि से उठाया गया कदम था। दादी ने मास्टरनी व छात्रा के वाचन का स्मरण कराने की चेष्टा की तो ताऊजी ने यह कहकर पटाक्षेप किया कि काकी, शिक्षा का लोप हो गया है। मास्टर कुछ जानते नहीं तो बच्चों को क्या सिखाएँगे ? ताऊजी

जनश्रुतियों में क्षिप्र गति के आशु कवि थे।

वे बलिष्ठ शरीर व विकट जीवट के स्वामी थे। कौतुक में भी सोद्‌देश्य आचरण करते। एक बार फसल बुवाई के नियत कार्य हेतु स्वयं व छह अन्य सहयोगियों के लिए वे पर्याप्त भोजन सामग्री लेकर नियत समय पर पहुँच गए। घड़ी भर प्रतीक्षा करने के उपरांत भी आमंत्रित सहयोगी नहीं पहुँचे तो ताऊजी 'एकला चलो' के सिद्धांत पर स्वयं जुट गए। प्रति खेत की तैयारी व बुवाई के पश्चात् वे एक व्यक्ति की खुराक लेते क्रमशः सांध्य काल तक समस्त खेत की बुवाई व समग्र भोजन उन्होंने निज पौरुष से ही संपन्न किया।

नकदी फसलों के उत्पादन के प्रति उनका प्रबल आग्रह रहता। एक बार उनकी प्याज व लहसुन की फसल लहलहाकर आई थी। ग्राम्य जगत् में स्वयं की फसल छोड़कर पड़ोसी के खेत से फसल उखाड़ना व प्रसारित करना कि मेरी फसल को तो चोरों ने बरबाद ही कर दिया है, का फॉर्मूला अघोषित रूप से सनातन काल से जारी है।

इस प्रथा के मूल में 'इनफिल्ट्रेशन' अथवा 'फ्री हार्वेस्टिंग एरिया' जैसे सिद्धांत काम नहीं करते वरन् सहज प्रेम की भावना प्रेरक होती है। ताऊजी के खेतों की प्याज-लहसुन से कोई प्रतिदिन गहन अनुराग जता रहा था। सांयकाल पौरोहित्य कर्म के लिए प्रस्थान करते हुए पगडंडी तक पहुँचकर ताऊजी ने जोर से आवाज लगाते हुए पारिवारिक सदस्यों को आगाह किया कि आज रात्रि में पूजन के लिए अमुक गाँव जा रहा हूँ। कल प्रातः समस्त फसल को उखाड़ने का कार्यारंभ होगा व सांयकाल तक फसल की ढुलाई धान्य गोदाम तक संपन्न की जाएगी। अतः मानसिक रूप से तत्पर रहें। इस प्रकार दोहरा उद्‌देश्य साध लिया गया था। यजमानी में पहुँचकर उन्होंने पूजन-डमरू-थाली वादन से दैवीय शक्ति का आह्वान व आरोहण अधिकृत व्यक्ति पर आरंभ कराया व अग्रत्तर प्रक्रिया पट्ट सहायक को सुपुर्द कर गृह-वापसी गृह वापसी के लिए कूच किया। रजत चाँदनी रात में ताऊजी अपने घर-आँगन में पहुँचे तो देखा कि उनके खेतों में फसल से मोहासक्त व्यक्ति निश्चित अंतराल से फसल उखाड़ रहा है।

ताऊजी ने उसे नाम से संबोधित कर कहा कि फसल एक तरफ से समूल उखाड़ना आरंभ करो, बीच-बीच से नहीं। मैं तुम्हारे लिए निश्चित अंतराल पर

चाय-तंबाकू लाता हूँ। धैर्य धारण करें, अधैर्य न दिखाएँ, उचित रहेगा। चूँकि फसल को गोदाम तक भी तुम्हें ही ढोना है। इस प्रकार तेनाली राम पैटर्न से अज्ञात एक्स से उन्होंने मनमाफिक काम लिया।

वे माँ काली के उपासक थे। स्थानीय मंदिर में पशुबलि उन्मूलन के लिए उन्हें वधस्थल के यज्ञयूप के चक्र में मूक पशु के स्थान पर अपनी ग्रीवा रखकर वधिक को यज्ञबलि संपन्न करने का निर्देश देना पड़ा। मामूली श्रेणी की घटनाएँ, जिन्हें सजग व्यक्ति टाल देता है, उपेक्षा कर आगे बढ़ जाता है, उनका मार्ग अवरुद्ध कर देती थीं।

पुरोहित होने के नाते वर पक्ष के मंडप में अवांछित माँग पर अड़ जाने से विध्वंसक स्थिति उत्पन्न होने पर, उन्होंने कन्या पक्ष के कुलशील की रक्षा के लिए अपने स्वर्ण कुंडल उतार कर मंडप में अर्पित कर दिए, तब जाकर स्थिति सामान्य हुई।

स्वयं की पुत्री के विवाह के अवसर पर भी उन्होंने ऐसी दृढ़ता दिखाई थी। उनके समधी के मन में कोई अज्ञात लालसा थी। समधी के सम्मुख लालसा सीधे-सीधे न रखकर, अत्यंत घुमा-फिराकर, पहेलीनुमा शैली में प्रस्तुत की गई थी—"समधीजी, आप मुझे उपहार में ऐसी वस्तु देंगे जो आज तक किसी ने किसी को न दी हो।" ताऊजी मंतव्य भाँप गए थे। तत्काल उत्तर दिया—"अवश्य समधीजी, आपको उपहारस्वरूप 'हिड़क्या कुत्ता' देने का विचार कर रहा हूँ।" आँचलिक बोली में 'हिड़क्या कुत्ता' का आशय पागल कुत्ते के संदर्भ में किया जाता है।

विरोध में आनेवाली समस्त टिप्पणियाँ उनके सम्मुख आकर निरर्थक हो जातीं। कुछ प्राणी ऐसे स्वभाव के होते हैं कि बिना द्वंद्व किए उन्हें दिवस निरर्थक महसूस होता है। एक संभ्रांत व कुपित वृद्ध महिला अकारण शाप देनेवाले पोज में ताऊजी से संभाषण कर रही थी, तो क्या देखते हैं कि वे अपने कुरते का पल्लू फैलाए अविचलित भाव से समस्त रोष को ग्रहण कर रहे हैं (लोकमत के अनुसार वृद्धा सुषुप्तावस्था में भी कुपित ही रहती थी)।

वे लोकमंगल हेतु शारीरिक या वैचारिक हस्तक्षेप तो अनिवार्यत: करते ही थे, अपरिहार्य परिस्थिति में दैवीय हस्तक्षेप से समाधान का विधान भी जानते थे। मांगलिक कार्यों में पंक्ति-भोज के अतिरिक्त अशक्त वृद्ध जनों के लिए 'घर

परोसा' नाम से भोज्य पदार्थ पहुँचाने का विधान था। किसी संपन्न गृहस्वामी ने इसे चलन से बाहर करने का यत्न किया तो इन्होंने षोड्शोपचार विधि से हव्य का निदान दिलाया।

उनका वाद संवाद सार्थक व उत्तेजक होता था। परिवार की एक वधू की वे भूरि–भूरि प्रशंसा करते थे कि समस्त अनुदेशों को वह सहर्ष स्वीकार कर लेती हैं, किंतु–परंतु का नुक्ता नहीं लगाती, चाहे सायंकाल तक वह एक भी निर्देश का क्रियान्वयन न करें (वे करती भी नहीं थी)।

चंपूशैली में रचित उनकी कविता आबालवृद्ध की जुबान पर थी। कविता की पंक्ति अंग्रेजी व गढवाली में निःसृत की गई थी।

आइ डू नॉट कम टू मूंगा
माउंटेन का फील्ड मा
औंदी की नि औंदी मूंगा
माउंटेन का फील्ड मा
आइ डू नॉट कम टू मूंगा
डांड्यों का सौड मा

□

# 23
## समय-सारिणी

छोटे दादा केंद्र सरकार की सेवा से अवकाश प्राप्त थे। वे कर्मचारी यूनियन के अध्यक्ष भी रह चुके थे। समयनिष्ठा में उनका कोई सानी नहीं था। उनकी 'पंक्चुएलिटी' इमैनुअल कांट नामक जर्मन दार्शनिक का स्मरण कराती थी। कांट की प्रात:कालीन सैर से लोग अपनी घड़ियाँ मिलाया करते थे। अवकाश प्राप्ति के बाद दादाजी खेती-बाड़ी में दादी का हाथ बँटाने लगे थे।

समय-सारणी का त्रुटिरहित अनुपालन वे स्वयं तो करते ही थे, वैसी ही अपेक्षा समस्त मनुष्य जगत् से करते थे। और तो और, पशु जगत् से भी उनकी यही अपेक्षा रहती थी। स्वयं कठोर अनुशासित जीवन जीते थे। प्राणी मात्र से भी वैसे ही अपेक्षा रखते थे। उनकी समय-सारणी लिपिबद्ध रहती थी। उनके क्षेत्राधिकार के समस्त प्राणियों का मैन्यू भी नियत रहता था, जिसका सर्वाधिकार उन्हीं के पास सुरक्षित रहता था। पशुओं तक के लिए अभिवादन-शिष्टाचार की सुस्पष्ट संहिता बनी हुई थी। नयाचार (प्रोटोकॉल) भी विधिवत् बना हुआ था।

पशुओं के आज्ञाकारी होने पर उनका विशेष आग्रह रहता था। वे मानवमात्र व पशुधन को 'कमांड' अंग्रेजी भाषा में ही प्रसारित करते थे। आज्ञोल्लंघन को वे दुराचरण (मिस कंडक्ट) मानते थे। अत: उल्लंघनकर्ता के भौतिक शरीर की तत्परता से सेवा भी करते थे।

एक दिन चचेरे भाई के साथ उनके घर जाना पड़ा। आँगन में पशुधन के अंतर्गत महिषी, गौ, वृषभ, अज, श्वान सभी के सभी यथास्थान बँधे हुए थे। दादा ऊपरी मंजिल में बैठे हुए थे। बैठे-बैठे आगंतुकों को देख रहे थे। जब आँगन में

प्रवेश हुआ, उस समय दादा ने आगंतुकों को पहचान लिया था।

उन्होंने ऊपरी मंजिल से ही पशुधन को 'गार्ड ऑफ ऑनर' कमांड जारी किया था। 'मेरे नाती आए हैं।' कहकर उन्हें सतर्क कर लिया था। गढ़वाल अंचल में 'पोते' के लिए भी 'नाती' संबोधन का ही चलन रहता है। अद्भुत दृश्य था। जैसे बिगुल बजने पर गारद सलामी देती है, महिषी से लेकर श्वान तक सभी अटेंशन मुद्रा में खड़े थे। सभी ने सिर हिलाकर, सींग उठाकर, कान-पूँछ हिलाकर सम्यक् अभिवादन किया था। बकरी का एक अबोध मेमना था। उसने भी यथासंभव 'डिसिप्लिन' दिखाया था।

तत्पश्चात् वे हमें अतिथि कक्ष में ले गए। कुशल-क्षेम के पश्चात् आने का प्रयोजन पूछा गया। समय-सारणी के लिहाज से भोजन का समय हुआ जा रहा था। प्रेमपूर्वक भोजन हुआ। थोड़ी देर विश्राम किया। सायं हो चली थी। हम लोग आँगन में उनकी नसीहतें सुन रहे थे। तभी दादी सिर पर घास का गट्ठर लाते हुए दिखाई दी। घास के गट्ठर को देखकर महिषी संभवत: नयाचार को विस्मृत कर बैठी थी। वह घास के भव-जाल में उलझ चुकी थी। अत: मालकिन को रंभाते हुए अभिवादन कर बैठी थी। दादा ने घड़ी देखी। घड़ी देखकर कालगणना की। भैंस को संबोधित करके कहा, "तुम्हारे खाने में अभी पंद्रह मिनट बचे हैं। डिसिप्लिन भूल गई हो। तुम जानती हो, मिसकंडक्ट को मैं टॉलरेट नहीं करता हूँ।" इतना कहकर हुए वे स्थूल दंड ले आए थे। पलक झपकते ही वे महिषी के भौतिक शरीर की मरम्मत कर चुके थे। अंग्रेजी में ही उसे यह भी स्मरण कराना न भूले कि 'लाख बार तुमको समझा चुका हूँ। तुम्हारी इन्हीं हरकतों की वजह से तुम्हें जानवर कहते हैं।' महिषी की आँखें आर्द्र हो आई थीं। उसका ग्लानि भाव भी उभर आया था। हृदय अभी भी काँप रहा था, महिषी व आगंतुकों—दोनों का।

दृश्य गंभीर हो चला था। बकरी ने 'अज विलाप' करने की सोची थी। कालिदास कृत 'रघुवंश' में 'अजविलाप' नाम का एक सर्ग है, जिसमें राजा अज ने रानी इंदुमति की स्मृति में विलाप किया था। संपूर्ण सर्ग कारुणिक प्रसंग से घिरा हुआ है। दृश्य देखकर बकरी कुछ अनुभव ग्रहण कर चुकी थी। सहसा उसको असावधानी तजनी पड़ी थी। महिषी के क्षणभंगुर शरीर और अनश्वर आत्मा की गति उसने देख ही ली थी। अत: अपने कार्यक्रम को उसने तत्काल

स्थगित कर लिया था। उसने आँख मूँदने का अभिनय किया। संभवत: भय से आँखें बंदकर ली थीं। मौन साध लिया था। तत्पश्चात् अद्‌भुत सौम्यता ग्रहण कर ली। अश्रु-क्रंदन को उसने जैसे-तैसे रोका हुआ था।

निर्धारित समय पर नाँद में चारा परोसा गया था। महिषी, वृषभ, अज—सभी विहित स्थल (फीडिंग स्टॉल) पर कमांड सुनने के लिए सतर्क थे। महिषी के सत्कार से पशु समुदाय सतर्क था। वे सतर्क होकर घास-ग्रास ग्रहण कर रहे थे। किसी भी पशु के मुख से घास तृण को चबाने की आवाज दूसरे पशु तक को नहीं सुनाई दे रही थी। पाश्चात्य भोजन शिष्टाचार (टेबल मैनर्स) में ऐसा ही तरीका बताया जाता है।

उसमें कहीं पर यह भी लिखा है कि भोजन चबाते समय मुख बंद रहना चाहिए। चबाने की आवाज दूसरों को न सुनाई दे। कौर निगलने के बाद ही बात करें। यह दीगर तथ्य है कि यह संहिता मनुष्यों के लिए है। इसके बावजूद पशुओं ने परस्पर वार्त्तालाप नहीं किया था। भोजन से निवृत्त होने के उपरांत वे कृतज्ञता-प्रस्ताव-सा पारित करते हुए दिखाई दे रहे थे।

किसी और दिन की बात है। दादाजी दोपहर का भोजन कर चुके थे। वे विश्राम करने जा रहे थे। जाते-जाते वे श्वान-श्रेष्ठ को ताकीद कर गए थे कि 'मैं सोने जा रहा हूँ। मेरी नींद में खलल नहीं पड़ना चाहिए।' उनकी आँख लग चुकी थी, तभी ग्राम-सिंह ने पगडंडी पर किसी स्वजातीय को गुजरते हुए देख लिया था। अत: वह हर्षातिरेक में आ चुका था। वह संहिता की ताकीद भूल चुका था। सजातीय से निज-भाषा में वार्त्तालाप करने लगा। क्रमश: वार्त्तालाप जोर पकड़ता चला गया।

इस उत्साहित वाद-संवाद ने दादा की निद्रा हर ली थी। वे थोड़ा रुष्ट-से लग रहे थे। अचानक उन्हें ताकीद भी याद हो आई थी। उन्होंने श्वान को पुचकार बुलाया। अब जाकर उसे ध्यान आया कि वह वारदात को अंजाम दे चुका था। अत: श्वान एक साथ विषाद और अवसाद से घिर चुका था। नाइक्रोम के तार से उन्होंने श्वान का मुखबंधन किया। यह क्रिया उसे 'म्यूट मोड' में लाने के लिए अपनाई गई थी। तत्पश्चात् उसकी जमकर मरम्मत हुई। वे उसे 'मॉडल कंडक्ट रिकॉल' कराते जा रहे थे।

इस घटना से वह पूरी तरह हिला हुआ था। संभवतः उसे आत्मग्लानि भी हुई थी। वह आँगन से ऊपर जा रहा था। उसने सामने मालिक को देखा तो आगे नहीं जा सका, उसे लौट आना पड़ा था। वह मालिक से आँखें चुराने लगा था। मालिक नीचे हों तो वह ऊपरी मंजिल पर उपस्थिति देता। यदि मालिक ऊपरी मंजिल पर तो वह भूतल पर। इस प्रकार वह कई दिनों तक उर्ध्वाधर यातायात में व्यस्त रहा।

दादाजी कृषि उपकरणों को शिद्दत से बनाते थे। परफेक्शन पर उनका जोर रहता था। हल, पाटा, हेंगा, कल्टीवेटर्स बनाते थे। बेंट, जुए तक को ज्योमेट्रिकल एक्युरेसी से बनाते थे। उपकरणों को जोड़ने के लिए काष्ठ की ही कीलों का प्रयोग करते थे।

एक दिन वे डिमांड पर लकड़ी का हल बना चुके थे। विश्राम कर ही रहे थे कि वह किसान आ धमका। दादाजी को सोया हुआ जानकर उसने हल की लाट को कंधे पर रखा हुआ था। एक आँख बंद करके वह लाट की 'फोरसाइट' का निशाना ले रहा था। इस प्रकार वह उसके तिरछेपन का परीक्षण करना चाह रहा था। दादाजी ने ऊँघते हुए ही उसके इस उपक्रम का अवलोकन कर लिया था। वे किसान से कुछ न बोले थे। उन्होंने हल को 'डिसअसेंबल' किया और उसके सारे पार्ट्स उसे सौंप दिए। वह उपकरणों के पार्ट्स लेकर चला गया। प्रातः 'असेंबल' करने की प्रार्थना के साथ वह पुनः उपस्थित था।

दादा ने उसको देखा। उससे कहा, "मुझे आशा ही नहीं, अपितु पूर्ण विश्वास था कि तुम आओगे। इक्विपमेंट्स तो जरूरी होते ही हैं। उससे भी ज्यादा जरूरी होती है—टेक्नोलॉजी। और तुम जानते हो कि टेक्नोलॉजी-ट्रांसफर मैं करता ही नहीं।"

आजीवन वे अपने नयाचार और टेक्नोलॉजी की मान्यताओं पर दृढ़ता से कायम रहे। उनके बैग में आरी, रंदा, बरमा, छोटी-बड़ी कीलें, हथौड़ी, प्लास सदैव उपलब्ध रहते थे। बैग वे सदैव धारण किए रहते थे, उसी शैली में जैसे अंतरिक्ष यात्री स्पेस में अपनी पीठ पर धारण किए रहते हैं।

□

# 24

# कालाय तस्मै नमः

छोटे दादा समयनिष्ठ (पंक्चुअल) थे। उनकी समयनिष्ठा आक्रामक थी। कार्य-सूची का नियमन वे सेकेंड की सूई से मापते थे। वे मात्र स्वयं के लिए ही सिद्धांत पर अडिग नहीं थे, वरन् जो सामने है, जो दाएँ या बाएँ है अथवा जड़-चेतन है, सभी से ऐसी अपेक्षा रखते थे। उनका बस चलता तो देव-गंधर्व, दानव, मनुष्य, पक्षी और नाग—सभी से हठपूर्वक समयनिष्ठा के सिद्धांत का अनुपालन कराते। उन्होंने अद्वितीय और शाश्वत् किस्म की जीवनशैली अपनाई थी। समय पर आरूढ़ रहना उनका दृढ़ व्रत था, जिसका उन्होंने मुख में तृण रखकर पालन किया। फसल-चक्र के लिहाज से तिल की फसल बुवाई का समय था। दादा ने कार्यक्रम निर्धारित कर खेत की जुताई खेत की तैयारी व बीज बुवाई का दिन नियत किया था। नियत दिवस को प्रातःकाल दादा हल-बैल, बीज व उर्वरक के साथ खेतों में पहुँच गए। हल-संचालन के लिए सहयोगी नियुक्त थे उनके भतीजे। भ्रातृज अंशकालिक हलवाहे थे, वस्तुतः वे पूर्णकालिक प्रधानाचार्य थे। दोपहर के भोजन का समय नियत किया गया था। एक सौ बजे, शार्प एक बजे। दादी को विशेषतया नोट कराया गया था। टेरेसनुमा खेतों पर जुताई आरंभ हुई।

दादा खेत के कोनों की दुरुस्ती कर रहे थे, खरपतवार भी झाँग रहे थे। ठीक एक बजने को था। दादा ने कार्य में अल्प अवकाश की घोषणा कर दी। हलवाहे-कम-प्रिंसिपल को भी थम का आदेश दिया। उधर दादी घर की सीढ़ियों

से उतर कर भोजन की टोकरी लिए इन्हें स्वयं के दो-तीन मिनट में पहुँचने की सूचना दे रही थी।

इस अवसर पर दादा ने दादी को धर्मोपदेशक-सी शैली में सुनाई देने योग्य स्वर में कहा कि 'जो समय पालन नहीं कर सकता, वह कदापि महत्त्वपूर्ण कर्तव्यों को भी पूर्ण नहीं कर सकता।' साथ ही, दादी को घर पर ही थम का आदेश भी सुनाया। लगे हाथ यह भी घोषणा की कि लंच अभी ही होगा, जिसमें वे बीज के लिए लाए गए तिल का आहार ही ग्रहण करेंगे। इधर जिस अवसर पर दादा ने हलवाहे को रुकने का आदेश दिया था, हलवाहक ने हल-बैलों से चौथाई कूँड़ की दूरी तय कर दी थी।

सो, उन्होंने कूँड़ पूर्ण कर लेने का आग्रह दादा के सम्मुख रखा। दादा ने कलाई घड़ी पर सेकेंड की सुई पर दृष्टिपात कर व्यावहारिक दृष्टिकोण अपनाते हुए कहा कि तुमने अच्छा परिश्रम किया है, अतएव तुम्हें कूँड़ पूरी करने हेतु एक मिनट का अतिरिक्त समय सहर्ष प्रदान किया जाता है।

समय पूरा होने पर हल-बैल खड़े कर दिए गए। हाथ धोकर बीज के तिलों की पोटली लिए दादा खेत की मेंड़ को दस्तरखान बनाकर बैठ गए। भतीजे को निमंत्रण दिया। तिल के दो हिस्से करते हुए हलवाहक भतीजे से कहा कि प्रेम से भरपेट तिल खाओ, संकोच मत करना। यह भी कहा कि मैं तो अपने हिस्से के संपूर्ण तिलों का भक्षण करूँगा। यदि तुमसे कुछ बच गया, तो उसके लिए गहरा गड्ढा खोदे देता हूँ। इस वर्ष तिल का एक भी तृण उत्पन्न नहीं होना है। भतीजे जानते थे कि ये महाशय किसी की सलाह या अनुकंपा पर निर्भर नहीं रहते हैं। कठिन श्रम के उपरांत तिल खाकर, पानी पीकर उनका हृदय हर्षित और शरीर पुलकित होना ही था।

समयनिष्ठा के मामले में वे सबसे अधीनस्थों जैसा व्यवहार करते थे, सलाहकार या सहयोगी जैसा नहीं। पंक्चुएलिटी में उनके प्रत्येक क्रिया-कलाप को मान्य व प्रशंसित करने का चलन भी था। हलवाहक-कम-प्रधानाचार्य ने अपने जीवन में ऐसा अखंड समयव्रती व्यक्ति पहले कभी नहीं देखा होगा। बाद में भी शर्तिया नहीं देखा होगा।

एक बार दादा अपने पितृहीन भतीजे के खेतों में हल से जुताई कर रहे थे।

काम करते-करते सूर्य सिर पर चढ़ आया। दादा ने भतीजे को आवाज देकर झरने के स्रोत से पानी लेकर आने को कहा। कुछ देर वे काम करते रहे। प्यास बढ़ती गई।

हल-बैल खड़े कर देखते हैं कि भतीजा अभी भी खेल में मगन है। अवज्ञा व उद्दंडता के प्रति वे शून्य-सहिष्णु थे। भतीजे का कान पकड़ कर उसके सिर पर गगरी रखकर पगडंडी पर चलकर झरने तक गए। गगरी भर कर उसके सिर पर रखकर कान क्लच की भाँति पकड़े हुए थे, वापस खेत पर आए। हल-बैल के पीछे उन्हीं कोऑर्डिनेट्स पर खड़े होकर थोड़ा झुककर एक हाथ से अंजुली मुख से सटाकर भतीजे को बोले—अब पानी पिलाओ, बेटे।

दादा जी भरकर पानी पीकर तृप्त हुए। तत्पश्चात् उन्होंने भतीजे के कर्णाटक प्रदेश की मुक्ति संपन्न की। प्यासे को पानी पिलाने के पूर्त्तधर्म-निर्वहन के पश्चात् भतीजे के जीवन में महान् परिवर्तन आया। वे आजीवन नितांत सक्षम और दबंग व्यक्ति की तरह रहे। वे किसी तरह का संकोच अथवा भय अपने चित्त में नहीं रखते थे।

एक अवसर पर दादा खेतों की निराई-गुड़ाई कर रहे थे। दादी जलस्रोत से पानी भरकर पगडंडी पर चली आ रही थी। उन्होंने सिर पर पानी से भरी बड़ी गागर के ऊपर एक छोटी गगरी रखी हुई थी। पर्वतीय अंचलों में ढालयुक्त पगडंडियों पर दो गगरीयुक्त यह विधान सहज ही प्रचलन में है। दादा की सीध में पहुँचते ही अकस्मात् दादी का संतुलन बिगड़ गया। छोटी गगरी गिरकर ढलान युक्त मार्ग पर लुढ़क गई। तीव्र गति से लुढ़कते हुए ठन-ठन की ध्वनि करती हुई गगरी जलस्रोत तक पहुँच गई। दादी दुविधाग्रस्त हो उठीं। तभी 'मैं देखता हूँ' का आश्वासन भरा स्वर सुनकर दादी को कुछ आशा बँधी। पगडंडी पर पहुँचकर दादा ने बड़ी गागर को खाली किया। दादी स्नेह और समर्थन में आस्था रखते हुए पीछे-पीछे चल दी। दोनों जने पगडंडी पर चलते हुए जलस्रोत तक पहुँच गए। दादा ने दोनों गगरी भरीं। स्वयं बड़ी गागर कंधे पर रखी व छोटी गगरी दादी को थमा दी। पगडंडी पर चलते हुए कुछ समय पश्चात् वे घटनास्थल तक पहुँच गए।

वहाँ पर रुककर दादा ने यह कहते हुए गागर लुढ़का दी कि 'मेरी सहधर्मिणी

छोटी गागर लुढ़का सकती है तो मैं धर्म को साक्षी मानकर बड़ी गागर लुढ़का रहा हूँ।' ऐसा करके मानो वे समता के सिद्धांत की महिमा और गौरव की पुनर्स्थापना कर रहे थे। कुछ अवसरों पर वे नितांत अतार्किक हो जाते थे। उनके रहस्यवाद का रहस्य जानना दादी के बूते की बात न थी।

दादा एक सुबह कार्यवश कहीं जाने की तैयारी कर रहे थे। दादी ने दादा से नाश्ता करने का आग्रह करते हुए कहा कि एक ग्रास भोजन करते हुए जाइएगा। भोजन का थाल सम्मुख आने पर दादा ने आचमन किया। तत्पश्चात् भोज्य पदार्थ को मींचकर लड्डू जैसी संरचना बनानी आरंभ कर दी। पर्याप्त परिश्रम के उपरांत उन्होंने डेढ़-दो हजार कैलोरी का एक बड़ा-सा लड्डू बड़ा-सा मुँह खोलकर ग्रहण कर थाल सरका दिया। दादी ने उपालम्भ देते हुए कहा कि आपने तो कुछ लिया ही नहीं। इस पर जबाव मिला कि तुमने एक ग्रास भोजन के लिए न्योता दिया था, सो मैंने निभा लिया है। मैंने स्वयं के शरीर व तुम्हारे वचन की भी रक्षा कर ली है।

वे मुहावरों को मूर्त्त देने के लिए जाने जाते थे। उनसे मुहावरे व यथार्थ का तर्क करना दादी को निरर्थक जान पड़ा। वे दादा की गणितीय भाषा को जानती थी। इसी प्रकार वे शब्दों की गरिमा को नवीन धरातल पर स्थापित किया करते थे।

पर्वतीय अंचल में मत्स्य आखेट के आयोजन का चलन था। दादा न्याय-संगत वितरण के लिए जाने जाते थे। पूर्व में ऐसे अवसरों पर प्रायः अनुमान के आधार पर ढेरियाँ बनाकर वितरण किया जाता था। दादा मत्स्य के मुख व पूँछ की लंबाई से अन्य की माप कर समानुपातिक ढेरियाँ बनाते थे। वे न्याय के संपादन में विशेष बल देते थे। पूर्व में ढेरी बनाने में सहयोगी युवक अन्य को सम्मोहित अथवा स्तंभित कर जादुई ढंग से कम वजन की ढेरियाँ बनाने में सहयोग करते थे। दादा की उपस्थिति मात्र से जादू न चल सकता था।

मध्यकालीन सुल्तान बलबन की भाँति अनियमितता व वैपरीत्य देखकर उनके शरीर की प्रत्येक नाड़ी क्रोध से उत्तेजित हो जाती थी। उनके आदर्शों के अनुरूप ही परिजनों ने अपने आपको ढाल लिया था।

□

# 25

# ऑलोपैथी

पौराणिक कथा चित्रों में चिकित्सा जगत् के भगवान् अश्विनी कुमार मधुकलश के साथ दिखाए जाते हैं, तो भगवान् धन्वंतरि अमृतकलश व एक-एक हाथ में जड़ी-बूटी व जोंक के साथ। धन्वंतरि की चिकित्सकीय उपाधि किसी मेडिकल एसोसिएशन से अप्रूव्ड नहीं थी, तो भी उनकी चिकित्सा पद्धति चरक संहिता, सुश्रुत संहिता, आयुर्वेद व शल्य-चिकित्सा के विभिन्न स्वरूपों में दाय बनकर आज भी समादृत है।

हकीम लुकमान अरब के परम सम्मानित चिकित्सकों में से एक थे। समकालीन पाश्चात्य चिकित्सकों ने हकीम साहब का नाम सुना और प्रचुर मात्रा में सुना। हकीम साहब की परीक्षा के लिए एक हरकारे को पत्र के साथ उनके शफाखाना के लिए रवाना कर दिया। हरकारे को यह भी निर्देश था कि यात्रा-काल में वह शयन-विश्राम मात्र इमली की छाँव के नीचे ही संपन्न करेगा।

दो महीने की यात्रा के पश्चात् हरकारे ने हकीम लुकमान की खिदमत में पेश होकर खरीता प्रस्तुत किया। हकीम साहब बुद्धिमानी के लिए जगत् प्रसिद्ध थे। खरीता पढ़कर हरकारे को वापसी की यात्रा में मात्र नीम की छाँव में शयन-विश्राम का नुस्खा नोट करा गए (इमली के प्रभाव से उत्पन्न त्वचा रोग का निदान नीम के सान्निध्य से संभव है)। हकीम लुकमान की नसीहतें सुभाषित के रूप में समादृत हैं।

साहित्य जगत् में आचार्य हजारी प्रसाद द्विवेदी ने हिंदी साहित्य को सशक्त कर हिंदी भाषा को योरोपीय भाषाओं के समकक्ष खड़ा करने में अहम भूमिका

निभाई। आचार्यजी बनारस हिंदू विश्वविद्यालय एवं चंडीगढ़ विश्वविद्यालय में हिंदी के अध्यक्ष पद पर आसीन रहे। प्रचलित मान्यतानुसार द्विवेदीजी के पास डॉ. की वांछनीय उपाधि के स्थान पर ज्योतिषाचार्य की उपाधि थी (विस्तृत विवरण के लिए विश्वनाथ त्रिपाठी कृत 'व्योमकेश दरवेश' देखें)।

बादशाह जहाँगीर के दरबार में उपस्थित होनेवाला विलियम हॉकिंस पेशे से चिकित्सक था। बादशाह की शहजादी रुग्ण थी। दरबारी चिकित्सक रोग निदान करने में विफल रहे तो हॉकिंस ने अंग्रेजी दवा की दो गोलियों से शहजादी को आरोग्य-लाभ पहुँचा दिया। प्रसन्न बादशाह ने ईस्ट इंडिया कंपनी के व्यापारिक आज्ञा-पत्र पर हस्ताक्षर कर हुक्मनामा जारी कर दिया। दवा की दो गोलियों का मूल्य दो सौ वर्षों की दासता पड़ा।

झोलाछाप डॉ. वे डॉ. कहे जाते हैं, जिन्हें विधि द्वारा विहित प्रक्रिया से नैदानिक कार्यों हेतु अधिकृत न किया गया हो। 'झोलाछाप' व 'सड़कछाप' शब्दों में ध्वन्यात्मक साम्य क्यों है, यह शोध का विषय है।

वर्णित अंचल में तत्कालीन कालखंड में 'ऑलोपैथी' चिकित्सक बहुतायत में पाए जाते थे, जिनकी डिस्पेंसरी में 'नॉट फॉर सेल' लिखी जेनेरिक व ब्रांडेड अंग्रेजी दवाएँ, काढ़ा, चूर्ण, भस्म, वटी, पुड़िया से लेकर झाड़-फूँक व अभिचार-कर्म के समस्त उपादान उपलब्ध थे। स्थानाभाव के कारण समस्त का विवरण देना संभव नहीं है, अतएव प्रतिदर्श (सैंपल) नमूना स्वरूप एक ऑलोपैथी डॉक्टर का सेवा-विवरण संक्षिप्त विवरण के साथ प्रस्तुत है।

डॉ. साहब के अतीत के विषय में प्रचलित मत है कि वे किसी 'ऑलोपैथी' डॉ. के अधीन वार्ड ब्वॉय अथवा कंपाउडर के पद पर आसीन थे। अन्य मतानुसार वे द्वार पर लाइन लगाकर मरीजों को अंदर भेजने के दायित्त्व का संपादन करते थे। भिन्न मतानुसार वे साइकिल-मोटर साइकिल के पंक्चर लगाने के अनुभव के पश्चात् चिकित्सा-जगत् में स्वनामधन्य हुए। प्रत्यक्षदर्शी होने का दावा करनेवाले एक सज्जन का कथन है कि पंक्चर लगाने से पूर्व टायर-ट्यूब से कील खींचने व इनके इंजेक्शन लगाने के कौशल में अद्‍भुत साम्य दिखता है।

पृथ्वी राजकपूर ने राजकपूर को संबोधित कर एक सिद्धांत प्रतिपादित किया था—"राजू, चौथे दरजे से काम करोगे तो एक दिन अब्बल दर्जे तक पहुँचोगे।"

फलतः डॉ. साहब इसी सिद्धांत के अधीन इहलोक, परलोक व राष्ट्रीय गौरव की प्रतिष्ठा-वार्द्धक्य में रत थे। प्रचुर आत्मबल व दृढ इच्छाशक्ति के अधीन वे चीर-फाड़ व माइनर ऑपरेशन भी संपन्न करते थे। किसी भी मरीज को उन्होंने Rx आद्याक्षर से युक्त चिकित्सकीय नुस्खा नहीं लिखा, आजीवन इससे विरत रहे। इसके मूल में स्वदेशी संस्कार प्रेरक न था, अपितु यह तथ्य प्रभावी था कि वे देवनागरी के आरंभिक अक्षर भी कठोर परिश्रम से लिख पाते थे। इस संदर्भ में उनका ज्ञान कोश 'बिग बैंग न्यूक्लियो सिंथेसिस' से पूर्व का जान पड़ता था। न तो उनकी जानकारी में 'केमिकल एलीमेंट्स' का प्रादुर्भाव था, न ही वे मेंडलीफ नाम्ना रूसी रसायनज्ञ के वर्गीकरण से प्रभावित दिखे। दवा की शीशी के लेबल पर देवनागरी लिपि में 'पैरासिटामोल' या 'ब्रूफिन' (बारहखड़ी के कौशल से) लिखा देखकर चिकित्सा जगत् की नियामक संस्थाओं के प्रतिनिधि मूर्च्छित होने का लोभ संवरण न कर पाएँगे। गनीमत थी कि डॉ. साहब ने ब्राह्मी अथवा शिलालेखीय लिपि में दवा-अभिज्ञान कर डिस्प्ले नहीं किया था।

शकुंतला दुष्यंत से प्राकृत में वार्त्तालाप करती थी, जबकि दुष्यंत संस्कृत में संवाद करते थे। अभिप्राय यह है कि शकुंतला संस्कृत समझती थी। सामाजिक वर्जनाओं के कारण प्राकृत बोलने को बाध्य थी। 'मृच्छकटिकम' नाटक में भी दरबारी लोग व कुलीन वर्ग ही संस्कृत में संवाद के लिए अधिकृत थे। स्त्री पात्र व अकुलीन वर्ग प्राकृत में ही संवाद अदायगी कर सकते थे।

डॉ. साहब के साथ सामाजिक वर्जना जैसा औचित्य न था, वे मसि-कागद के क्षणिक संसर्ग के फलस्वरूप लेखन परंपरा में अकिंचन थे। वार्त्ता में भी वे डेडलॉक की छटा प्रस्तुत करते थे। वाक्यों के उपरांत अथवा कुछ विशिष्ट शब्दों में स्वर रुद्ध होना (हकलाना) तो यदा-कदा देखने को मिलता ही है, परंतु डॉ. साहब प्रति शब्द सुदीर्घ पॉज लेने के अभ्यस्त थे।

दवाओं की पहचान वे स्ट्रिप के रंग, ब्राइटनेस, पैकिंग व गोली-कैप्सूल के आकार-प्रकार से सहजता से कर लेते थे। रोगी के प्रारब्ध की प्रबलता रही तो रंग व पैकिंग अपरिवर्तित रहें। वे प्रमुखतया बुखार, मियादी बुखार खाँसी, गैस्ट्रो, जुकाम, सिरदर्द, दाँत दर्द, जोड़ों में दर्द, कमर दर्द के सीरियस केसेज स्वयं देखते थे। कुछ अन्य रोगों का भी वे विशेष निदान करते थे, स्थानाभाव के

कारण उल्लेख संभव नहीं है। डब्ल्यू.एच.ओ. के एकमात्र निर्णय का वे हृदय से सम्मान करते थे—जेनेरिक दवाओं का आबंटन। श्रद्धावश वे इस अपील पर रीझकर डोज का थोक आबंटन ही करते रहे। डोज, साइड इफेक्ट को वे बचकानी बात समझते थे। बॉडी मास इंडेक्स के बनिस्वत् वे रोग की तीव्रता के हिसाब से मात्र अंजुलि भर दवा देते थे।

इलाके में उनकी लोकप्रियता के मूल में यह पहलू जाता था कि वे रोगी के इलाज का श्रीगणेश इंजेक्शन से करते थे। इस अनोखी निदान-प्रक्रिया से रोगी 'लोचन सलिल गात पुलकित' की अवस्था को प्राप्त हो जाता। यह रहस्यमय पहलू उन्होंने कभी भी प्रकट नहीं होने दिया कि 'इंट्रावेनस' व 'इंट्रामस्क्यूलर' में मूलभूत विभेद वे अभ्यास से नहीं वरन् इच्छाशक्ति से कर पाते थे। सीवियर केसेज में 'सेलाइन ड्रिप' का आरोहण वातावरण में निस्तब्धता व गांभीर्य उत्पन्न करने में सहायक था। तीमारदार व परिजन ड्रिप देखकर केस के कॉम्पलिकेशन का पूर्वानुमान व डॉ. की प्रतिबद्धता देखकर निहाल हो उठते।

ऑलोपैथी जगत् के ये ऐसे होनहार चिकित्सक थे कि रोगी इनसे कभी निराश नहीं हुआ, पूर्व जन्म व इस जन्म के संचित कर्मों का क्षय आरंभ होने पर ही रोग व शत्रु का आक्रमण होने का विधान है। डॉ. साहब प्रकारांतर से टू-इन-वन शैली के डॉक्टर थे। मैस्मेरिज्म की पॉजिंग क्रिया के समकक्ष वे दाँत दर्द झाड़ने, पीलिया झाड़ने, माइग्रेन झाड़ने, सर्प विष उतारने इत्यादि में भी पारंगत थे। अत: इन रोगों का भी पुरातन पद्धति से निदान देते थे। गंभीर व मारकेशयुक्त दशाओं में रात्रि कालीन अभिचार-क्रियाओं से भी उनकी ओ.पी.डी. हाउस फुल चलती थी।

वे दिवस कालीन ओ.पी.डी. में भी पौराणिक एप्रेटस से ही उपचार संपन्न करते थे। कई पुरातात्विक उपकरण दोनों पालियों में दोनों पद्धतियों में समान रूप से उपयोगी थे। जाड़ दाँत उखाड़ने में प्रयुक्त लकड़ी के बेंटयुक्त छुरे का उपयोग, काले मुर्गे पर वे रात्रिकालीन अभिचार-क्रिया में भी समभाव से करते थे।

रात्रिकालीन सामग्री में वृक्ष की जड़, काँटे, पक्षियों के नाखून, पंख, पीपल, भोजपत्र, सर्प की बाँबी की मिट्टी, कुम्हार के चाक की मिट्टी, कारागार की

मिट्टी, हाथीथान की मिट्टी, घुड़साल की मिट्टी, शुतुरखाने की मिट्टी इत्यादि आरंभिक सामग्री के रूप में वर्गीकृत थी। दिन की ओ.पी.डी. व रात्रि के कार्य निम्नलिखित हैं—

कॉम्बीफ्लाम डोज के समतुल्य रात्रि कालीन उपचार सर्वांग वेदना-हरण मंत्र से संपन्न की जाती थी, तो पेन किलर व एंटीबायोटिक के बरक्स सर्वांग पीड़ा निवारक यंत्र। लाइफ सेविंग ड्रग्स का एडवांस्ड सबस्टीट्यूट सर्व व्याधि निवारक यंत्र व एस्टेरॉयड्स के तत्काल रिलीफ की भाँति चुटकी मंत्र।

उपर्युक्त के अतिरिक्त अभिलाषा-संपूर्ति, वैवाहिक व्यवधान, न्यायालय में विजय व बंधन-मुक्ति चोरी हुई संपत्ति की पुनर्प्राप्ति इत्यादि रोगों का निदान भी वे निपुणता से देते थे। रोगी का भविष्य अष्टमेश, षष्ठेश, द्वितीयेश संकटा, साढ़ेसाती की दशा, अंतर्दशा, एकांतरी दशा व गोचर में क्रूर ग्रहों की युति पर भी निर्भर करता था।

□

# 26

# पोथी पढ़ि-पढ़ि जग मुआ : एक

प्रतिभा कभी किसी की मोहताज नहीं होती। यद्यपि मसि-कागद से उनका क्षणिक संपर्क भी संभव न हो सका, तथापि उन्होंने विवादों को सुलझाने के शुद्ध देसी तरीके ईजाद किए हुए थे।

इन सिद्धांतों में अंतरराष्ट्रीय विवादों को सुलझाने तक की मारक क्षमता विद्यमान थी। चाह भर लेने से ये क्षेत्रीय विवाद बात की बात में सुलझा लेते थे, उस सीमा तक जहाँ तक वांछित हो, ताकि अवांछित होने की स्थिति में पुनर्जीवित करने का सुभीता बना रहे। विवादों को बूझने व उचित दिशा देने में ये अचूक क्षमता रखते थे।

लेन-देन के मामले में लिखित कार्रवाई कभी नहीं करनी चाहिए, सिद्धांत को मुख में तृण रखकर निभाते। होश सँभालने पर उन्होंनें पैरों में 'जूता' भूलवश भी धारण नहीं किया। चित्रकार एम.एफ. हुसैन ने तो प्रियजन के अंत्येष्टि संस्कार के विह्वल क्षणों में ऐसा संकल्प धारण किया था।

इन्होंने प्राचीन संस्कृति के मोह में आजीवन नंगे पैर रहने का व्रत धारण किया था। कुछ विद्वानों के अनुसार, संस्कृत का 'पादत्राण' शब्द पादुका का समानार्थी शब्द है। आरंभिक वर्षों में इन्होंने इसका शाब्दिक अर्थ 'पैरों को त्राण देनेवाला' ग्रहण किया। त्रुटिपूर्ण अर्थ का शुद्ध अर्थ जानकर भी उन्होंने जुबान पर कायम रहकर आजीवन इस व्रत को निभाया।

वस्त्राभरण ऐसे पहनते कि मानो उनमें दिलचस्पी न हो, 'ऑड इज मॉड'

शैली के। फैशन के चलन से नितांत भिन्न अथवा वह फैशन, जो सुदूर भविष्य में आनेवाला है। जमाने के चलन से भिन्न व न्यूनतम जरूरी वेशभूषा उन्हें समकालीनों से भिन्न जताने में सहायक थी। योरोप निवासी बड़े भाई वस्त्र निरंतर भेजते रहते थे।

निजी संस्कारवश विदेशी 'गाउन' को भी ये स्वदेशी ढंग से धारण कर उन्मुक्त भाव से नंगे पाँव हल जोतते दिखाई देते। इनका यह स्वरूप कहीं-न-कहीं पश्चिम के 'काऊ ब्वॉय' किसानों की छवि प्रस्तुत करने में सहायक था। उपहास की उन्होंने कभी रत्ती भर परवाह नहीं की, क्योंकि वे अपना बड़प्पन जानते थे।

चेहरे पर चिंतकों-सी दाढ़ी इनके व्यक्तित्व का परिष्कार करती थी। रस्मी तौर पर जैसे बिरादरी में सामूहिक क्षौर कर्म इत्यादि अवसरों पर इन्हें दाढ़ी मुंड़वाने में कोई क्लेश न होता था। अन्य अवसरों पर उस्तरे के कुंद पड़ने के जोखिम को ये भलीभाँति जानते थे।

निर्वाचित प्रतिनिधि की हैसियत से प्रत्येक विवाद व विवाद के समाधान के मौकों पर इनकी उपस्थिति अनिवार्यत: रहनी स्वाभाविक थी। आड़े-तिरछे खेतों के सीमा विवाद, पहुँच मार्ग के विवाद, दरियाबुर्द भूमि की नपती, बंद मार्ग को खुलवाना, खुले मार्ग को बंद करवाना, विवाह व विवाह-विच्छेद से पूर्व का परामर्श, अमानत में खयानत, वित्तीय विवाद, फसल क्षति का हर्जाना आदि मुद्दे इनकी विशेषज्ञता के दायरे में सम्मिलित थे।

समाधान गोष्ठियों व पंचायतों में ये गंभीर मुद्रा अख्तियार किए रहते। उभय पक्षों की चीख-पुकार से समस्त ऊर्जा क्षीण होने के पश्चात्, अन्य पंचों के समस्त प्रयास विफल हो जाने के पश्चात् थाह लेकर ही ये अपनी शाकाहारी वाणी प्रस्तुत करते थे।

सद्य प्राप्त अनुभव के गवाक्ष से झाँककर ये फैसले के रूप में सार्वभौमिक नसीहतें देते। नसीहतें आशीर्वाद स्वरूप होती थी। समयानुकूल व्यावहारिक नीति अपना कर काम भर के रस्मी फैसले के रूप में 'स्टे' सुनाते। निर्णय प्रक्रिया में इनके तर्क बौद्धिक नहीं, अपितु दार्शनिक होते थे।

ये उपाय तथा मार्ग सुझाते थे, विधान नहीं। सिद्धांत तो कतई नहीं। लिखा–पढ़ी को न तो निजी जीवन में महत्त्व दिया, न सार्वजनिक जीवन में। 'क्यों' की चिंता में कभी नहीं पड़े, 'कैसे' का अनवरत चिंतन करते थे। विज्ञान भी 'क्यों' की नहीं 'कैसे' की अध्ययन प्रणाली है। इन अर्थों में ये सच्चे वैज्ञानिक थे।

उनका चुनाव जीतने का पैटर्न शुद्ध, असली, प्राचीन वैदिक पद्धति पर आधारित था। उनकी ठेठ देशज, उद्बोधन शैली से जनता उनको अपनों में से एक पाती। सौगंध दिलाने की उनकी शैली प्राय: अभिचार क्रियाओं के समीप जा पहुँचती। 'कहो तो स्टाम्प पर लिखकर दे दूँ' जुमला बोलनेवालों के लिए वे भिन्न प्रणाली अपनाते।

वैदिक आर्यों की कबीलाई प्रणाली को उन्होंने लगभग आत्मसात् किया हुआ था। भाई–बंध, वंशवृक्ष, भौगोलिकता, व्यवसायगत श्रेणी, कर्षण कर्म, नदी–प्रणाली व अन्यान्य जटिल अंतर्संबंध उनके गुप्त व अलिखित 'मेनिफेस्टो' में स्थान पा पाते थे। चूँकि भाड़े पर हल–बैल से जुताई सेक्टर पर एकाधिकार रखनेवाले ये एकमात्र राजनेता थे, फलस्वरूप किसानों का एकतरफा रुझान कुछ स्नेहवश व कुछ अन्य कारणों से इनके पक्ष में रहना स्वाभाविक था। कई पंचवर्षीय तक इनका 'नॉमिनेशन भरना' इनके सदन में प्रवेश की गारंटी बना रहा।

एक अवसर पर इनकी परंपरागत सीट महिला रिजर्व होने से इनके विरोधियों में हर्ष की लहर दौड़ गई। सदन में प्रवेश के लिए ये आजीवन प्रतिज्ञाबद्ध थे। समाधान स्वरूप इन्होंने अन्य प्रादेशिक निर्वाचन क्षेत्र से पर्चा दाखिल कर दिया। उस सीट के प्रत्याशी सुशिक्षित, सुसंस्कृत भाषी व स्वयं को मानिंद मानते आ रहे थे। इनके बाहरी प्रत्याशी होने से उन्हें मुकाबला इकतरफा लगने लगा।

कथानायक ने अपने चुनावी पैटर्न के हिसाब से पूर्व की भाँति कोई फल चुनाव चिह्न के रूप में लिया। चुनाव चिह्न के मामले में ये दुर्धर्ष फल–प्रेमी थे। उसी फल को वरीयता देते थे, जिसका उद्गम स्थल इनका बगीचा हो,

मसलन केला। सुशिक्षित प्रत्याशी 'डेली नीड्स' प्रतिष्ठान के संचालक भी थे, स्वाभाविक रूप से उन्होंने 'डबलरोटी' चुनाव-चिह्न को वरीयता दी।

सुशिक्षित प्रत्याशी ने अपनी स्थिति मजबूत जानकर बाहरी प्रत्याशी के शिक्षा-संस्कार, पूर्ववृत्त व स्वयं की सुरुचि संपन्नता को 'मेनिफेस्टो' में प्रमुख स्थान दिया। मेनिफेस्टो में उल्लिखित एजेंडा को मजबूती देने के लिए पोस्टर-बैनर में चुनावी वायदों को दोहराया गया। संक्षेप में, मेनिफेस्टो केंद्रित आक्रामक प्रचार शैली अपनाई गई व प्रचार साधन के रूप में मुख का उदार उपयोग प्रचुर मात्रा में किया गया।

उधर कथानायक मसि-कागद के भरोसे चुनावी समर में न कूदे थे, न ही अतीत में उन्होंने इस प्रयोग की आजमाइश की थी। वे बैनर-पोस्टर के इस तरह के प्रयोगों को विद्या के साधनों का अनादर मानते थे। साथ ही, शून्य लागत पर चुनाव लड़ने व जीतने को कटिबद्ध थे। मतदाताओं के मनोभाव भाँपकर ही वार्त्ता की शैली वे जानते थे।

स्थानीय प्रत्याशी की प्रचार शैली ने इनको निरक्षर मतदाताओं की संवेदना का पात्र बनाना ही था। साथ ही, इन्हें अपनी प्रतिभा दिखाने का अवसर भी मुफ्त में मिल गया। ये चुनावी सभाओं के स्थान पर जनसंपर्क में विश्वास रखते थे। वैदिक पद्धति से प्रचार की पृष्ठभूमि इनको सुगमता से उपलब्ध हो भी गई थी। 'गोधन व कर्षण' इनके जनसंपर्क के प्रमुख विषय थे। इन विषयों की बात चलने पर ये सदैव वोटर को उसके 'वार्त्ता प्रकरण' पर अतिरिक्त सूचना देने की स्थिति में रहते। कुछेक अवसरों पर इन्हें 'जोड़-तोड़' व लॉबिंग की अद्भुत प्रतिभा भी दिखानी पड़ी, यद्यपि इन समस्त क्रियाओं का स्वरूप सांस्कृतिक व दार्शनिक स्तर पर ही था।

सांस्कृतिक स्तर पर लड़े गए इस चुनाव के परिणाम ने चुनाव विश्लेषकों को चौंका दिया। सुशिक्षित व स्थानीय प्रत्याशी की जमानत जब्त होने पर उन्होंने अप्रत्याशित हार के अंतर्निहित कारणों की समीक्षा की। निष्कर्ष में इन्होंने पाया कि वे 'डबलरोटी' के बगीचे के स्वामी न थे। प्रतिद्वंद्वी कदली वन से चुनाव-चिह्न का वितरण करने में सक्षम थे।

वे निरक्षर मतदाताओं की संवेदनाएँ भुनाने में सफल न हुए। उनके घोर समर्थक, शिक्षित मतदाता भी बैलेट पेपर में डबलरोटी व ईंट के चुनाव-चिह्न के अंतर को न भेद सके। अंतिम व सबसे महत्त्वपूर्ण निष्कर्ष यह था कि ग्रामीणों को अपने खेत बंजर रखने की अभिलाषा न थी।

□

# 27

# पोथी पढ़ि-पढ़ि जग मुआ : दो

चालू वर्ष में इनका छत की मरम्मत कराने का विचार था। यह मरम्मत वे वर्षा काल से पूर्व ही करा लेना चाहते थे। पिछली बरसात ने उन्हें रह-रहकर मुँह चिढ़ाया था। साथ ही, छत की मरम्मत का सुझाव भी दिया था। रात्रिकालीन वर्षा में इनका संकल्प और दृढ़ हो जाया करता था कि 'इस बार मरम्मत कराकर ही दम लूँगा।' फिर ये ढीले पड़ गए थे। इधर बसंत ऋतु भी बीत चुकी थी। जेठ भी आधा बीत चला था।

स्थानीय ठेकेदार-कम-राजमिस्त्री से बात हो गई थी। दिन-वार-दरें भी तय की जा चुकी थीं। इनकी अपनी एक शाश्वत कार्यशैली होती है। अत: मिस्त्री मात्र दो सप्ताह विलंब से साइट अथवा घटनास्थल पर पहुँचे थे।

देरी के लिए उनके पास ढेरों बहाने थे। सीजन में मजदूर न मिलने का अचूक बहाना तो था ही, नई पीढ़ी के बेकारों के चरित्र में आई गिरावट का रोना भी था। प्रचलित आर्थिक मूल्य सूचकांक व रेट्स कम पड़ने का की रेडीमेड शिकायत तो रहती ही थी। परता न पड़ने की थीसिस भी वे जेब में लिए घूमते थे। परमानेंट स्टाफ के रुपए लेकर फरार होने जैसे दर्जनों बहाने उनके पास रहते थे। इन्हें वे नुस्खे की तरह मरम्मत आकांक्षी गृह स्वामियों को पुड़िया की तरह बाँटते फिरते थे। उनके पास शब्द प्रमाण अथवा तर्क प्रमाण की कमी नहीं रहती थी। अत: वे सहजता से साबित कर लेते थे कि आपके घर का काम मेरे अपने ही घर का ही काम है। मैं आप से बाहर नहीं हूँ।

मैं तो आपसे आत्मीयता रखता हूँ अन्यथा अमुक सेठ का नंबर अगली

बरसात के बाद आएगा। अमुक का मकान बनाने का नंबर अगले दशक के बाद आएगा। साथ ही, यह जोड़ना न भूलते थे कि अमुक से अमुक उनके हुनर का लोहा मानते हैं। अत: वे किसी ऐरे-गैरे से काम करवा ही नहीं सकते। मेरे हुनर के भरोसे वे दशकों तक छत टपकने का आनंद लेते रहेंगे। क्या मजाल है कि किसी और से काम ले लें? मरम्मत तो वे इस नाचीज से ही कराकर मानेंगे।

इन सब विचारों को समेटकर वह साइट पर जा पहुँचा था। पहले देखी गई साइट पर उसे दो मंजिला इमारत के दर्शन हुए थे। उसे दृष्टिभ्रम का अंदेशा हुआ था। इससे उबरने के पश्चात् वह साइट ढूँढ़ता रहा, ढूँढ़ता रहा। वह सिर्फ ढूँढ़ता भर रह गया था। अंत में उसने संकोच को त्याग फेंका था। राह चलते किसी बच्चे से गृह स्वामी का नाम बताया। इस प्रकार उनके घर का पता पूछ ही लिया।

दो मंजिला इमारत ही अभीष्ट साइट निकली थी। वही वांछित पता भी था। अभी तक भी उनका संशय दूर न हुआ था। दो सप्ताह पहले की इकमंजिली इमारत, दोमंजिला कैसे हो सकती है, इतने शॉर्ट नोटिस में दोमंजिला इमारत में कायांतरण असंभव-सा था। यह चमत्कार कृष्ण-सुदामा की कथा में तो संभव था या फिर विश्वकर्मा या मय दानव जैसे पौराणिक शिल्पी ही ऐसा चमत्कार कर सकते थे।

लज्जा तजकर वह उस घर में चला गया था। गृह स्वामी के दिव्य दर्शन भी हो चुके थे। गृह स्वामी ने उससे सामान्य शिष्टाचार भी दिखाया। बातचीत भी हुई। जिसमें यह तथ्य उद्घाटित हुआ कि छत मरम्मत के महीन काम का उन्हें अनुभव नहीं है। अत: उन्होंने नियत समय पर स्वयं ही काम शुरू कर दिया था। इस प्रकार ऊपर की मंजिल डालकर उन्होंने अब छत को सुरक्षित कर लिया है।

करनी लेकर रद्दे चढ़ाए जाते हैं। इस काम के लिए किसी खास ट्रेनिंग की जरूरत नहीं होती है। काम से अनुभव अपने आप चला आता है। दक्ष शिल्पी एक दिन में छह-सात हजार ईंटों का लेपन कर लेता है। ये नौसिखिए थे। अत: आरंभ में तो इनकी गति धीमी ही रही। रात होते ही जैसे आसुरी शक्तियाँ जोर पकड़ने लगती हैं, उसी प्रकार रात गहराते ही इनकी शक्तियाँ भी बढ़ती गईं। अत: इनके काम की गति भी जोर पकड़ती गई। अगले दिन तक यह दक्ष शिल्पी बन

चुके थे। उन्होंने सप्ताह भर में काम संपन्न भी कर डाला था।

ठेकेदार आश्चर्यचकित था। वापस लौटकर वह मायूस भी था। उसने निश्चित रूप से जान लिया था कि धरती अभी वीरों से खाली नहीं हुई है। उसे यह भी सूचना मिली कि नवोदित मिस्त्री के पास आधा दर्जन निर्माण कार्यों की डिमांड भी पहुँच चुकी है। उसने प्रमादवश नया प्रतिस्पर्धी तैयार कर लिया था। वह भी दुर्धर्ष प्रकृति का, जो उसे अब जोर का कंपटीशन देनेवाला था।

नई पीढ़ी के नौजवान इस घटना पर मजा लेने में कहाँ पीछे रहनेवाले थे? उनके पूछे जाने पर कि 'अगली बरसात में तो ऊपरी मंजिल की छत भी टपकेगी। उसकी रोकथाम का उपाय क्या रहेगा?' गृह स्वामी मौलिक व होनहार विचारधारा के व्यक्ति थे। उन्होंने जवाब दिया कि 'जब तक 'पूड़ी' करने का 'महीन' काम नहीं सीख लेता। यह काम कोई दक्ष शिल्पी ही सिखा सकता है, तब तक हर साल बरसात से पहले-पहले एक-एक मंजिल चढ़ाकर उससे नीचेवाली मंजिल की रक्षा करते रहेंगे।'

नौजवान के यह शिगूफा छोड़े जाने पर कि इस प्रकार की वचनबद्धता से तो कुछ ही सालों में टॉवर खड़ा हो जाएगा, एक प्रकार से गगनचुंबी इमारत का दृश्य विधान बन जाएगा। इनका संक्षिप्त व सारगर्भित उत्तर था—"जो होगा देखा जाएगा।" इस प्रकार ये अपने कर्म-कौशल से प्रशंसा व चर्चा के विषय बने रहते थे।

हैदर अली की भाँति इन्होंने भी कोई शिक्षा ग्रहण नहीं की थी। उन्हीं के समान एक साथ बीस से अधिक काम निपटाने का हुनर इनमें भी आ चुका था। अत्यधिक परिश्रम से उन्होंने इस कौशल को विकसित किया हुआ था। कृषि-पशुपालन, जुताई, पशु-व्यापार, मनुष्य और पशुओं की डेली नीड्स का खुदरा व्यापार ये बखूबी सँभालते थे। रियल स्टेट, विनिर्माण क्षेत्र-वित्तीय कारोबार, समाज सेवा से भी इनका बराबर का इत्तेफाक रहता था। निर्वाचित प्रतिनिधि की हैसियत से लोकतंत्र की सेवा करना इनका परम धर्म रहता था। इस प्रकार ये नाना प्रकार के कार्य एक साथ सहजता से संपन्न करने में निपुण थे।

संगठित हो या असंगठित, ये दोनों क्षेत्रों के व्यवसाय में पटु प्रबंधक थे। हालाँकि इन्हें सौ तक पूरी गिनती नहीं आती थी, तो भी ये सूदखोरी का कार्य

सहजता से संपन्न कर लेते थे। हिसाब को छोटी इकाइयों में विभाजित करके रखते थे। इस प्रकार वे अर्थव्यवस्था के बड़े हिस्से का सुगमता से संचालन कर लेते थे। सुविधा की दृष्टि से छोटी-छोटी धनराशि के बंडल हर समय तैयार रखते थे, जो वक्त-बेवक्त सूद पर दी जा सके।

राशि हस्तगत करने से पूर्व ये 'गणखुलैं' अवश्य लेते थे। 'गणखुलैं' इस अंचल में खुले बाजार की मौद्रिक नीति का 'प्राणतत्त्व' थी। सूदखोरी में यह अघोषित व अनिवार्य रूप से लिए जाने का विधान था। सहोदर को भी इससे छूट प्राप्त नहीं हो सकती थी। इसका शाब्दिक अर्थ सूद पर दी जानेवाली राशि को गिनने व खोलने के पारिश्रमिक के तौर पर लिए जाने से था, जो अमूमन पाँच प्रतिशत सरचार्ज के रूप में ली जाती थी। महत्त्व इस बात का है कि गणखुलैं नामक 'सरचार्ज' वसूलने का एकाधिकार मात्र सूदखोर में निहित है। उसके सिवा अन्य किसी गणक को यह विशेषाधिकार प्राप्त नहीं हो सकता था। अपनी अद्‌भुत शैली के चलते ये छोटी-छोटी राशि के बंडल तैयार रखते थे। माँग की गई राशि की सीमा तक हर प्रकार के हर राशि के बंडल उपलब्ध मिलते थे।

अपनी सीमित गणना क्षमता की दृष्टि से ये गिनने-खोलने के जोखिम से सुरक्षित रहते थे, तो भी गणखुलैं की रस्म अदायगी हर्ष और उल्लास के साथ संपन्न करते थे। इस रस्म को ये केवल रस्म की दृष्टि देखते थे, व्यक्तिगत संबंध अथवा राग द्वेष से कत्तई नहीं। सबसे सम धरातल पर व्यवहार करते थे। किसी-से-किसी प्रकार का कोई पूर्वग्रह नहीं। समदृष्टि संपन्न तो ये थे ही। अत: आत्मीय जनों से भी परायों जैसा व्यवहार नहीं कर सकते थे। उन्हें न तो ईर्ष्या, न स्पर्धा और न ही अभिमान छू पाया था। उदार चिंतक होते हुए भी वे मात्र 'आवश्यकता के सिद्धांत' को जानते थे—न उत्कृष्ट, न निकृष्ट, मात्र समभाव प्रकृति। हिसाब के मामले में उनकी दृष्टि सूक्ष्म निरीक्षण करती फिरती थी।

समय की गति सदैव एक-सी नहीं रहती है। एक अवसर पर इनकी सूक्ष्म दृष्टि भी स्थूल हो चुकी थी। ये भी आर्थिक कुप्रबंधन का शिकार हो चुके थे। हुआ यूँ कि इन्होंने अपने स्वामित्व की सकल-निवल पूँजी का एक हिस्सा बाजार में लगा दिया था। वह अधिकतम रिटर्न पर लगाया गया था। वित्तीय कारोबार की गति भी 'धर्म' की भाँति अत्यंत सूक्ष्म और गूढ़ कही जाती है।

आरंभ में इन्हें वांछित रिटर्न मिलता रहा, जिसको ये सहज भाव से स्वीकार कर रहे थे। ये समदर्शी थे। अत: अधिक मुनाफा होने पर भी इनके व्यवहार से कुछ भी ध्वनित होना असंभव-सा था। एक दिन अन्य निवेशक इनसे मिले। वे अपनी पूँजी डूबने की हृदय-विदारक घटना का हाल इनको रोते-रोते सुना रहे थे। लगे हाथ उसने यह सूचना भी दी कि फलाँ कंपनी का निदेशक मंडल अलक्षित हो चुका है अर्थात् फरार है। समाचार सुनकर इन्होंने उसे ढाढ़स बँधाया व सांत्वना भी दी।

अंदर से ये भी विचलित हो चुके थे। ये स्वयं भी उसी कंपनी के गुप्त-निवेशक थे। वह खुले बाजार की अधिकतम रिटर्नदाता कंपनी थी। बाहर से ये अप्रभावित से दिख रहे थे। इन्होंने अपने किसी आत्मीय स्वजन को अपनी भूख और प्यास में न्यूनता आने की सूचना तो दी थी, वास्तविक विवरण अप्रकट ही रहने दिया था। उम्मीद एक आशावादी अवधारणा है।

इन्होंने चुपचाप समस्त ब्योरे व इनपुट्स इकट्ठा कर लिए थे। जरूरी सूचनाओं के साथ ये घटना स्थल तक पहुँच चुके थे। आकस्मिक आर्थिक दबाव का झटका इनको लग ही चुका था। उससे उबरने के लिए ये कंपनी की अचल संपत्ति पर दृष्टि जमाना चाह रहे थे। परिसर के भीतर ये चहलकदमी कर ही रहे थे। साथ ही, संपत्ति के अधिग्रहण के विचार पर भी मंथन चल रहा था। तभी हल्ले-गुल्ले से इनकी चिंतन प्रक्रिया में बाधा पड़ी थी। बाहर अन्य निवेशकों की भीड़ थी, जो भारी शोर मचा रही थी।

धीरे-धीरे स्वर स्पष्ट सुनाई देने लगे थे। उस शोरगुल में इन्हें अपने नाम की पुकार भी सुनाई दी थी। ये बाहर आए। बाहर आने पर स्थिति और अधिक स्पष्ट हो चुकी थी। अन्य बड़े निवेशक इन्हें चेतावनी दे रहे थे, 'यदि आपने अचल संपत्ति पर कब्जा करने का विचार भी किया तो अंजाम भी सोच लीजिएगा। हम सबकी डूबी हुई पूँजी का भुगतान भी आप ही करेंगे।' यह सुझाव इन्हें शिरोधार्य नहीं था क्योंकि ये सर्वाधिक पीड़ित निवेशकों में से नहीं थे।

अधिग्रहण का आरंभिक विचार तो इनके मन में आया था। उसे इन्हें वैचारिक फैसले के रूप में ही स्थगित करना पड़ा था। यद्यपि इस आकस्मिक 'रोलबैक' पर इन्होंने कभी कोई टिप्पणी नहीं की थी न ही सार्वजनिक तौर पर

कोई स्पष्टीकरण ही दिया था। अन्य निवेशकों की ओर से विश्लेषकों के हवाले से नाना प्रकार की बातें आ रही थीं। इनका विश्लेषण यह था कि यदि यह घटना सच है तो बुरी है। इस मुद्दे को लेकर उच्च स्तरीय जाँच की माँग करेंगे। अगर ऐसा हुआ है तो यह निश्चित तौर पर बुरा हुआ है। ऐसी घटनाओं को हतोत्साहित किया ही जाना चाहिए। घटना की निंदा होनी चाहिए। हमें निंदा के लिए हरसंभव कदम उठाने चाहिए। फिलहाल निवेशक 'वेट एंड वॉच' की नीति अपनाए हुए थे। इन्होंने अपना डूबा हुआ निवेश 'रिकवर' कर लिया था। विश्लेषकों का यह भी मानना था कि ये 'बर्डन ट्रांसफर' कर चुके थे।

□

# 28

# विदुषी

विवाह के समय छोटी दादी की वय सत्रह-अठारह वर्ष की रही होगी। कृशकाय, शरीर से निश:क्त, वाक्-शक्ति में किंचित अवरुद्ध। वे छोटे दादा की द्वितीय ब्याहता थीं। पहली दादी के स्वर्गवासी हो जाने पर दादा ने पुनर्विवाह किया था। समय बीतने पर दादी ने क्रमश: दो बच्चों को जन्म दिया—ज्येष्ठ पुत्री, कनिष्ठ पुत्र। ईश्वर की अनुकंपा से भरा-पूरा परिवार।

अवशता वश कृषि-पशुपालन के कार्यों में दादी की गति मंद थी। ग्राम्य जीवन में किन्हीं अवसरों पर दादी की मंद गति कौटुंबिकों के मध्य उपहास का हेतुक भी बनी। दादी उपहास-परिहास पर कोई प्रतिक्रिया न देतीं, ईश्वरीय विधान मानकर शांत चित्त से अपने कार्यों में लगी रहतीं। निरादर की उन्होंने कभी चिंता नहीं की, क्योंकि वे अपना बड़प्पन जानती थीं।

परिवार के प्रति पूर्ण निष्ठा व समर्पण भाव से बच्चों की देखभाल व बाहरी कार्य स्वाभाविक गति से संपन्न करतीं। टीका-टिप्पणी पर कान न देतीं। बच्चे अल्पवयस्क ही थे कि दादा के आकस्मिक देहांत से परिवार पर वज्रपात हो गया। नादान बच्चे व अशक्त माँ। परिवार के एकमात्र अवलंब के चले जाने से परिवार पर घोर विपत्ति का काल था।

असमय वैधव्य का उन पर गहन प्रभाव पड़ा। बच्चों की परवरिश अब उन्हीं के जिम्मे थी। अपनी सीमित शक्ति व संसाधनों के अभाव में भी वे बच्चों के पालन-पोषण के दायित्त्व में मजबूती से डटी रहीं। वे कभी निराश नहीं हुईं, चूँकि वे कभी किसी वस्तु की आशा ही नहीं करती थीं। घर-बाहर

के कार्यों को स्वयं करतीं, 'न दैन्यं, न पलायनम्'। अभाव और परेशानियों में उन्होंने अनोखी दृढ़ता ग्रहण की थी।

बच्चों की विद्यालयी शिक्षा पर दादी का विशेष ध्यान रहता। स्वयं निरक्षर होते हुए भी विषयवार प्रगति पूछतीं। बच्चों को सस्वर पढ़ने को कहतीं, ताकि उन्हें अध्ययनरत बच्चों की वास्तविकता मिलती रहे। श्रुति-परंपरा में दादी को पाठ्यक्रम में सम्मिलित रहीम और कबीर के समस्त दोहे भी कंठस्थ हो गए थे।

चमत्कृत करना प्रकृति का स्वभाव है ही। किसी प्रकार की न्यूनता को शेष प्रकारों में अतिरिक्त दृढ़ता प्रदान कर प्रकृति संतुलन साधती है। ईश्वरीय लीलाएँ चमत्कृत करती हैं। बच्चों के पाठ की गति सुनते-सुनते दादी को हिंदी व अंग्रेजी दोनों भाषाओं में अवकाश प्रार्थना-पत्र का प्रारूप स्मरण रहता। जो तथ्य जिस क्षण ग्रहण किया, उसी क्षण उनके मस्तिष्क-कोश का अमिट हिस्सा बन गया। विजातीय अंग्रेजी भाषा में कुछ प्रारूपों को भी आत्मसात् कर लिया।

गाँव के अधिकांश नौजवान, जो कि रिश्ते में दादी के भतीजे या पौत्र लगते थे, कौतुकवश खेतों में काम करती दादी से दोहे-सोरठे के पद या प्रार्थना-पत्र का प्रारूप पूछते। दादी आश्चर्यजनक रूप से सही-सही दोहरा देतीं। दैवीय विधान ही कहेंगे कि उनका उच्चारण भी क्रमशः दुरुस्त होता गया।

'करत-करत अभ्यास के जड़मति होत सुजान' की कथा प्रसिद्ध विद्वान् वरदराज की कथा है, जिसमें गुरुकुल से निष्कासित मंदबुद्धि विद्यार्थी प्यास बुझाने कुएँ पर गया। एक शिला पर कुएँ की रस्सी से पड़े निशान को देख उसने गुरुकुल वापस लौटने का निश्चय किया। निरंतर अभ्यास व श्रम से वे प्रखर विद्वान् होकर उभरे। कालांतर में इन्ही वरदराज ने 'मुग्धबोध' व 'लघुसिद्धांत कौमुदी' का प्रणयन किया।

यद्यपि दादी ने इस स्तर का कोई सृजन नहीं किया, तथापि जिन परिस्थितियों में उन्होंने स्व का परिष्कार किया, वह श्लाघनीय ही था। लगन और परिश्रम से उन्होंने सिद्ध कर दिखाया था कि दुर्बलताएँ अजेय नहीं होतीं। अनुभव व श्रुति परंपरा से सीखने में दादी बेजोड़ निकलीं।

निर्बल का उपहास करनेवालों की समाज में कमी नहीं होती, न ही दुर्बल के न्यायपूर्ण हिस्से को अनधिकृत तरीके से ग्रहण करनेवालों की। चूँकि दादी को प्रथम सूचना रिपोर्ट व कलेक्टर को संबोधित परिवाद के प्रारूप भी स्मरण हो गए थे, अत: उनके परिवार पर सभी सौहार्द्र की-सी दृष्टि रखने लगे।

पुत्र के व्यवस्थित हो जाने के पश्चात् दादी की सामाजिकता विस्तृत होती गई। कथाश्रवण से लेकर वाग्दान और पाणिग्रहण-संस्कार तक प्रत्येक अवसर पर उनकी उपस्थिति देखी जाती थी। संस्कार संपन्न कराने में वे पुण्य की भागी बनने की ओर अग्रसर रहती थीं। मंगलाचरण, गोत्राचार, गणेश-पूजन, कदली-स्तंभ-पूजन, धूलार्घ्य, सुमंगलीकरण, सप्तपदी इत्यादि प्रत्येक कार्यक्रम में वे उपस्थिति देती थीं।

समस्त संस्कारों में पूर्ण मनोयोग से हिस्सा लेती। एक अवसर पर गाँव में बारात आई हुई थी। वरपक्ष के पुरोहित से इंद्राणी-पूजन के कुछ मंत्र अशुद्ध उच्चरित हो गए। दर्शक दीर्घा से देववाणी में एक स्वर ने अकस्मात् सन्नाटा क्रिएट कर दिया—भो ब्राह्मणा! अशुद्धम् किम् वक्तव्यम्? त्वरित और तत्काल श्रेणी का यह प्रश्न दादी ने वर पक्ष के पुरोहित पर दागा था।

स्त्री-समूह की ओर से इस प्रकार की परिशुद्धता और आकस्मिकता की अपेक्षा पुरोहित ने न की थी। आकस्मिक हमले से वह लड़खड़ा गया। दादी के शब्द ही प्रमाण थे। गाँव के ही आचार्य के सहयोग से पुरोहितजी त्रुटि सुधार कर आगे का मंत्रोच्चार संपन्न कर सके। इस घटना ने उभयपक्ष के विद्वत् जनों को वृहदारण्यक उपनिषद् की कथा का स्मरण करा दिया, जिसमें राजा जनक के दरबार में विदुषी गार्गी ने याज्ञवल्क्य को चुनौती दी थी। दादी का प्रश्न भी गार्गी का वही शाश्वत् प्रश्न था—कौन किसमें ओत-प्रोत है?

पर्वतीय अंचलों के सामाजिक व्यवहार में नाना प्रकार के विधि-निषेध प्रचलन में हैं। स्त्रियाँ श्वसुर-कुल के रिश्ते-नातों में ज्येष्ठ पुरुषों के नाम उच्चारित नहीं करती हैं, न ही उन शब्दों को वार्त्ता में स्थान देती हैं, जिनसे उन नामों का साम्य स्थापित होता हो।

यह विधान संभवत: कुल-परंपरा व ज्येष्ठों की गरिमा के पक्ष में स्थापित हुई हो। स्थायी समाधान-स्वरूप वे ऐसे समस्त जड़-चेतन पदार्थों का अपने

शब्द–कोश से बहिष्कार कर देती हैं, जिनसे कुल के ज्येष्ठ पुरुषों के नाम की ध्वनि का बोध होता हो। उस भू–भाग में इन शब्दों के स्थान पर नवीन शब्द गढ़े जाते हैं।

इस अनुशासन में वरिष्ठ स्त्रियाँ नवविवाहिता की स्वैच्छिक मार्गदर्शक होती हैं। दादी इस विधान की घोर अनुयायी थीं। ज्येष्ठ पुरुषों के नाम, चाहे वे जीवित हों अथवा स्वर्गवासी, दादी के वार्त्तालाप में स्थान न पा सकते थे। पूछे जाने पर दादी स्वयं का नाम भी स्पष्ट नहीं बताती थीं। उन्होंने स्वयं का नाम बताने की भिन्न पद्धति विकसित की थी।

वे कहती, "फलाँ के पिता के नाम में 'वती' प्रत्यय जोड़कर मेरा अभीष्ट नाम ज्ञात कर सकते हो।" तथ्य यह था कि वंश–कुल में लीलानंद नाम के व्यक्ति रिश्ते में उनके जेठ होते थे। 'लीला' शब्द में 'वती' प्रत्यय जोड़कर 'लीलावती' नामक व्युत्पत्ति होती थी, जो कि दादी का प्रसिद्ध नाम था। 'नारायण' को 'हरिगोविंद' पुकारती।

वे 'जिवाला' नामक गधेरे को 'लिवाला' उच्चरित करतीं। चूँकि 'जीवानंद' नामक महापुरुष, जो कि स्वर्गीय भी हो चुके थे, उनके कुल में ज्येष्ठ स्थान पर अभिषिक्त थे। अधिकारिता के मामले में भी दादी अनुशासन–प्रिय रहीं। उनके कुल में रिश्ते में भतीजे चाहे अवस्था में उनसे बीस वर्ष बड़े क्यों न हों, दादी नाम से पुकारतीं व उन्हें अभिभावकीय अनुशासन में यथोचित निर्देश देतीं।

दादी इन तथ्यों से निरपेक्ष रहतीं कि उनमें कौन तहसीलदार है, प्रधानाचार्य है अथवा प्रभागीय वनाधिकारी का पिता। कुल की गरिमा उनके लिए सर्वोपरि रहती थी। दादी के अमेरिकावासी पुत्र का आइ.एस.डी. नंबर दादी को कंठस्थ स्मरण रहता। पूछे जाने पर प्लस बोलकर पूरे बारह अंक बतातीं, वो भी अंग्रेजी में।

पुरोहित–कुल–वृद्धा होने के अधिकार से वे वृद्धावस्था में यजमानी के गाँवों का भ्रमण करती थीं। वहाँ के ग्रामीणों के सुख–दुःख सुनतीं। जिज्ञासाओं का शमन करतीं। वे ग्रामीणों की सम्मान्य अतिथि तो थीं ही, सद्गुणों से उनकी श्रद्धा की पात्र भी बन गई थीं। ग्राम्य समस्याओं के समाधान दादी शास्त्रोक्त उद्धरणों से देतीं।

क्रमशः नारी समाज के मध्य उनकी लोकप्रियता बढ़ती गई। उनके वर्ण्य विषयों में श्रीमद्भागवत, उपनिषदों की कथाएँ, पंचतंत्र, हितोपदेश की कथाएँ व लोककथाओं का समावेश रहता था। समस्त ज्ञान स्थानीय बोली में व श्रुति-परंपरा पर आधारित रहता। धीरे-धीरे दादी ने अंचल में कथावाचक का स्थान ग्रहण कर लिया था।

□

# 29

## मनीषी

वे व्यक्तित्व के धनी और समर्थ तार्किक थे। उपयुक्त अवसरों पर उनका प्रतिभा-प्रदर्शन देखते ही बनता था। प्रत्येक कार्य को सुरुचिपूर्ण ढंग से संपन्न करते। नकदी फसलों का उत्पादन आधुनिक तकनीक से करते। धान की खेती श्रीविधि से सिंचाई ड्रिप व स्प्रिंकल से, तो मौनपालन में मेलिफेरा व इंडिकाना की कॉलोनियाँ, शहद भी और परागण भी।

'अणसाल' (लौह-कर्म) लगाना हो या कृषि, घरेलू उपकरण-निर्माण, परिधान सिलने से लेकर आयुर्वेदिक चिकित्सा तक उनका कौशल देखते ही बनता था। उस कालखंड में संयुक्त परिवार-प्रणाली का जोर था। सह-प्रबंधन के लिए एक भाई को शिक्षा-प्रणाली से विरत रखने का भी चलन था। उन्हें कृषि-पशुपालन व सामाजिकता के प्रबंधन के लिए काढ़े जाने का सुनिश्चित विधान था। इनके परिवार में भी छोटे भाई इस प्रयोजन के लिए चुने गए थे। क्रमश: अन्य भाई शिक्षित होकर राजकीय सेवाओं में आ चुके थे।

विवाह योग्य होने पर गृह प्रबंधक भाई के विवाह की चर्चा हुई। विवाह कुलशील की गरिमा के अनुरूप किए जाने का निश्चय हुआ। कुल प्रमुखों ने ताऊजी को इस कार्य हेतु नियुक्त किया था। एक कुलीन परिवार की गुणसंपन्न कन्या इन्हें अनुज वधू के रूप में उपयुक्त लगी।

रिश्ते की बात आगे बढ़ने पर भावी वर के शिक्षा-स्तर व व्यवसाय की जानकारी कन्या-पक्ष द्वारा चाही गई। वैसे तो अनुज सरल, संस्कारी व कर्मठ थे, किंतु पूछे गए प्रश्न भावी वर के अनुकूल नहीं थे। वार्ताकार ताऊ ने प्रश्नों

का जबाव इस प्रकार दिया—शिक्षा-सांधण की कलम पास। व्यवसाय-वृत्ति चलाना। कन्या-पक्ष ने कुल की बराबरी के लिहाज से विवाह-संबंध तय कर लिया।

निर्धारित अवसर पर विवाह संपन्न हुआ। पर्वतीय अंचल में विवाह के पश्चात् विवाहिता के प्रथम बार युगल में पितृगृह वापसी की रस्म धूमधाम से आयोजित की जाती है। 'दुणोज', 'पलूण' अथवा 'द्वारबाट' नामक इस रस्म में उभय पक्षों के आत्मीय स्वजनों की उपस्थिति अनिवार्य मानी जाती है।

वस्तुत: यह रस्म दुल्हन के नितांत नए, संसार में प्रवेश व पितृगृह की स्मृतियों के मध्य सेतु का अद्‌भुत संस्कार है। वैवाहिक कार्यक्रम की व्यस्तता में उभय पक्ष के स्वजनों को पारस्परिक सानिध्य का अवसर नहीं मिल पाता। फलत: कार्यक्रम संपन्न होने के उपलक्ष में 'दुणोज' के अवसर पर स्वजनों-आत्मीय जनों को एक-दूसरे से मेल-जोल का अवकाश भी मिल जाता है।

कथा संपन्न होने के पश्चात् रात्रिभोज का आयोजन होता है। इस दूणोज कार्यक्रम में दुल्हन के मातृपक्ष के प्रमुखों ने वर से ही पूजार्चन कथा करने का संपन्न करने का अनुरोध किया। यह स्पष्ट न हो पाया कि यह अनुरोध जामाता के व्यवसाय के परीक्षण हेतु किया जा रहा है अथवा सद्‌भावनावश?

जामाता सरल व निश्छल स्वभाव के थे। उन्होंने ज्येष्ठ जनों को विनम्रता के साथ अवगत करा दिया कि वे इस प्रणाली के जानकार नहीं हैं। इस पर मिथ्यावाचन के दोष की वर-पक्ष के प्रमुख जनों के सम्मुख रोषपूर्ण आपत्ति दर्ज कराई गई। शिक्षा के स्तर पर भी यह जानकारी प्रकाश में आई कि जामाता प्राथमिक क्षेत्र के तो अच्छे जानकार हैं, किंतु औपचारिक-अनौपचारिक शिक्षा से उनका कभी कोई सरोकार नहीं रहा।

कथा संपन्न होने के पश्चात् पंचायतनुमा बैठक आरंभ होनी ही थी। अभियोग आरंभ हुआ। तथ्य छुपाने, कपटपूर्ण तथ्य प्रस्तुत करने व विश्वास-भंग के आरोप आरोप-पत्र में रचे गए। आरोपी थे—जामाता के ज्येष्ठ भ्राता, कथानायक।

उन्होंने करबद्ध प्रार्थना के साथ आरोपों का उत्तर अत्यंत शिष्ट व शालीन वाणी में दिया। इस अंचल में वृत्ति का आशय पौरोहित्य कर्म से जीविकोपार्जन

किए जाने के संदर्भ में लिया जाता है। गढ़वाली बोली में 'चलाना' क्रिया शब्द है, जिसका आशय सुरक्षित न रख पाने की क्षमता से है अन्य शब्दों में 'गँवाना' हानि करना इत्यादि से भी लिया जाता है। अत: हे श्रेष्ठ जनो! किसी प्रकार का मिथ्यावचन नहीं हुआ है व पूर्व में ही वस्तुस्थिति आपके सम्मुख रखी जा चुकी है।

जातीय पंचायत रुष्ट तो थी ही, इस प्रश्न से बच निकलने पर उन्होंने शैक्षिक योग्यता विषयक मिथ्या कथन का परिशीलन किया। पुन: शालीनता से जबाव आया—"मैं स्वीकार करता हूँ कि स्कूली शिक्षा का प्रसार इन तक नहीं पहुँच सका। यह सर्वविदित तथ्य है कि 'सांधण' वृक्ष प्रजाति का काष्ठ हल के निर्माण के लिए सर्वाधिक उपयुक्त है। मेरा अनुज कृषि कर्म में पूर्णतया निपुण है। अत: वह सांधण की कलम पास योग्यता धारण करता है।"

किसी प्रकार वृद्धजनों के बीच में पड़ने से विद्योत्तमा-शैली के इस विवाद का पटाक्षेप हुआ। सेवाकाल में भी वे अपनी पृथक् जीवन-शैली के लिए विख्यात थे—अत्यंत कर्मठ व पूर्णरूपेण आत्मनिर्भर। उच्चाधिकारियों के सम्मुख भी स्वाभिमान से रहना।

किसी अवसर पर विभागीय उच्चाधिकारी द्वारा अकारण दबाव डालने पर इनका जबाव था कि साहब आप मेरी कलम ले सकते हैं, सांधण की कलम नहीं ले सकते। दबकर नौकरी करने के स्थान पर आत्मसम्मान के साथ कृषि-कार्य से जीविका चलाने के विकल्प को उन्होंने हमेशा खुला रखा। शासकीय सेवा रही हो या निजी जीवन, हमेशा स्वपाकी रहे। सामूहिक कृषि-कर्म हो अथवा सामुदायिक कार्य, वे रसोई का संचालन स्वेच्छा से सँभालते थे। शाही तरीके से व्यंजन बनाते। संयुक्त परिवार में भी स्वपाकी रहे। भोजन बनाने से पूर्व पकौड़ियाँ अवश्य तलते। यात्रा काल में भी बाहरी भोजन ग्रहण न करते।

यात्रा सेवा विषयक रही हो अथवा सामाजिक कार्यों से संबंधित, घर से भुनी हुई तैयार सूजी को गमछे की पोटली में बाँध लेते। गंतव्य तक पहुँचकर काम संपन्न करते। तत्पश्तात् चाय के खोमचे से गरम पानी का गिलास माँगते। उसमें पोटली खोलकर मिश्रण मिलाते। जेब से चम्मच निकालकर सम्मिश्रण ग्रहण कर क्षुधा शांत करते।

घर पर हों अथवा नौकरी में, मुख्य भोजन के अतिरिक्त पकौड़े, हलवा, क्षीर अथवा मिष्टान्न अनिवार्य रूप से बनाते। दूध की अनुपलब्धता पर भी उनके अतिरिक्त पकवान नियमित रूप से बनते। दुधारु पशु न होने पर भी दुग्धमिश्रित व्यंजन बनाने के प्रश्न पर वे कहते कि मेरा पशुधन संदूक के अंदर है। उनका आशय डिब्बाबंद दूध से रहता था।

वे वैद्यकी कार्य में भी निपुण थे। शिक्षण व्यवसाय में पदार्पण से पूर्व किसी धर्मार्थ चिकित्सालय में वे प्रैक्टिस किया करते थे। अविभाजित भारत के पंजाब व सिंध प्रांत से आनेवाले तीर्थयात्रियों व स्थानीय लोगों के आरोग्य लाभ के लिए यह आयुर्वेदिक चिकित्सालय प्रसिद्ध था। उनके पास चरक-संहिता, सुश्रुत-संहिता, अष्टांगहृदय, शारंगधर-संहिता व कश्यप-संहिता इत्यादि आयुर्वेद के प्रसिद्ध ग्रंथों का संपूर्ण संकलन रहता था। शाबर मंत्रों के प्रयोग भी उन्हें सिद्ध थे। अपनी पोशाक भी स्वयं सिलते थे।

बहुआयामी प्रतिभा के धनी होने पर भी ताई उनकी समर्थक न थी। दंपती साथ रहते हुए भी नितांत भिन्न विचारों का प्रतिनिधित्व करते थे। दक्षिणपंथ-वामपंथ जैसे विपरीत ध्रुव। ताऊजी के निर्णयों को सर्वप्रथम व एकमात्र चुनौती उनकी अर्धांगिनी से आजीवन मिलती रही।

ताईजी ने भ्रातृष्पुत्र को बंदरों से फसल की रक्षा हेतु 'खटगड़' लगाने का निर्देश दिया। 'खटगड़' खाली कनस्तर को उलटा टाँगकर उसके मध्य में काष्ठदंड अथवा धात्विक टुकड़े को लंबी रस्सी से बाँधकर रस्सी के सिरे को हिलाकर ध्वनि उत्पन्न करने की घरेलू प्रणाली है। निर्देश के पालन को जाते हुए भतीजे को मार्ग में ताऊजी मिले।

उन्होंने छूटते ही बंदरों से समाधान के इस प्रयोग को एक सिरे से नकार दिया। साथ ही, यह भी जोड़ा कि पक्षियों से रक्षा के लिए तो यह उपयोगी है, किंतु बंदर पूर्वज होने के नाते चिंतनशील प्राणी है, चूँकि ताऊजी का प्रकट विरोध था। अत: स्वाभाविक रूप से किसी भी कीमत पर खटगड़ स्थापना होनी ही थी। परिणामी प्रभाव यह देखा गया कि वानर-समूह फसल-क्षति तो कर ही रहा था, मनोरंजनार्थ स्वयं रस्सी खींचकर ध्वनि से आनंदित भी हो रहा था।

ताऊजी का पुस्तकों का वृहद् संग्रह था। आयुर्वेद, सामुद्रिक शास्त्र,

ज्योतिष, शकुन-शास्त्र, मुखाकृति विज्ञान, तांत्रिक सिद्धियाँ, साहित्य, सरस्वती, हंस, माधुरी, कल्पना, कल्याण, धर्मयुग के संपूर्ण संकलन व उपन्यास-कहानियों का एक पृथक् रैक।

पुस्तकें देने में वे हद दरजे के कृपण थे। ताऊ-ताई के द्विपक्षीय संबंध पुस्तक-प्राप्ति के उद्यम में एकमात्र निर्धारक कारक थे। ताऊजी की अनुपस्थिति ही युवकों की पुस्तक-प्राप्ति की शत-प्रतिशत गारंटी थी। वे पुस्तकों के साथ-साथ उनका स्वामित्व भी सहर्ष प्रदान करती थीं। इसके मूल में वे यह सिद्धांत देती थीं कि पाठक को पुस्तकें मिलनी ही चाहिए। पुस्तकें एक स्थान पर पड़ी रहने से दीमकग्रस्त हो जाती हैं।

ताऊजी कृषि उपकरण के निर्माण व टोकरियाँ बुनने में निपुण थे। रसोई से लेकर खेतों के लिए उपयोगी टोकरी, भेड़-बकरी के 'चेनखों' को ढकने की टोकरी, दही-मक्खन के काष्ठ-उपकरणों एवं बरतन के वे दक्ष शिल्पी थे। दरें निश्चित होती थीं। जिस दिन किसी मुद्दे को लेकर वृद्ध दंपत्ती में गहन विचार-मंथन हुआ हो, उस दिन ताईजी कृषि व घरेलू उपयोग के उपकरणों का नब्बे फीसदी सब्सिडी पर वितरण करती थीं। वितरण निर्माता के सम्मुख ही होता था।

विलग व असंपृक्त विचारों के वाहक होते हुए भी दोनों एक-दूसरे के निर्णय के क्रियान्वयन में बाधा नहीं डालते थे। प्रकारांतर से उन्हें संपूर्ण षड्-दर्शन घर पर ही आजीवन उपलब्ध रहा।

□

# 30

## भाषा बहता नीर

इस अंचल में प्रति दूसरे व्यक्ति का वार्त्तालाप एवं बोलचाल स्थानीय बोली में है व लोकोक्तियों से परिपूर्ण है। पुराने लोग प्रति दूसरे वाक्य में लोकोक्तियों का प्रचुर प्रयोग करते हुए दिखते हैं। यह बोली चमत्कार तो उत्पन्न करती ही है, सहज अर्थान्वयन में भी सहायक है। शिक्षा व बुद्धिमत्ता का कभी भी सीधा संबंध नहीं रहा है।

लोकोक्तियों के माध्यम से दुरूह व जटिल वार्त्ता का भी द्रुतगामी संप्रेषण संभव बन पड़ा है। प्रत्येक अंचल की लोकभाषा में लोकोक्तियों का उल्लेखनीय महत्त्व होता है। लोकोक्तियाँ उतनी ही पुरानी हैं जितनी कि स्थानीय बोलियाँ। ये लोक द्वारा गढ़ी गई उक्तियाँ हैं, जिनका गठन सोद्‍देश्य हुआ है।

ये अनुभव या नीति के किसी-न-किसी भाग का प्रतिपादन अवश्य करती हैं। सामान्य जन भी सांसारिक अनुभव की गहन व गूढ़ बातों को भी इन उक्तियों के माध्यम से संक्षेप में संप्रेषित करने में समर्थ हो जाता है। "एक बैशाखु क्या-क्या त करू" = (एक व्यक्ति एक साथ कितने काम कर सकता है अर्थात् कार्याधिक्य का एक व्यक्ति पर अधिक दबाव होना।) लोक-कथाओं में वैशाखु नामक व्यक्ति की कथा इस प्रकार है।

एक परिवार में वैशाखु नामक सदस्य था। परिवार में उसकी स्थिति उपेक्षित थी। परिवार के अन्य सदस्य तो उसके प्रति रुक्ष व्यवहार अपनाते ही थे, पिंजरे का तोता भी देखा-देखी में उससे उपेक्षित व्यवहार करता था। वैशाखु के प्रति प्रत्येक व्यवहार में भेदभाव रखा जाने लगा। उसे खाने में सूखी रोटियाँ

दी जाने लगीं। एक दिन वैशाखु ने मौका देखकर परिजनों की निगाह से बचाकर घी के पात्र से घी चुराकर अपने वस्त्रों में छुपा लिया। घटनाक्रम तोते की दृष्टि से न बच सका। परिजनों के सम्मुख तोते ने प्रस्ताव रखा—"ते बैसाखु, घाम मा धरा।" अर्थात् वैशाखु को धूप में रखो। तोता चश्मदीद होने पर भी प्रत्यक्ष आक्षेप नहीं लगा रहा था वरन् धूप में रखकर घी पिघलने से वैशाखु की चोरी पकड़ने की युक्ति सुझा रहा था। इस प्रकार वैशाखु की नियंत्रित दिनचर्या कष्टों में बीत रही थी।

एक दिन परिवार के अन्य सदस्यों की अनुपस्थिति में उस घर में अग्निकांड हो गया। आग की लपटें तोते के पिंजरे की ओर बढ़ती जा रही थीं। वैशाखु क्षति का आकलन करने एक कक्ष से दूसरे कक्ष में बाहर-भीतर एक किए हुआ था। तोते ने लपटें निकट देखकर प्राणरक्षा की गुहार लगाई—"हे बैसाखु, मैं त बचौ।" वैशाखु को स्वयं के प्रति तोते का व्यवहार स्मरण था। अत: वह किसी भी रूप में तोते की सहायता के पक्ष में न था। फलत: उसने तोते को प्रकट में उत्तर दिया—"एक बैसाखु, क्या-क्या त करू?"

सामान्यतया योग्य, प्रतिभावान व कर्मठ व्यक्तियों से समाज की अधिक अपेक्षाएँ रहती हैं। ऐसा व्यक्ति सभी की आशाओं का केंद्र बन जाता है। स्वाभाविक रूप से अधिक कार्यों को एक साथ निष्पादित करने के जन दबाव से खिन्न होकर कर्मशील व्यक्ति अपनी प्रतिक्रिया, सफाई, प्रत्युत्तर अथवा स्पष्टीकरण इसी लोकोक्ति में देगा।

यह लोकोक्त सीमित अर्थों में रोष, उलाहना व उपालंभ को भी ध्वनित करती है कि श्रमशील होना अन्य का भी दायित्त्व है। अन्य के दायित्त्व बोध से विमुख हो जाने से यह स्थिति उत्पन्न हुई है। कुछ अवसरों पर सहायता या काम को टालने अथवा स्थगित रखने के संदर्भ में भी यह लोकोक्ति प्रयुक्त होती दिखाई देती है।

## —: दो :—

"कखन ब्वै टौणि" = (घोर विपन्नता, आर्थिक साधनों से च्युत होने पर की जानेवाली प्रतिक्रिया।) लोक-कथा का कथानक इस प्रकार है। एक समय

की बात है। एक परिवार घोर आर्थिक संकट में किसी तरह अपनी गुजर-बसर कर रहा था। मोटा अनाज भी खाद्यान्न के लिए उपलब्ध न था।

परिवार किसी तरह कंद व जंगली फलों, गेंठी, तिमल इत्यादि से अपनी क्षुधा शांत कर पा रहा था। कई दिनों से बच्चे खाद्यान्न के रूप में मोटा अनाज भी नहीं ग्रहण कर सके थे। एक दिन इस परिवार में अतिथि का आगमन हुआ। बच्चे अतिथि के सम्मुख खाद्यान्न के अभाव विषयक तथ्य न उद्घाटित कर दें, गृहणी ने बच्चों को 'दाबले' में ढँक दिया। 'दाबला' अन्न-संग्रहण का पात्र है, जोकि बाँस से निर्मित व मिट्टी-गोबर से लिपा-पुता रहता है।

आतिथि-सत्कार के लिए गृहस्वामिनी ने मात्र एक व्यक्ति के लिए ही पर्याप्त 'कौणी' का प्रबंधकर भोजन तैयार किया। 'कौणी' मोटे अनाज में वर्गीकृत है, जिससे भात व खीर बनाई जाती है। अतिथि की अभ्यर्थना कर स्त्री ने अतिथि को 'कौणी' निर्मित व्यंजन परोस दिया। भोजन के मध्य में अतिथि ने गृहणी से बच्चों की कुशल-क्षेम व उनके न दिखाई देने की जिज्ञासा व्यक्त की। गृहणी ने बहाना गढ़ कर बताया कि बच्चे 'कौणी' के व्यंजन से तृप्त हो कर खेलने गए हैं। तभी भूख से अकुलाते छोटे बच्चे ने दाबले का ढक्कन सरका कर अपनी माँ से पूछा—'कखन ब्वै टौणि' अर्थात् माँ, कौणी कहाँ है?

बोलचाल में आर्थिक दुरावस्था, विपन्नता व साधनहीनता के प्रकटीकरण हेतु न्यूनाधिक रूप में इस लोकोक्ति का प्रयोग देखने को मिलता है। सामर्थ्यवान व्यक्ति से अपेक्षाएँ भी बड़ी होती हैं। कई अवसरों पर अन्य को किसी की आंतरिक स्थिति का वास्तविक बोध नहीं रहता है, जिसे वे आर्थिक संपन्न मान रहे हैं, उसकी राज्य-लक्ष्मी चंचल हो चुकी है, अन्यत्र गमन कर चुकी है। ऐसे व्यक्ति को विपुल पूँजी निवेश करने के निमंत्रण पर स्वाभाविक रूप से लोकोक्ति की परिस्थिति उत्पन्न हो जाएगी। साधनहीनता व सीमित साधनों के संदर्भ में भी यह लोकोक्ति प्रचलन में है। सीमित साधनों युक्त व्यक्ति को बड़ा लक्ष्य, दीर्घ योजना, वृहद् प्रस्ताव दिया जाए जिनमें प्रचुर साधन वांछनीय हो तो पुन: इस लोकोक्ति की स्थिति उत्पन्न हो जाएगी।

## —: तीन :—

"जनु होलु सब्बुकु वनि होलु मेरु गब्बुकु" = (जैसा सबका होगा, वैसा ही मेरे प्रिय गब्बू का भी हो ही जाएगा। ) अवसर की समानता व विधि के समक्ष समता को ध्वनित करती यह लोकोक्ति जनमानस के विशिष्ट व्यवहार की अनाकांक्षा दर्शाती है। सर्वजनीन एक नीति-एक विधान-एक व्यवहार की अपेक्षा की गई है।

भविष्य की अनिश्चितता, आशंकाओं, जिज्ञासाओं व परिणामों के संदर्भ में इस लोकोक्ति का प्रयोग देखने को मिलता है। यह लोकोक्ति स्वयं के लिए, स्वजनों के लिए व स्वयं की अधिकारिता की स्थावर-जंगम सामग्री के लिए प्रयोग में लाए जाने योग्य है।

यह निश्चिंतता का आभास देती है। संतोष का भाव देती है, निर्द्वंद्व जीवन-शैली को परिलक्षित करती है। कतिपय लोग बात-बात पर आशंका-आकुलता दर्शाते हैं। दूसरे के सम्मुख भी भावी जीवन की घटनाओं, नवीन परिस्थितियों से जनित भय, नई योजनाओं, नए विधान, नए समीकरणों से उत्पन्न भावी संकट, अव्यवस्था, द्वंद्व-दुविधा का खाका खींच कर हाहाकार-सा दृश्य उत्पन्न कर देते हैं।

समर्थ व संतोषी व्यक्ति अपने पुरुषार्थ कर्म अथवा प्रारब्ध के दृष्टिगत समस्त आशंकाओं को एक झटके में उड़ा कर इस उक्ति का कथन करता है।

## —: चार :—

'बिंडी खाणा क बाना जोगी ह्वैयुँ, अर पैलि बासा, बुक्कि रयुँ' (अधिक पाने के लोभ में सांसारिकता छोड़कर भिक्षुक का बाना धारण किया, भिक्षा न मिलने से पहली ही रात्रि भूखा ही सोना पड़ा।) यह उक्ति व्यंग्योक्ति के समकक्ष ठहरती है। सांसारिकता तज कर वैराग्य धारण करने में लोभ-मोह व आकर्षण से भी विरक्ति होनी चाहिए, किंतु इस उक्ति में उद्देश्य व प्रयोजन में ही अधिक ग्रहण करने का भाव ध्वनित होता है।

प्रकारांतर से वैराग्य का उद्देश्य ही वैपरीत्य की सर्जना करता है। उद्देश्य निष्कलंक न होकर दूषित होने से विपरीत फल मिलना स्वाभाविक है। एकमात्र

उद्देश्य क्षुधा शांत करने से संबंधित होने पर भी उसे पहली ही रात्रि भूखा रहना पड़ा होगा। अति लोभ के वशीभूत हो, उपलब्ध को छोड़कर प्रच्छन्न जोगी बनने से भी इनका कार्य सिद्ध न हुआ।

विरक्त संन्यासी का मार्ग आत्म-अनुशासन का मार्ग है, संतुष्टि का मार्ग है, आध्यात्मिक प्रगति का मार्ग है। इनकी अभिलाषा स्थूल है। अभावग्रस्त व्यक्ति की प्रथम आवश्यकता होगी—शरीर-रक्षा भरपेट भोजन। क्षुधा पीड़ित सामान्य जन मुक्ति की बात सोच ही नहीं सकता। लोकोक्ति के आरंभिक शब्द से ही स्पष्ट है कि वह अधिक के लोभ में विरक्ति के मार्ग पर चला था, अर्थात् उद्देश्य पवित्र नहीं है।

जो मार्ग चुना है वह स्थूल-प्राप्ति का मार्ग नहीं है। सांसारिक जीवन में कम उपलब्ध होने से संतोष भी नहीं है। न्यूनता के वशीभूत हो कर वर्तमान को त्याग कर अधिक की लालसा मन में है। लालसा आध्यात्मिक मार्ग में बाधक है। सूक्ष्म की प्रगति आध्यात्म का उद्देश्य है। स्थूल को त्याग कर ही सूक्ष्म के मार्ग की यात्रा आरंभ करना संभव है। सांसारिक बंधनों से मुक्त होकर ही यह यात्रा आरंभ हो सकती है। साधना के द्वारा, संचित कर्म का क्षय करने का अभ्यास वैराग्य मार्ग का अनिवार्य घटक है। लोकोक्ति में विपरीत स्थिति बन पड़ा है। इन अर्थों में लोकोक्ति उस मार्ग के कटु यथार्थ का रहस्योद्घाटन करती हुई दिखती है।

प्रथम साक्षात्कार में ही योजना धूल-धूसरित हो गई है। प्रथम रात्रि की बुभुक्षा उसे आजीवन स्मरण रहेगी। धर्म, स्वाभिमान, स्व को दमित कर भी भूखा रहकर सोना पड़े, वह घटना विस्मृत किए जाने योग्य भी नहीं है। संभवतः आरंभ में ही योजना विफल होने से सांसारिक पथ पर उनकी पुनर्वापसी हो चुकी थी।

मोहभंग होने से अधिक के लोभ व सिद्धांत से डिगने का पश्चात्ताप भी हुआ होगा। सामान्य सिद्धांतों को ही दाँव पर लगाकर भी साधारण स्थूल व सहज प्राप्य लक्ष्य भी अप्राप्य रह जाए तो पुनर्वापसी का मार्ग ही शेष रह जाता है। अवशेष रह जाती हैं—मूर्खतापूर्ण निर्णय की कटु स्मृतियाँ।

इस कटु अनुभव से गुजरे व्यक्ति ने अनुभव को सूत्र-वाक्य में पिरो लिया है। किसी अन्य अवसर पर उसे अधिक का प्रलोभन दिया जाना प्रतीत होता है। पूर्व के कटु अनुभव की स्मृतियाँ उसके मन-मस्तिष्क में संचित हैं। व्यक्ति

अनुभव से सीखता है। अन्य लोगों को भी निजी अनुभव से सीख देता है।

वह अति सरलता व निश्छलता से अपना अनुभव बाँट रहा है। शिक्षाप्रद अनुभव में अपने विपरीत कर्म व उसके परिणाम की शब्दशः स्वीकारोक्ति कर रहा है। त्याज्य शर्तों पर समझौता कर भी उत्पन्न दुष्परिणाम से अन्य को अवगत करा रहा है, सीख दे रहा है।

आशय यह है कि सांसारिक जीवन में उसे जिस मात्रा में भोजन मिलता होगा, ,उस मात्रा से वह असंतुष्ट रहा होगा। भिक्षाटन में अधिकतम छह घरों से भिक्षा ग्रहण करने का विधान है। यदि छह घरों से भिक्षा न मिली तो भिक्षुक को भूखे ही सोने का विधान शास्त्रों में विहित किया गया है।

□□□